POR SUA CONTA
E RISCO

Josh Bazell

POR SUA CONTA E RISCO

Tradução de Maira Parula

Rocco

Título original
WILD THING

Qualquer pessoa real que apareça neste livro
foi retratada ficcionalmente, mero produto
da imaginação do autor. Os demais personagens
e acontecimentos são fictícios. Qualquer semelhança
com pessoas reais, vivas ou não, é coincidência
e não intencional pelo autor.

Copyright © 2012 by Josh Bazell

Todos os direitos reservados. Em concordância
com a lei do direito autoral, qualquer reprodução
no todo ou em parte desta obra sob qualquer forma,
sem autorização, por escrito, do proprietário,
é considerada pirataria e apropriação indevida
da propriedade intelectual do autor.

A editora não é responsável por sites
(ou seu conteúdo) que não são de sua propriedade.

Direitos para a língua portuguesa reservados
com exclusividade para o Brasil à
EDITORA ROCCO LTDA.
Av. Presidente Wilson, 231 – 8º andar
20030-021 – Rio de Janeiro, RJ
Tel.: (21) 3525-2000 – Fax: (21) 3525-2001
rocco@rocco.com.br
www.rocco.com.br

Printed in Brazil/Impresso no Brasil

preparação de originais
CARLOS NOUGUÉ

CIP-Brasil. Catalogação na fonte.
Sindicato Nacional dos Editores de Livros, RJ.

B348s	Bazell, Josh
	Por sua conta e risco / Josh Bazell; tradução de Maira Parula. – Rio de Janeiro: Rocco, 2013.
	Tradução de: Wild thing ISBN 978-85-325-2812-4
	1. Ficção americana. I. Parula, Maira. II. Título.
12-7460	CDD-813 CDU-821.111(73)-3

PARA TXELL

O intelecto humano não é luz pura, pois recebe a influência da vontade e dos afetos, donde se pode gerar a ciência que se quer. Pois o homem se inclina a ter por verdade o que prefere.

– Francis Bacon, *Aforismos sobre a interpretação da natureza e o reino do homem*

Mas eu quero saber com certeza.
– Chip Taylor, "Wild Thing"

PRÓLOGO

PROLOGO

PROVA A

White Lake, Minnesota
Verão retrasado

Autumn Semmel sente a ponta dos dedos de Benjy Schneke pela sua coxa, subindo da bainha da frente de seu short masculino até sua xoxota. Isso faz com que sua pele se contraia até os mamilos e a xoxota se feche como um punho. Ela abre os olhos. Diz:
– Pare com essa merda!
– Por quê? – diz Benjy.
– Porque Megan e Ryan estão bem *ali* – diz ela, apontando por cima do ombro.

Autumn e Benjy estão deitados no White Lake, numa faixa de terra, constituída principalmente por raízes, que separa o White Lake do Lake Garner. Megan Gotchnik e Ryan Crisel estão no Lake Garner, atrás deles.

Benjy diz:
– E daí? Não estou tocando nada que não esteja coberto.
– Eu sei o que você está fazendo. Está me deixando louca.

Autumn se levanta, ajeitando o short. Olha para trás.

Megan e Ryan estão na canoa, a uns 20 ou 30 metros da margem. As pernas de Megan estão apoiadas nas laterais. Ryan se aproxima dela. Como o som é transmitido pela água, Autumn ouve o ofegar de Megan como se ela estivesse bem na sua frente. Faz com que Autumn se sinta tonta. Ela se volta para o White Lake.

É como ir de uma estação a outra. O Lake Garner é uma oval larga sob o sol de leste a oeste. O White Lake fica no fundo de um cânion irregular que corre para o norte da extremidade leste do Lake Garner. A água no White Lake é escura, fria e agitada.

É mágico. Autumn mergulha.

Ela fica atenta a tudo de imediato. Não consegue ver, mas pode sentir sua caixa torácica, seu couro cabeludo, o alto dos pés. Os braços estão escorregadios nas laterais de seus seios, por filtro solar ou alguma propriedade da água. É como se ela estivesse atravessando ônix feito um fantasma.

Quando ela dá umas dez braçadas, sente atrás de si Benjy cair na água. Ela nada mais rápido, sem querer que ele a alcance e a pegue pelo pé. Ela odeia isso: é apavorante. Assim que vem à superfície em busca de ar, ela se vira.

Sente a brisa fria no rosto. Uma onda apagou o seu rastro. Ela não consegue ver Benjy.

Um arrepio de medo sobe por sua perna direita e invade seu estômago ao pensar nele aproximando-se dela por debaixo d'água. Ela esperneia.

Isso lhe dá uma ideia. Ela nada na direção da margem oeste. Se não consegue ver Benjy, ele também não a está vendo. Então, se ela não estiver onde ele pensa que está, não poderá agarrá-la.

Mesmo assim, parece que ele vai agarrá-la. Por instinto, ela continua a bater as pernas, uma de cada vez.

Mas, com o passar dos segundos, fica cada vez mais evidente que Benjy não vai tentar assustá-la. Que ele nem mesmo está no lago com ela, apesar do que ela pensou sentir enquanto nadava. Ele deve ter ido para o outro lago, para ver Megan e Ryan trepar no mato.

É uma sensação ruim. Abandono e insignificância, mas também outra coisa: embora Autumn adore o White Lake, ela não está muito a fim de ficar naquele lago sozinha. Não é lugar para isso. Há algo de adulto no White Lake.

— Benjy! — grita ela. — Benjy! — Seu cabelo molhado está frio na cabeça e na nuca.

Ele não aparece.

— Benjy, sem essa!

Enquanto Autumn começa a nadar de peito para a extremidade sul do lago, Benjy explode da água diante dela, visível até o peito e vomitando um jato escuro de sangue que bate nela como se lançado de um balde.

Depois ele é puxado para o fundo de novo.

E desaparece. O calor do seu sangue também já não está ali. É assim que Autumn imagina a coisa toda.

Mas Autumn sabe que não imaginou nada. Sabe que o que acabou de ver foi terrível e definitivo — e que pode estar prestes a acontecer com *ela*.

Ela se vira e nada rapidamente para a praia rochosa na base do penhasco. Nado crawl a toda, sem permissão para respirar. É nadar ou morrer.

Algo atinge sua barriga e se prende ali com uma dor e um peso impressionantes. Quando se solta, ela mergulha de cabeça e não consegue sentir as mãos.

Tenta arquear as costas e tomar ar, mas deve ter se virado ou coisa assim, porque em vez disso engole água.

Em seguida, alguma coisa bate em suas costas, dobrando sua caixa torácica como se fechasse um livro, e espremendo sua vida como a água de uma esponja.

Ou, pelo menos, foi assim que me explicaram.

PRIMEIRA TEORIA:
FRAUDE

1

Mar do Caribe, 100 milhas a leste de Belize
Quinta-feira, 19 de julho

"ISHMAEL – LIGUE PARA MIM" é tudo o que diz o telegrama, mas estou ocupado extraindo uns dentes de um pobre fodido com alicate quando o passam por baixo da porta, e por isso só leio mais tarde.

O sujeito é um índio nhambiquara da Floresta Amazônica brasileira. Com corte de cabelo dos Beatles e tudo, embora vista o uniforme branco do departamento de lavanderia.

É claro, *todo* uniforme do departamento é branco.

Eu bato em seu molar seguinte.

– *¿Seguro?* – pergunto.

– Não – diz ele.

– *¿Verdad?* – insisto, como se falassem espanhol no Brasil.

– Está ótimo.

Talvez esteja. Pelo que sei de odontologia – que devo à uma hora e meia que passei no YouTube assistindo a vídeos do procedimento –, a lidocaína no nervo alveolar póstero-superior eliminará a sensibilidade do terceiro molar em cerca de dois terços das pessoas. O restante precisará de outra injeção, no alveolar médio superior, ou eles sentem tudo.

Presumo que qualquer dentista de verdade seguiria em frente e daria as duas injeções. Mas esse é o tipo de raciocínio que me levou a usar toda a lidocaína na clínica dos tripulantes, e quase toda a lidocaína que pude roubar da clínica dos passageiros. Então agora tenho de bater nos dentes e perguntar. E muitos pacientes meus são machos demais, ou educados demais, para admitir que não estão anestesiados.

Bem, que se foda. Poupe a lidocaína para alguém com medo demais para mentir.

Torço o molar para fora com a maior rapidez e suavidade que posso. O dente podre se esfarela em pedaços pretos no alicate. Pego tudo em minha mão enluvada pouco antes de caírem no uniforme do cara.

Ocorre-me que eu devia dar outra aula de higiene bucal no almoxarifado. A última parece não ter mudado nada, mas pelo menos houve menos brigas de faca lá enquanto eu estava falando.

Tiro as luvas na pia. Quando olho para trás, vejo lágrimas escorrer pelo rosto do homem.

O Fire Deck 40 é uma plataforma de metal entre duas chaminés, pelo que sei a parte mais alta do navio em que se pode ficar realmente de pé. Não sei que merda pode ter a ver com incêndio.

O sol está se pondo e o vento parece um secador de cabelo. No horizonte, há uma muralha de nuvens de 15 quilômetros correndo em paralelo com o navio. Vermelhas e cinza iridescentes que incham umas sobre as outras como intestinos.

Odeio a porra do mar. Odeio-o *fisiologicamente*, aliás. Estar no mar esculhamba meu sono e me deixa assustadiço e sujeito a reminiscências. Faz parte do que torna o emprego de médico assistente num navio de cruzeiro exatamente o que eu mereço.

Mas não tive escolha. Se existe outro setor que contrate tantos médicos assim, sem dar a mínima se os diplomas – no meu caso, da Universidade de Zihuatanejo, sob o nome de "Lionel Azimuth" – são autênticos ou apenas documentos fictícios disponíveis comercialmente, eu nunca ouvi falar. Que dirá um que seja assim, infiltrado fajutamente pela Máfia.*

A escotilha na parede ao lado de uma das chaminés se abre guinchando, e um homem muito negro numa versão de mangas compridas do uniforme (branco) da subgerência do convés superior sai.

– Dr. Azimuth – diz ele.
– Sr. Ngunde. †
O sr. Ngunde me olha.
– Doutor, sua camisa está aberta.

É verdade. Estou com uma camiseta branca por baixo, mas minha camisa branca de manga curta do uniforme está desabotoada. Tem dragonas douradas, então usá-la faz com que me sinta um piloto de avião bêbado.

– Acho que ninguém vai se importar – digo eu, olhando pela borda.

Daqui, o navio, duas vezes mais largo e três vezes mais comprido que o *Titanic*, é constituído principalmente por tetos bran-

---

* Como o restante do mundo, a máfia só ficou interessada em cruzeiros marítimos depois da estreia em 1977 de *O barco do amor* – uma época ruim, pois o FBI então estava no meio de uma investigação da Associação Internacional de Estivadores e já tinha gravações e informantes a postos. Quando a máfia conseguiu se desembaraçar o bastante para fazer um filme, o setor de cruzeiros marítimos cresceu e ficou fora de seu alcance.

† Os navios de cruzeiro têm em média uma tripulação de sessenta países. As companhias de cruzeiros marítimos gostam de vender isso como um subproduto feliz do globalismo *Todos juntos para a Copa do Mundo!*, mas, na realidade, a prática data de um protesto passivo de 1981 de marinheiros hondurenhos e jamaicanos de dois navios da Carnival Lines que aportaram em Miami. A prática padrão atual é não permitir que uma só nacionalidade componha mais de 5% de uma tripulação, e ter o maior número possível de *oficiais* da *mesma* nacionalidade – o ideal é que se fale uma língua que a maior parte da tripulação não compreenda, como o grego.

cos e equipamento de telecomunicações, embora eu possa ver algumas duplas de fodidos entediados, cujo trabalho é vigiar piratas. As áreas de passageiros que posso ver, como o Domo Nintendo e a piscina indoor-outdoor mais ao fundo, estão inteiramente vazias, uma vez que os cinco restaurantes principais do navio começaram o serviço de jantar há uma hora.

O sr. Ngunde não vem olhar. Isso me lembra que ele tem medo de altura, o que faz com que eu me sinta culpado por obrigá-lo a vir até aqui em cima me procurar. E por negligenciar uma infração dessas, caso a tivesse cometido, ele seria demitido e largado no próximo porto. Eu aparentemente posso desconcertar um segurança ao sair de uma cabine de passageiro, bêbado e *morrendo* de vontade de ser demitido, e receber dele apenas um pedido de desculpas. Se o sr. Ngunde não está operando a máquina Zamboni, ou fazendo alguma outra tarefa que o exija, ele não tem permissão para circular em qualquer lugar em que possa ser visto por um passageiro. Não importa como esteja sua camisa.

E por falar na máquina Zamboni, eu digo:

– Como está o braço?

– Muito bem, doutor.

Não parece provável. O sr. Ngunde tem uma queimadura grande oculta pela manga no antebraço esquerdo por tentar colocar lubrificante na Zamboni com o motor quente. Eu nem consegui achar uma antitetânica no navio. Nem vi tétano o bastante na minha vida para saber como isso devia me preocupar.

– E o registro da diarreia? – diz o sr. Ngunde.

– Baixo, na verdade. Só não coma o cozido.

– Obrigado, doutor. Muitas visitas esta tarde?

– Bastantes.

– Alguma coisa interessante?

– Não.

O sr. Ngunde está me perguntando se algum de meus pacientes verbalizou um nível de insatisfação significativo o suficiente para que ele reporte a um dos chefes de departamento. Eu não tenho nada contra ele. A certa altura das próximas 24 horas, alguém da subgerência superior ao sr. Ngunde casualmente me perguntará se o sr. Ngunde falou comigo recentemente e se ele disse alguma coisa de interessante.

Ainda assim, é deprimente, porque me lembra que eu, na realidade, sou um empregado de uma companhia de cruzeiros. Meu trabalho aqui é cheio de privilégios: tenho minha própria cabine, como de graça na maioria dos restaurantes e – como o médico-chefe – tenho um lugar no *Bote Salva-vidas Um*, o bote do capitão.* Mas a maioria de meus pacientes jamais quis sair de seus cortiços e aldeias de merda. Eles ganham em torno de 7 mil dólares por ano, pelos quais têm de pagar juros sobre os empréstimos que contraíram para chegar aqui, subornos por suprimentos usados no trabalho e taxas de transferência do dinheiro que enviam para casa para que seus filhos, graças a Deus, não tenham um dia de trabalhar num navio de cruzeiro. Se o meu trabalho de fato ajuda na melhoria de suas vidas ou apenas na sua exploração, só a história dirá.†

– Se me der licença, doutor.
– Claro, sr. Ngunde. Desculpe. – Ele está transpirando.

---

* Também conhecido como *Adeusinho, Otários*.
† O problema subjacente é que as empresas que operam cruzeiros marítimos não estão sujeitas a leis trabalhistas, leis de direitos humanos, leis ambientais ou regulamentações de assistência à saúde (nem impostos, a propósito), porque a maioria de seus navios – mesmo os que operam unicamente fora de portos americanos – tem registros do Panamá, da Bolívia ou da Libéria. A última vez que alguém tentou fazer alguma coisa a respeito disso foi durante o governo Clinton, época em que o problema foi julgado emaranhado demais com as questões de comércio internacional para que alguém se importasse.

Quando ele fecha a escotilha ao sair, eu me lembro do telegrama que peguei no chão da clínica. Pego-o e leio.

"ISHMAEL – LIGUE PARA MIM."

Interessante.

"Ishmael" era meu nome no Programa Federal de Proteção a Testemunhas, mas a única pessoa que realmente me chamava assim era o professor Marmoset, que me colocou no programa antes de tudo e depois na faculdade de medicina. E depois, quando eu tive problemas, me tirou de Nova York.

Marmoset não é de falar muito. Ele nem mesmo é de responder. Se Marmoset faz contato, é porque a coisa é séria. Pode significar que há um emprego para você. Talvez até exercendo a medicina.

Talvez em terra seca.

Mas, sem mais informações, não vale a pena pensar nisso. O emprego que tenho agora já é uma bosta sem precisar imaginar que eu podia estar fazendo outra coisa.

Então, concentre-se no balanço do navio. Fique nauseado.

Você logo vai descobrir.

2

Portland, Oregon
Segunda-feira, 13 de agosto

A mulher com franja de Bettie Page e um cartaz dizendo "DR. LIONEL AZIMUTH" no aeroporto de Portland é exatamente a que *eu* contrataria se fosse o décimo quarto homem mais rico da América. Ela parece uma pin-up. Uma pin-up boa de briga.
– Não estou interessada – diz ela, quando me aproximo.
– Sou Lionel Azimuth.
– Foda-se.
Não levo para o lado pessoal. Eu pareço um pau com um punho na ponta.
– Tenho uma reunião com o Bill Rec – digo.*
Ela pensa no assunto.
– Tem bagagem?
– Só isso.
Um segundo depois:
– Não usa a de rodinhas?
– A alça não é tão comprida.
Ela olha em volta, mas não há mais ninguém alegando ser Azimuth.

---

* Eu não digo realmente "Bill Rec". "Bill Rec" é só um apelido que comecei a usar porque ainda o vejo como "bilionário recluso".

— Desculpe — diz ela. — Meu nome é Violet Hurst. Paleontóloga de Bill Rec.*

⁊⦁(

— Por que Bill Rec tem sua própria paleontóloga? — digo quando saímos da chuva e estamos no estacionamento do aeroporto. São oito da noite.

— Não posso lhe contar. É confidencial.

— Você não está clonando dinossauros, como em *Jurassic Park*, não é?

— Ninguém está clonando dinossauros como em *Jurassic Park*. O DNA se degrada em 40 mil anos, mesmo que esteja num mosquito preso em âmbar. A única forma de conseguirmos DNA de um dinossauro de 60 milhões de anos é por engenharia reversa a partir de seus descendentes atuais. E estaremos comendo carne humana nas ruas antes que tenhamos esse tipo de tecnologia.

— Estaremos? Por quê?

— É onde está a proteína. De qualquer modo, não sou paleozoóloga. Eu sou assim.

Chegamos a um carro. É um Saab velho com ferrugem no casco, como uma linha d'água. Talvez seja uma linha d'água.

— Que tipo de paleontóloga você é? — pergunto.

— Catastrófica. Pode-se dizer assim.

— Por quê?

— Se eu trabalho para o décimo quarto homem mais rico da América, como o meu carro pode ser esta merda?

Eu *estava* mesmo me perguntando isso.

— Eu nem mesmo tenho carro — digo.

---

* Violet Hurst obviamente também não diz "Bill Rec".

– Bill Rec não paga muito, caso não te avisaram – diz ela, destrancando a porta do carona. – Ele tem medo de que as pessoas se aproveitem dele.

– Então ele se aproveita delas primeiro?

– Ele faz o que acha que o manterá são. Por falar nisso, não mencione essa história de décimo quarto homem mais rico. Ele odeia.

– Porque isso o objetifica ou porque ele é só o décimo quarto?

– Talvez as duas coisas. Jogue aí atrás. A mala do carro não abre.

– E então, quanto tempo até comermos carne humana nas ruas?
– digo.

– Não vai querer saber.

Estamos numa rodovia. A chuva forma um gel trêmulo no para-brisa.

– Acho que quero.

Quero que ela continue falando, isso sim. Não estou acostumado a conversas informais, mesmo com pessoas que *não* parecem capazes de valorizar seu próprio planeta selvagem. Estou com receio de dizer alguma coisa que se assemelhe ao que realmente penso.

– Nos EUA? Menos de cem anos – diz ela. – Talvez menos de trinta.

– É mesmo? E por quê?

Ela me olha como se o fato de pessoas ficarem lhe perguntando coisas só para vê-la falar acontecesse o tempo todo.

Deve ser frustrante.

– Tem gente demais e não há comida suficiente. Um bilhão de pessoas já passam fome, e a mudança climática aliada à escassez de petróleo fará tudo piorar.

– O problema da escassez de petróleo é que não seremos capazes de usar caminhões e implementos agrícolas?
– Não teremos condições de cultivar nada. Todos os fertilizantes, pesticidas e herbicidas atuais são feitos de hidrocarboneto.
– E você acha realmente que estamos perto do esgotamento?
– Não precisa nem chegar a isso – diz ela. – Basta chegar ao ponto em que custe mais energia ou dinheiro produzir um barril de petróleo do que conseguir tirar algo de um barril. Talvez já tenhamos chegado a isso... difícil saber, porque as companhias de energia são tão pesadamente subsidiadas, que podem vender gasolina por um preço menor do que o custo de produção. Quando se despejam 170 milhões de barris de petróleo bruto no Golfo do México e se tem uma baixa do ativo com a limpeza, o custo-eficiência não entra nisso.
– Mas não acabaremos achando outras fontes de energia?
– Como a solar? A eólica ou a geotérmica? Não parece provável. O petróleo equivale a quatro *bilhões* de anos de organismos usando a radiação do sol para transformar o dióxido de carbono da atmosfera em carboidratos. Nada do que se faça sequer se aproximará da produção desse tipo de energia. E, mesmo que se consiga, não seremos capazes de projetar baterias eficientes o bastante para armazená-la. Esta é outra peculiaridade do petróleo: ser seu próprio depósito e meio de transporte.
– Energia nuclear mais segura?
– A energia nuclear é uma falácia, mesmo quando *não* vaza nem explode. Nenhuma usina nuclear produziu tanta energia quanto o custo de sua construção e manutenção. A única coisa que a energia nuclear faz é manter a França limpa enquanto envenena a América do Sul. Mas isso já é "papo de cientista maluca" demais para uma tarde só. Fale você.
Eu ri.

— Eu me sinto um idiota – digo. – Achando que tudo fosse por causa da mudança climática.

— Não foi exatamente o que eu quis dizer com "fale".

Mas eu não respondo, e ela diz:

— De certa forma, grande parte *tem* a ver com a mudança climática. A queda do petróleo vai matar 6 bilhões de pessoas, no mínimo, porque isso nos levaria de volta à época anterior à Revolução Industrial, e o planeta perdeu muito de sua capacidade de sustentação desde então. Mas a mudança climática vai matar todo o restante. A mudança climática vai matar todo mundo na Terra, mesmo que *evitemos* o esgotamento do petróleo. Poderíamos parar de usar os hidrocarbonetos agora mesmo e deixar que 6 bilhões de pessoas morram, e, ainda assim, a mudança climática continuaria a se acelerar. Já puxamos o gatilho do metano.

— E o que é isso?

— É onde você aquece a Terra ao ponto em que o banco de hidrato de metano do Ártico começa a derreter. O metano é vinte vezes mais potente como gás estufa do que o dióxido de carbono. Há 50 milhões de anos, o céu ficaria verde. Agora vai chegar a isso muito mais rápido. – Ela me olha de novo. – Sabe de uma coisa? Você estranhamente parece gostar disso.

E gosto. Não sei bem por quê. A destruição completa da raça humana *é* positivamente divertida, óbvio – em particular se acontecer por superpopulação e tecnologia, os únicos objetivos que a humanidade já levou a sério. Mas é realmente provável que as suspeitas dessa mulher estejam corretas e que o que me faz feliz seja ficar perto dela. Com Violet Hurst, que mensagem o meio *não* cobriria de porrada?

Deve ser solitário, assim como frustrante.

— E quando chega o ponto irreversível? – digo.

— Esqueça. Encerrei com você.

— É mesmo?

– É.

– Mas o que fazem os paleontólogos catastróficos? Estudam o fim do mundo?

– Os vários fins do mundo. O evento específico de extinção que está prestes a acontecer é uma subespecialidade da área.

– E é o que você faz para Bill Rec?

– O que faço para Bill Rec é confidencial. E não.

– Pode pelo menos me dizer o que ele quer falar *comigo*?

– Não mesmo.

– Extraoficialmente?

– Desculpe – diz ela. – Ele quer falar pessoalmente com você. Com Bill Rec, tudo é uma questão de confiança.

Ela liga a seta para uma saída.

– E, por falar nisso, ele quer que eu espere e leve você a seu hotel quando vocês terminarem, mas acho que nisso eu vou fincar pé. É claro que adoro a paleontologia catastrófica o bastante para encher o saco de estranhos com ela, mas até *eu* tenho de me embriagar depois e fingir que nunca ouvi falar do assunto. Diga a Bill Rec para chamar um táxi. E guarde o recibo.

3

Portland, Oregon
Ainda segunda-feira, 13 de agosto

O décimo segundo andar do prédio principal do centro empresarial de Bill Rec parece ser uma única sala enorme, às escuras exceto pelo spot sobre a mesa da recepcionista e outro sobre a área de espera. As vidraças do chão ao teto da área de espera têm canaletas que orientam a água da chuva em forma de árvores. O barulho que fazem me dificulta pegar os sons do restante escuro da sala.

A cerca de 20 metros, toda uma sala num cubo de vidro se ilumina. Parece um diorama num museu de história natural. Tem até um homem se levantando da mesa.

Por um momento, acho que ele estava sentado no escuro esperando que a luz se acendesse, mas percebo então que é idiotice demais: o cubo é que foi do opaco ao transparente. Cristal líquido no vidro ou coisa parecida.

Enquanto o homem sai da sala e anda em minha direção, mais luzes se acendem no caminho. Aparentando uns quarenta e tantos anos, tem um corpo sarado e rabo de cavalo. Blazer, camisa por fora da calça, jeans de grife e botas: o traje de gala completo dos babacas, mas decido suspender meu julgamento quando vejo seu rosto. Foi marcado por algo muito parecido com a dor. Mais parece ter sido gravado.

No momento, porém, ele sorri.

– O que acha? – diz ele. – Verdadeira ou falsa?

Não sei do que ele está falando. Entre a sala iluminada e a Calamity Jane lá no carro, eu me pergunto se ele está tentando me hipnotizar com a estranheza, assim como Milton Erickson supostamente era capaz de fazer. Depois percebo que ele olha uma pintura a óleo num painel branco a meu lado.

É uma "cidade sob noite estrelada" em estilo Van Gogh. Na verdade, está assinada *"Vincent"*.

– Não sei – digo.

– Chute.

– Posso tocar?

– Claro.

Coloco a palma da mão na tinta espessa.

– É falsa.

– Como sabe?

– Você me deixou tocar.

– Bom argumento – diz ele. – Apesar disso, custa tanto quanto a original.

Ele ainda a olha carrancudo, e então eu finalmente digo:

– Por quê?

– Foi feita por computador. A ideia era usar ressonância magnética para conceber a ordem e o conteúdo das pinceladas. Mas, perto da original, parece uma bosta. Um dos meus especialistas acha que é porque a original tem falsas partidas e correções demais.

– Da próxima vez, copie alguém que saiba pintar.

Ele dá uma gargalhada.

– Sou Bill Rec.*

– Lionel Azimuth.

– Eu sei. Venha até minha sala.

---

* Etc.

– Acho que primeiro vou lhe mostrar o DVD – diz ele. Ele está atrás de sua mesa de vidro. As únicas sobre ela são um cinzeiro rosa e dourado pequeno com um cartão de apresentação virado e um envelope acolchoado branco que foi cortado e não rasgado ao ser aberto.

– Quer beber alguma coisa? – diz ele.

– Não, obrigado. – Se Bill Rec quer minhas digitais, que mande alguém à porra do navio.

Se quiser.

Não sei o que ele quer, porque não sei quem ele pensa que eu sou. O professor Marmoset nunca teria contado a ele a verdade sobre mim, mas imagino que alguém tão rico deva ter feito uma pesquisa do passado.* E Lionel Azimuth não tem passado nenhum.

– O que a dra. Hurst lhe disse? – pergunta ele.

– Nada.

– Que bom. Quero ver como vai reagir a isto.

Bill Rec cutuca alguns pontos com marcas pouco visíveis em sua mesa e parte de uma parede se acende como um monitor.

Ele faz mais alguma coisa que reduz as luzes.

O vídeo começa em silêncio. Por um tempo são apenas fotografias, a maioria em sépia e preto e branco, correndo com o efeito

---

* A riqueza de Bill Rec, pelo que entendo, vem de uma peça de *underware* que ele comprou por 10 mil dólares de um colega de turma do ensino médio e depois licenciou para cada sistema operacional de computador já feito no mundo. Permite que os computadores calculem o tempo em binários em vez de no sistema 60/60/24/7.

"Ken Burns" do software de edição de alguém. Florestas e lagos. Índios americanos posando de camurça. Alguns barbudos de camisa de flanela na frente da entrada de uma mina. Em um Kodachrome repentino, para que pareçam os anos 1970, uma família numa canoa. Depois volta ao preto e branco para mais florestas e lagos.

Por fim, acontece algo engenhoso: surge uma foto colorida de uma parede rochosa na margem de um lago, pelo visto tirada da água. Depois outra mais de perto, da mesma perspectiva, e uma terceira ainda mais de perto. Neste ponto podemos ver que, na rocha, há um desenho que parece primitivo.

É um alce cara a cara com um animal muito maior que ondula debaixo dele, como uma serpente ou um cavalo-marinho gigante. A criatura tem chifres e um focinho. O maxilar inferior do alce pende, aberto numa surpresa cômica. Um bando de animais menores está prostrado em volta como mortos, com as patas para cima.

A imagem congela. Uma voz sibilante de um locutor amadoristicamente solene diz: *"A existência de uma criatura misteriosa nas águas do White Lake é conhecida há séculos. Várias tribos americanas, incluídos os chippewas e outros povos anishinaabes, contam lendas da Criatura que remonta às profundezas do tempo. Desaparecimentos misteriosos de cães, gado e outros animais foram registrados por quatrocentos anos ou mais.*

"E quanto ao presente? Muitos moradores da atual cidade de Ford, a cidade mais próxima do White Lake, dizem que realmente viram o monstro. Vários afirmam tê-lo observado em muitas ocasiões."

Há um vídeo moderno de câmera portátil de um monte de gente de costas para uma loja de conveniência. Uma voz, talvez do locutor, mas fraca ao ar livre, diz: "Quem aqui viu o monstro?"

Todos no grupo levantam a mão. "Duas vezes", diz uma mulher.

O vídeo muda abruptamente para uma adolescente com roupa de caminhada e óculos escuros, afastando-se enquanto a câmera a persegue pela frente de algum bosque. É meio parecido com um filme B de terror.

A voz diz: "Moça, já viu algum monstro no White Lake?"

"Por favor, não me filme", diz ela.

"Basta um sim ou não."

"Sim, está bem?"

A tela escurece enquanto a voz volta ao estilo locução. "*Alguns conseguiram fotografá-lo.*"

Há um recorte multicolorido, e a imagem se transforma no que parece ser um vídeo caseiro de uma TV antiga que exibe um videoteipe. A tela da TV se expande, e então grande parte da imagem é ofuscada pelo brilho. Mas se consegue ler o texto reticulado no pé da tela: "*A FITA DO DR. McQUILLEN.*" Quem está filmando dá um zoom no canto superior direito da tela, e a imagem fica inteiramente granulada. Mas, quando você começa a se perguntar se existe uma loja lá só para alugar equipamento de vídeo velho e vagabundo a pessoas que fazem filmes mentirosos, você percebe que está assistindo a um pato que flutua na água.

Depois a água explode e o pato some.

Isso me dá coceira no peito. A ferocidade e a velocidade do ataque, junto com a agitação da água calma, me lembram um tubarão.

Não gosto de tubarões. Não gosto desde que passei uma noite ruim em um aquário onze anos atrás.

Uma voz no vídeo diz: "Espere um segundo", e a imagem na televisão congela, depois retrocede em câmera rápida, para e recomeça quadro a quadro.

Agora estou suando.

O pato. A água. Algo se erguendo da água, escuro, mas encoberto pelos respingos, depois eclipsando inteiramente o pato. A coisa se foi e o pato com ela, não há como saber o que era.

Há um clarão, e de repente Bill Rec e eu estamos olhando um vídeo moderno de qualidade relativamente alta, desta vez de um velho de cara desanimada, de pé, na frente de um píer.

A voz do locutor, com seu ceceio, volta por tempo suficiente para dizer: *"Alguns até dizem que se embolaram com ele."*

"Aconteceu há alguns anos", diz o velho.

Depois ele simplesmente fica ali, com cara de perdido.

Alguém em off faz uma pergunta a ele que não dá para ouvir.

"Oh, eu me lembro", diz ele. "Lembro como se fosse ontem."

– Muito bem – diz Bill Rec. – Preste atenção. É aqui que fica interessante.

PROVA B

Lake Garner, Minnesota
Há 19 anos*

São nove da manhã – tarde para lançar a linha, mas Charlie Brisson não dá a mínima. Não está nessa bosta de lago no meio da porra do bosque para pescar. Está ali para tomar um porre e se esquecer de que a esposa está fodendo com a merda do gerente de turno.

Pelo menos a parte do porre está dando certo. Brisson acordou com metade do corpo fora da barraca, congelado, a cara toda picada de mosquitos. Mas o que acordou imaginando foi Lisa sendo comida por Robin.

Ele *ainda* imaginava isso. Não havia muitas distrações por ali. Talvez Brisson devesse ter pensado nisso antes de ter vindo para o lago. Talvez não devesse ser um imbecil de merda.

Ele simplesmente não consegue aceitar. É como se uma nova Lisa tivesse tomado o lugar da mulher que Brisson amava. A Lisa Boa nunca faria isso com ele.

Brisson sabe que é besteira, que a Lisa Boa nunca existiu, mas *caralho* – ele sente tanta falta dela.

Os soluços saem dele num padrão *rê-rê-rê*.

---

* **Como sei disso**: vídeo enviado a Bill Rec, investigação subsequente.

Ele se curva para que o sol pare de foder com seus olhos, as pernas esticadas no fundo da canoa. Caindo cada vez mais para frente até que de repente tudo parece rodar e ele se ergue num sobressalto, quase virando o barco.

Depois disso tenta prestar atenção na linha. Como se isso ajudasse. Mas a linha só fica ali. Todo o lago ri dele. Está vazio como a vida fodida de Brisson.

Rê-rê-rê.

Perca de merda. Lúcio de merda. Depois de Brisson descobrir que Lisa estava trepando com Robin, Lisa lhe jurou que eles nunca tinham trepado no escritório da mineradora enquanto Brisson estava no fundo do poço.

Claro que eles estavam fodendo no escritório enquanto ele estava na mina. E por que não? Não havia lugar mais seguro. Brisson estava preso 28 andares debaixo da terra, não havia como voltar à superfície a não ser que ligasse para a porra do *escritório* pedindo o elevador.

Desculpe *interromper vocês*, caralho!

Brisson grita. Cobre com as mãos a cara que coça, em espasmos.

O que depois de um tempo lhe parece interessante, pois significa que ele já não está segurando a vara de pesca.

Ele a procura, olhando em volta. A luz do sol queimando, queimando, queimando, e outra onda de vertigem.

A vara não está no barco. Também não está boiando, pelo menos não por perto. Brisson não consegue se lembrar se é do tipo que flutua. Ou se ele tem uma sobressalente no acampamento.

Ele tem um instante de pânico ao pensar que pode ter perdido o remo também, mas depois o acha junto a seus pés, graças ao bom Jesus. Puxa-o para remar até a margem, onde, que se foda – que se foda tudo –, ele poderá começar a beber de novo.

No acampamento, porém, Brisson fica confuso.

Ele não bebeu toda aquela cerveja nem por um caralho. Brisson só bebe cerveja para baixar a onda de uma bebida mais forte. A não ser quando sua mulher vira uma puta mentirosa cruel, ele nem é de beber muito. E ele ainda tem Jim Beam de sobra.

Há algumas latas vazias no chão – ele não tem a pretensão de se *lembrar* da noite anterior, só de ser capaz de reconstituí-la a partir das provas disponíveis –, mas em nenhum lugar por ali há indicações de que ele bebeu toda aquela cerveja. Tampouco os ursos. Brisson já vira um urso beber cerveja na garrafa com as duas mãos, mas ele sabia que ursos não gostam de alumínio.

Brisson chuta o pau da barraca e o resto de suas tranqueiras, depois volta para olhar a canoa. Como se houvesse alguns pacotes nela que ele não tivesse notado enquanto estava pescando.

Não há, mas a vista dali faz com que ele se lembre do que fez com o restante da cerveja.

Ele pôs no White Lake.

O White Lake não é propriamente um lago. É uma perna do Lake Garner, separada por uma faixa de terra que nem atravessa o lago todo.

Mas nem é o *mesmo* lago. Brisson nunca viu neblina no Lake Garner, por exemplo, enquanto o White Lake parece enevoar-se com bastante frequência.* Brisson nunca ouviu falar de uma criança ou mesmo um cachorro que tenha se afogado no Lake

---

* Daí "White Lake", talvez.

Garner; já o White Lake é uma espécie de armadilha mortal. Foi no White Lake que o filho de 6 anos de Jim Lascadis morreu, aquele pobre filho da puta. Isto é, o pai. E pobre da criança filha da puta também. Meu Deus.

O Lake Garner é bonzinho, e o White Lake é o buraco do inferno.

Menos para guardar cerveja.

Brisson desliza pela faixa de terra na margem do White Lake. Ela é feita principalmente de raízes, como se bétulas espalhadas pelo cume tivessem devorado toda a terra. As raízes são musgosas – frias, afiadas, e têm cheiro de podre.

Mas Brisson precisa fazer isso. Parece que ele amarrou uma corda de bungee ao tronco de uma das árvores e depois amarrou a cerveja à outra ponta da corda. Só que, por algum motivo, o bungee agora está retesado do tronco da árvore para a água – algo está preso ali embaixo. Ele deve ter cuidado com o pacote ou com o que fosse se não quiser ser atingido na cara quando o elástico se soltar.

Porra, a água está fria quando seus pés a alcançam. Brisson está de cueca, que agora está ensopada e enlameada, e talvez rasgada, mas ele não está interessado em tirá-la. A ideia de ficar inteiramente nu naquela parede de raízes espinhosas é assustadora.

Ele se senta e mergulha as pernas até os joelhos, depois as tira. A água é tão fria que ele pode sentir cada pequena corrente chegar na sua virilha.

Mas que merda. Ele se levanta. Vira-se para a parede e segura-se na corda de bungee como num cabo de rapel. E daí que a cerveja esmagasse de vez a sua cabeça? Talvez isso o matasse. Não seria a pior coisa que aconteceria com ele naquela semana.

Brisson volta devagar para a água. As raízes sobre a superfície são escorregadias, mas as que estão por baixo são *musguentas* e escorregadias. Ficar de pé ali é como se equilibrar em rolos, ainda mais agora que seus pés estão dormentes. Na realidade, antes de ele dar meia dúzia de passos, os pés de Brisson voam debaixo dele e ele cai, de cara, na parede espinhosa.

Ele dá um salto com a dor. Retrai-se em uma posição fetal de lado, que parece fazer mais estrago, mas pelo menos as pernas estão fora da água gelada.

Seus dentes batem. Ele olha o peito e a barriga, esperando ver se jorram sangue por dezenas de furos. Mas só o que vê é lodo e alguns pontos brilhantes de vermelho opaco. Ele tenta limpar o lodo do corpo, mas isso só acaba formando uma espécie de pasta de sangue e terra. Ele tem uma premonição apavorante de que perfurou as bolas, e olha.

Intactas. Como se *isso* importasse.

Mas ele está vivo e agora tem uma ideia. Sobe nas raízes de novo como se fossem uma escada. Tenta desamarrar o bungee e, quando não consegue, volta ao acampamento e encontra sua faca Gerber. Corta o bungee no tronco e desce meio caminho até o declive, para afrouxá-lo.

Funciona. Três pacotes com seis, o bungee enrolado nos anéis de plástico que os mantém juntos, sobem à superfície. Puxá-los vai fazer com que três ou quatro latas se soltem e caiam no lago ou escorreguem entre as raízes, mas não há muito o que Brisson esteja disposto a fazer quanto a *isso*, a não ser dizer "caralho" um monte de vezes. Assim que está com as remanescentes na mão, abre uma e bebe. Percebe que desta vez pode tomar o Jim Beam como saideira.

Em seguida se senta no cume da faixa de terra, recostado na árvore, a perna esquerda para o lado do White Lake, a perna direita – significativamente mais quente, pois está no sol – para o lado do Lake Garner. Lembrou que devia ter trazido o Jim Beam antes de se sentar. Ou quando trouxe a faca.

Onde está a faca? Não sabe nem se importa. Ele quer tirar um cochilo.

Ele

Brisson acorda com o forte impulso de contrair a perna esquerda. Respira o ar, que é puro peixe podre e quente, e engasga. Olha para baixo.

Sua perna esquerda, até o meio da coxa, está na boca de uma serpente preta e gigantesca saída do White Lake.

A cabeça cambaleante da cobra tem o formato de uma fatia de torta, os olhos nas laterais parecendo os de uma ave. As pupilas são fendas verticais.

Porém, os dentes da serpente não parecem dentes de cobra. São triângulos serreados, com as pontas apertando sua carne.

Na mesma hora, Brisson perde a razão. Ele se debate, e a cobra sibila e morde, estalando o osso. O corpo de Brisson tenta se atirar para o outro lado da faixa de terra, para o Lake Garner e longe do White Lake.

A cobra não o deixa escapar. Ergue o corpo parcialmente para fora da água para ganhar alavancagem.

Não é uma cobra. Ela tem *ombros*.

Seja que merda for, move lentamente a cabeça de um lado para o outro, cortando o que resta da perna de Brisson com os dentes. Já desmaiado, Brisson cai de costas no Lake Garner.

E é essencialmente disso que ele se lembra ao despertar no hospital.

Mas porra: ele tem certeza absoluta de que se lembra disso tudo. Lembra *com clareza*.

E, se você não acredita, ele tem uma coisa para lhe mostrar.

4

Portland, Oregon
Ainda segunda-feira, 13 de agosto

O vídeo dá uma panorâmica da frente da calça do velho. A perna esquerda está amarrada em um coto. O vídeo termina.
Bill Rec acende as luzes de novo.
– O que você acha? – diz Bill Rec, depois de um instante.
Sinto toda a pele formigar. Embora a história desse cara não passe de uma rematada besteira, ela foi muito bem embalada. O velho não está representando. Ninguém faz teatro tão bem. E se ele estava mentindo, o que é a única alternativa possível, também é brilhante nisso. Ele é um psicopata completo.
– Sobre o quê? – digo.
– Espere. Leia isto – diz Bill Rec. Ele desliza o envelope acolchoado para mim.
Eu o pego na mesa com a palma para não mostrar que minhas mãos tremem. Viro-o no colo. Não tem selo postal.
Lá se foi a preocupação de não deixar digitais. Eu o pego e tiro uma folha dobrada de papel:

Reginald Trager
CFS Expedições
15 Rota 6
Ford, MN 57731

1º de julho
CONFIDENCIAL.
ESPERA-SE E SOLICITA-SE SUA COMPLETA
CONFIDENCIALIDADE

Caro sr. Bill

Gostaria de aproveitar a oportunidade para convidá-lo ao que pode ser a aventura de uma vida.

O senhor talvez já tenha ouvido falar da lenda do Monstro do White Lake. Caso contrário, por favor, encontra-se em anexo uma versão preliminar de um documentário a ser concluído em breve sobre o tema (anexo).

No sábado, dia 15 de setembro, eu liderarei pessoalmente uma expedição de busca e observação do Monstro. Tão certo estou, pelos recentes acontecimentos, de que esta expedição será um sucesso, que me ofereço para providenciar todos os custos razoáveis de transporte para Ford, bem como equipamento, guia e alojamento no local, incluindo uma noite no CFS Hotel e de quatro a doze noites estimadas em campo, <u>sem custo nenhum para o senhor, a não ser que o Monstro seja encontrado e determinado como se segue (ver abaixo), como um animal marinho não identificado e incomumente grande semelhante ao da lenda.</u>

Se o Monstro for de fato localizado segundo o acordo a seguir, cobraremos do senhor a quantia de um milhão de dólares americanos (US$1.000.000) pelo senhor e um adicional de um milhão de dólares americanos (US$1.000.000) por qualquer um que decida trazer, sendo a quantia total paga em uma conta de caução imediatamente antes da partida da expedição.

Para garantir um acordo justo sobre se o Monstro foi ou não avistado a um grau que atenda às condições exigidas *para o pagamento, folgo em afirmar que um membro de alta posição do governo federal dos EUA concordou em servir de Árbitro. Por respeito à privacidade deste indivíduo, sua identidade será revelada apenas depois de sua chegada ao CFS Hotel na noite anterior à partida, isto é, sexta-feira, 14 de setembro. (Esta pessoa <u>não</u> é o congressista que lhe enviou esta carta.) Neste momento, o senhor estará livre para aceitar este indivíduo como Árbitro ou não, e para depositar os fundos em conta de caução nesta ocasião, ou partir sem custo algum para sua garantia. Porém, tenho total confiança em que o senhor aprovará esta pessoa como Árbitro.*

Como o Monstro é um recurso natural limitado pertencente à cidade de Ford, solicitaremos que o senhor não leve equipamento fotográfico nem de vídeo na expedição, bem como nenhum celular com funções de câmera etc. Além disso, como o White Lake fica em local sigiloso (faz parte de outro lago e não aparece na maioria dos mapas), solicitamos que o senhor não leve equipamento de orientação espacial, bem como nenhuma forma de GPS (Sistema de Posicionamento Global). Pela segurança do Monstro e dos participantes do grupo, não permitiremos nenhuma arma. Acredita-se que o Monstro não seja perigoso para grandes grupos, mas os guias levarão armas suficientes para defender o grupo na eventualidade de um ataque. Porém, como se presume que o Monstro seja um animal selvagem imprevisível e possivelmente agressivo, será solicitado aos convidados assinar um termo de renúncia que isente os organizadores da viagem de quaisquer indenizações por danos ou óbitos. <u>Se quaisquer dessas regras forem infringidas, segundo a opinião do Árbitro, o infrator perderá todos os fundos de caução.</u>

Para assegurar a privacidade e a natureza respeitosa do avistamento, o Grupo será limitado a não mais de seis ou

oito Convidados, aceitos por ordem de chegada, e <u>solicitamos a todos os destinatários desta carta que mantenham seu conteúdo confidencial para que aqueles que embarcarão nesta jornada possam fazê-la com segurança e sucesso.</u>
Na eventualidade de o senhor de fato se tornar um dos Convidados, anseio por nos conhecermos.

    Atenciosamente
    Reginald Trager
    CEO, *CFS Expedições & Hospedagem*

A assinatura ao final diz "Reggie" em vez de Reginald.
– E então? – diz Bill Rec. – Alguma chance de que seja verdadeiro?
– Está falando sério?
– Sim. Estou.
Quer dizer, o vídeo me *afetou* um pouco. Mas eu tenho problemas com tubarões.
– Por isso que você tem uma paleontóloga?
– Não – diz ele. – Não tem nada a ver com isso.
– Então por que tem uma paleontóloga?
– Isso é particular.
– Então, não. Não há possibilidade de que seja verdadeiro. Se não estiver me sacaneando, então alguém está sacaneando você. Ou tentando dar um golpe. Ou quer sequestrá-lo.
Bill Rec sorri.
– Reggie Trager está limpo. Não tem ficha criminal.
– Todo mundo tem de começar de algum lugar.
– E mesmo que ele *esteja* preparando um golpe, isso não prova que a criatura não exista.
– Nem precisa. A criatura não existe.
– Como pode ter tanta certeza disso?
Boa pergunta.

A verdadeira questão é que, como para a maioria dos cientistas, monstros de lagos, fantasmas, superpoderes e Óvnis fazem parte do que fez com que eu me interessasse pela ciência. Então, durante anos, meu coração foi arrasado por essa merda. Você envelhece e toma sua decisão: aceita o que a ciência realmente é e decide segui-la de qualquer maneira, ou encontra algo que sustente as ilusões que perdeu. É um mundo duro e frio, meu bem, e estes são tempos duros e frios.*

O que digo a Bill Rec é:

– Por mil motivos. Se existe uma criatura, o que ela come? E não me venha com a asneira de cachorros e bois... Como é possível comer bois quando se vive num lago? E onde estão os ossos desses bois? Onde estão os ossos dos ancestrais da criatura, aliás? Se alguém avistou o monstro, como ele não está no YouTube? Por que não se vê a criatura no Google Earth?

Bill Rec ainda sorria.

– Que foi? – pergunto a ele.

– As Boundary Waters têm um milhão de hectares de terras lacustres onde não se consegue entrar de barco a motor, e nem sequer sobrevoar de avião. A maior parte está parcialmente coberta de árvores. Existem animais por toda a região, os quais um grande predador pode comer sem que ninguém perceba. A área é protegida desde 1910 ou por aí... Um amigo de Teddy Roosevelt foi para lá de férias e gostou.† E, acima de tudo, é cercada

---

* Embora uma vez eu tenha visto um Óvni. Eu circulava pela Reserva Indígena de Yucca durante a faculdade de medicina e numa noite estava deitado de costas no topo de uma mesa onde não deveria estar porque era sagrada, e vi uma coisa clássica, em forma de pires, disparar pelas estrelas. Rolei para acompanhar e, à medida que o ângulo mudava, percebi que era uma ave voando baixo com asas brancas e uma faixa branca no peito. Ainda estou decepcionado.

† Isto é uma simplificação. O general Christopher C. Andrews foi lá em 1902 e defendeu a causa da preservação das Boundary Waters com Teddy Roosevelt. Mas o fechamento de grande parte delas a barcos a motor e aviões só

por uma floresta nacional, um parque nacional e um parque provincial canadense, e é contígua ao Lake Superior.

– Então não importa seu tamanho ou o quanto é protegida – digo. – Qualquer lugar contíguo ao Lake Superior é coberto de caçadores de peles. E, se eles achassem um monstro ali, teriam feito um chapéu dele.

– Talvez o monstro não estivesse lá na época. Ou não estivesse acordado. Talvez estivesse escondido. As pessoas estiveram por toda a superfície do Lago Ness e ainda não sabemos o que tem *lá embaixo*.

– É claro que sabemos. Cada centímetro do Lago Ness foi mapeado por sonar.

– Não os túneis e cavernas nas paredes.

– São um mito. As paredes do Lago Ness são de mero basalto, e o fundo é plano. Sabemos quantas bolas de golfe há nele.* Você deve perguntar à sua paleontóloga sobre estas coisas. Se ela não estiver ocupada demais fazendo o que faz para você.

Ele ignora essa.

– E o velho no vídeo?

Gostaria de parar de pensar naquele sujeito agora.

– Admito que ele conta uma boa história. Isso não significa que possa sobreviver com uma perna mordida sem ninguém para fazer um torniquete nele.

– Talvez ele mesmo tenha feito o torniquete. Sabemos que ele tinha uma corda de bungee.

– Ele *disse* que tinha. Talvez a tenha usado como torniquete.

---

aconteceria décadas depois. Ainda era debatido em 1949, por exemplo, quando as pessoas que se opuseram à proibição (os proprietários ou trabalhadores de hospedarias para caçadores às quais só havia acesso por barco ou avião) bombardearam a casa de um guia e ambientalista corajoso que pensava – corretamente, por falar nisso – que uma proibição aumentaria em vez de diminuir o apelo da região como destino turístico.

* Cem mil.

E talvez a perna dele tenha sido tão esmagada que suas artérias poplíteas e femorais se fundiram. Mas nenhuma dessas coisas é provável. A maioria das pessoas sem treinamento que tenta fazer um torniquete numa perna não consegue cortar o fluxo arterial... Elas só cortam o retorno venoso perto da superfície, o que piora as coisas. A maioria das pessoas que estão *sóbrias*. – Olho em volta, procurando um relógio. Não vejo nenhum. – Nem acredito que estamos tendo esta conversa.

– Estamos? Você não parece ser muito receptivo a pontos de vista diferentes.

– E não sou.

– Na realidade, você parece furioso.

Bom argumento. Eu *estou mesmo* furioso.

A irracionalidade costuma me deixar muito puto, mas ouvi-la de *Bill Rec*? Um cara rico demais para ser idiota, mas que, quando *decide* ser excêntrico, de algum modo apela *a mim*? Sabendo que eu, como todos os outros, vou largar tudo para me encontrar com ele, porque acho que pode haver um *emprego* para mim nessa bobajada?

E, na realidade, o problema é este. Isso não é culpa de Bill Rec. Ele não é o iludido desta história.

– Olha – digo eu. – Há quanto tempo você está em remissão?

Isso o sobressalta.

– O professor Marmoset lhe disse isso?

– Não. Ele nunca diria.

– Como descobriu?

– Sou médico.* Estômago ou cólon?

---

* Eu vi sua nuca, que ainda exibe os remanescentes de uma *acanthosis nigricans*, um problema cutâneo que por motivos obscuros tem correlação com cânceres abdominais. Claro que eu devia ter dito isso a ele, por motivos éticos e porque podia ter me poupado muitos problemas depois, mas pelo visto sou um tremendo grosseirão. E, além de tudo, eu já desisti da coisa com a pintura.

– Cólon – diz Bill Rec. – Estágio III-C. Há seis anos.
– Então você superou as expectativas.
– Até agora. – Ele bateu no vidro da mesa.
– Mas também percebeu que um dia todo o mundo vai morrer. A não ser que haja algum tipo de magia no mundo.
Um lampejo de imperiosidade aparece em seu rosto.
– Eu não colocaria a coisa dessa maneira.
– Está no Movimento da Singularidade?
– Sim.
– Sei.
– O que quer dizer com "sei"?*
– Testar as margens da realidade não é motivo para constrangimento – digo. – Mas bobagens como o Monstro do White Lake não são um jeito de conseguir isso. O mundo físico tem regras, e os objetos físicos tendem a obedecer a essas regras. As únicas coisas que não obedecem são as emoções e a experiência. Você quer magia, devia experimentar meditação. Ou fundar um hospital pediátrico.
– Não acha que isso é meio condescendente?
– Como disse, sou médico. Se quiser ver uma criatura viva e rara, olhe um urso polar. Ou namore alguém de Estocolmo.
– Estudei um ano em Estocolmo.
– Então experimente a Dakota do Norte. Mas, se quer meu conselho, aqui está: não faça essa idiotice.
Ele se senta, sorrindo.
– Não pretendo fazer. Vou mandar outra pessoa. Se for verdade, irei junto na viagem seguinte.

---

* O Movimento da Singularidade é formado por um bando de riquinhos da informática que acreditam que, quando os computadores se tornarem sencientes, será possível cativá-los para estender a expectativa de vida dos riquinhos da informática. É algo em que você se envolve quando não lhe resta nenhum problema real. Ou pelo menos que possa ser consertado.

– Não vai dar certo. Alguém idiota o bastante para aceitar esse trabalho é idiota o bastante para ser enganado pela fraude que isso venha a ser.

Bill Rec aponta para mim.

– OK... Veja bem, é *aí* que eu acho que está enganado. E o professor Marmoset tinha razão. Você é perfeito para isso.

– Eu? – digo. – Para fazer sua expedição burra?

– Sim.

– Está alegando que o professor Marmoset recomendou *a mim* para algo tão idiota?

– Não contei os detalhes a ele – diz Bill Rec. – Só perguntei por alguém com inteligência suficiente para avaliar o que parecia um mistério científico potencialmente tentador, mas durão o bastante para cuidar dele se por acaso se mostrar um empreendimento criminoso.

– Como assim, "cuidar dele"?

Se esta é a parte em que Bill Rec me diz que procura alguém disposto a punir quem estiver por trás disto quando se revelar uma mentira, também é a parte em que eu mando que ele vá se foder. O que seria uma infelicidade da perspectiva de me garantir que ele pague meu táxi para o aeroporto, mas pelo menos me tiraria da sala dele.

– Evitar que as pessoas se machuquem – diz ele.

Merda. Essa foi foda.

– Escute – diz ele. – Só quero que vá nesta expedição por mim. Descubra se é verdade.

– Não é. E qualquer insistência sua nisso o levará à decepção, ou pior. Obrigado por pensar em mim.

– Sei que é improvável. Peca pela credulidade. E, se você for e concluir que toda a história é uma fraude, aceitarei isso. Nesse meio-tempo, que mal faz?

– Quer dizer, além de desperdiçar meu tempo? Não sei bem, mas eu lhe garanto que fará algum. Seis pessoas a um milhão de dólares cada uma... Ou oito, ou o que seja... É muito dinheiro, acredite ou não. E quem estiver por trás disso tem algum motivo para pensar que elas vão aceitar.

– E o árbitro independente?

– O árbitro independente não significa merda nenhuma. Acha que não se pode comprar alguém de "alta posição no governo federal" com parte dos seis milhões de dólares? Você pode comprar esses caras até com uma impermeabilização de piscina. Quanto acha que pagaram a seu congressista para enviar a carta?

– Quinhentos dólares – diz Bill Rec. – Eu verifiquei. Mas, se o árbitro não for muito mais impressionante que meu congressista, vamos bater em retirada.

– Estou achando que é mais complicado que isso. Por que eles exigem que você não leve armas nem equipamento de comunicação?

Bill Rec ergueu as mãos.

– Porque eles são criminosos que estão tentando me explorar, e eu sou um idiota por até pensar na possibilidade de não quererem isso. Eu entendo. O que preciso saber é quanto você vai me cobrar para ir a Minnesota e dar uma olhada.

Não sei o que dizer.

Tento:

– Mais do que estaria disposto a pagar.

– E como você saberia?

– Tudo bem. Oitenta e cinco mil dólares.

– Oitenta e cinco *mil*?

– Sim.

Escolhi esse valor ao acaso, mas corresponde de fato a determinados critérios. Um é que, se eu um dia pensar num jeito de tirar as máfias siciliana e russa do meu pé, quase certamente sairá caro.* Outro é que eu estive ouvindo por semanas – e não só de Violet Hurst – como Bill Rec é avarento, razão por que sei que ele nunca vai concordar com isso.

Só para ter certeza, digo:

– E isso não é uma negociação. É pegar ou largar. E não inclui as despesas. Que podem dobrar o valor.

Bill Rec parece horrorizado.

– Como pode gastar 85 mil dólares em despesas?

– Ainda não pensei num jeito.

– É para um *acampamento*. Por uma *semana*.

– Mesmo que fosse, seria uma semana tentando poupar um milhão de dólares que você não precisa apostar. E não exigiria nenhuma cobertura contínua em meu barco, depois do que eu poderia, ou não, pegar meu emprego de volta.† Se não pode pagar, faça uma vaquinha com alguém de seu Movimento da Singularidade. Se é que eles já não fizeram.

Bill Rec murmura alguma coisa que não consigo ouvir. Peço a ele que repita.

---

* O problema é que David Locano, um ex-advogado de sicilianos e russos, tem um acordo com as duas máfias segundo o qual eles continuam tentando me encontrar e me matar, e ele continua se recusando a testemunhar contra eles – embora isso signifique que ele apodreça no Complexo Penitenciário Federal de Florence, em segurança máxima, no Colorado. Eu o coloquei ali, mas não é por isso que ele quer tanto me ver morto. Eu matei o filho maluco dele. O que fiz, três anos atrás, e faria novamente com prazer.

É meio uma *détente*, porque, se os russos ou sicilianos *conseguirem* me achar e me matar, Locano já não terá nenhum motivo para ficar de boca fechada. Ao mesmo tempo, se eles pararem seriamente de tentar e Locano descobrir, vai abrir o bico para poder sair e vir atrás de mim ele mesmo.

A solução óbvia, ao que me parece, é que alguém tire a máfia do meu rabo e espanque Locano na prisão. Mas é possível que os federais também tenham percebido isso e o tenham colocado bem protegido. Se for verdade, e se *eu* fosse os sicilianos ou os russos, provavelmente tentaria me pegar vivo, para que eu continuasse a prender a atenção de Locano. Mas o filho de Locano tentou isso uma vez, e foi assim que toda essa confusão começou.

† Isto deve ser muito otimismo de minha parte.

– Eu disse *tudo bem* – diz ele, parecendo doente. – Oitenta e cinco mil. Mais 85 mil para as despesas que tiverem recibos legítimos.

– Como é? – digo.

– Vai me fazer repetir?

– Deve estar brincando.

– Não.

– Merda.

Ele ainda parece nauseado.

– Pra mim e pra você.

Eu mesmo não me sinto muito bem.

– Merda – digo outra vez. – Bem, pelo menos não está mandando Violet Hurst.

Bill Rec parece surpreso.

– Eu estou mandando Violet Hurst. Estou preocupado com ela. É por isso que *você* vai.

SEGUNDA TEORIA:
HOMICÍDIO

5

Rota 53, Minnesota
Quinta-feira, 13 de setembro

— Acha que vamos trepar? — diz Violet. — Não estou me oferecendo. Só pedindo sua opinião.

Eu estou dirigindo.

— Está bêbada?

Por cima dos óculos de sol:

— Não estou, não, obrigada, doutor.

Talvez não esteja. Logo depois de passarmos por Duluth, que se mostra um monte de trocas de vias expressas entre fábricas de papel que parecem novas, cada uma delas bombeando uma fumaça grande e opaca como nuvens de suas chaminés, paramos em uma Dairy Queen para almoçar. Violet compra duas cervejas no posto de gasolina ao lado, e, quando eu não quero uma, ela bebe as duas. Mas isso já faz uma hora.

— Então, sim, provavelmente — digo.

— Mas que atrevimento. Por quê?

— Não nos conhecemos, estaremos em um lugar estranho por alguns dias. Não há nada mais sexy do que dizer a alguém "Você nunca mais me verá depois da semana que vem".

— Aprendeu isso trabalhando em cruzeiros marítimos?

— Tenho certeza de que eu sabia antes.

— Dos anos que passou como michê?

— Preferimos "biscateiros".

— Sexy. Não tão sexy quanto "Você nunca mais me verá depois da semana que vem", mas sexy.

– Não acha que seja verdade?

– Acho que há uma curva em forma de U aí. Com algumas pessoas que conhecemos, a gente quer trepar por suas babaquices misteriosas e fantasiosas, depois *não* queremos mais trepar com elas porque ficamos de saco cheio disso. Mas depois queremos de novo, porque nós realmente as conhecemos.

– Deve ser legal.

– Não estou dizendo que a *minha* experiência corrobore isso. Minha experiência corrobora o reconhecimento gradual de que quem quer que eu namore é muito imbecil.

Este é precisamente o tipo de assunto que eu devia evitar. Não vou contar a Violet Hurst nada de real sobre mim mesmo, e então por que eu tenho de fazer perguntas a *ela*? Mas mulheres que parecem a Mulher Maravilha e me vêm com papo de bêbado dentro de um carro não são algo com que convivi muito na vida.

Talvez eu devesse dirigir mais.

– Algo mais recente? – pergunto.

– Um pouco mais recente que isso, na verdade – diz ela.

– Em andamento?

Ou ter um talk-show.

– Nem eu sei. A história de sempre dos homens: interesse extremo, partida repentina. Depois de um tempo, fica velho. Tudo bem, agora você vai achar que sou uma puta, porque estou toda sedutora e tenho um seminamorado.

– Agora você acha que eu sou de julgar.

Ela me olha.

– Você é ligeiramente mais inteligente do que parece.

– É a curva em U. Depois de cinco minutos, começo a parecer burro de novo.*

---

* Como a maioria das pessoas criadas com filmes americanos, eu tenho pouco acesso a minhas emoções, mas faço provocações como ninguém.

– Ha-ha. Bem, eu não sou uma puta. Não no mau sentido. Só sou meio lesada para reconhecer o óbvio e admitir que meu seminamorado é um não namorado.

Sim, mas sou inteligente o bastante para parar. Ou ciumento o bastante de que um bosta lá fora tenha uma chance que eu e a maioria das outras pessoas na face da Terra jamais teremos, e nem mesmo apreciaremos.

Nunca vou saber.

– Não sei bem. Depende do que estiver no rádio – digo.

– Você é mais engraçado quando não fala, sabia?

Eu rio.

– Rir conta. E então: como é a *sua* vida amorosa?

Está vendo? Você não deve dizer nada a ninguém.

– Não existe.

– Desde quando?

– Há muito tempo.

– Por quê?

– Pensei que a ideia era continuar misterioso.

– Misterioso e pavorosamente esquivo: não são a mesma coisa.

– Olhe, pelo menos eu não estou em uma missão paleontológica secreta para Bill Rec.

– Além desta.

– Bom argumento.

– Obrigada. O que você fazia antes de trabalhar em navios de cruzeiro?

– Fiz faculdade de medicina. Essas merdas.

– No México. Eu procurei você no Google. Por que lá?

– Não fui aceito nos Estados Unidos. Ainda quero entrar.

– Você era um menino mauzinho?

– Mau em tudo.

– E como era?

– Bom.

Ela suspira.

– Conversar com você é meio como arrancar dentes.
– Faço isso às vezes. Nos navios.
– É mesmo?
– Faz parte do meu trabalho.
Nada sabota mais uma conversa do que assuntos grotescos de médico.
– De onde *você* é? – pergunto.
– Não mude de assunto.
– Que assunto?
– Você.
Mas nós dois sabemos que eu a esgotei. Nisso eu sou bom.

ᐟ⚫⚫ℂ

– Puta merda – diz Violet.
Estamos na rua principal de Ford, algumas horas depois. Não é a saída da rodovia para o CFS Hotel, onde devemos nos registrar amanhã – mas a saída antes desta. Em Ford propriamente.

Ford propriamente parece que foi usada por alguém para teste de mercado do Apocalipse. Tudo – as casas, os salões dos veteranos de guerra, os shoppings, os prédios comerciais baixos e de tijolinhos – é coberto de tábuas, caindo aos pedaços ou tomado de mato. As únicas pessoas que vemos são uns zumbis de camiseta e boné, que largam os cigarros no chão e dão guinadas para diferentes lados quando veem que nos aproximamos.

Tenho os mesmos preconceitos com os americanos rurais que a maioria dos americanos urbanos têm,* mas este lugar não é nada que alguém escolheria. Quando passamos por um cara de uns 20 anos pedalando uma bicicleta, a sensação é que ele parece um impetuoso atleta do ciclismo, até você perceber duas

---

* Porque eles são racistas iludidos que votarão por seus direitos em qualquer plutocrata disposto a citar Jesus. Assim como os conservadores culpam os pobres por não serem ricos, os progressistas os culpam por não serem instruídos.

garrafas de dois litros de Pepsi quicando no alto do pneu traseiro e entender que ele é um lote inteiro de metadona.

– Que horrível isto aqui – diz Violet.

– Pensei que você fosse do Kansas.

– Vá se foder. Eu sou de Lawrence. Não é nada parecido.

– Eu estava a ponto de ficar impressionado.

– Pare com isso. Mas este lugar não devia ser assim também. Bob Dylan é de algum lugar por aqui.

– Há muito tempo.*

– E eles elegeram Al Franken, mais ou menos.

– E Michele Bachmann.

– *Essas* pessoas não têm nada a ver com Michele Bachmann. O distrito dela fica bem ao sul daqui.

A loja de conveniência com bombas de gasolina na frente está aberta, pelo menos. Reconheço-a do documentário que foi enviado a Bill Rec. Ainda tem na vitrine um cartaz da Budweiser laranja óptico de um alce visto por mira telescópica. Duas quadras mais acima, vejo um restaurante chamado Debbie's com um carro estacionado na frente.

Entro na vaga. Talvez o Debbie's também esteja aberto.

ᘛ⁐̤ᕐᐷ

Soam sinos quando Violet e eu abrimos a porta, cujo vidro foi parcialmente quebrado e recoberto de compensado. Não há nin-

---

* Ouvi um pouco dos primórdios de Bob Dylan alguns meses depois de ter esta conversa, e pareceu cheio de ambivalências ele ser do Minnesota. Por exemplo, "Bob Dylan's Blues", do *The Freewheelin' Bob Dylan*, tem uma introdução falada que parece algo que Sarah Palin diria: "Ao contrário da maioria das músicas de hoje escritas em Tin Pan Alley – de onde a maioria das canções folk vem hoje em dia –, esta, sim, é uma música, esta não foi escrita lá. Esta foi composta em algum lugar dos Estados Unidos". Mas, quando saiu *The Freewheelin' Bob Dylan*, Dylan estava morando a pouca distância de Tin Pan Alley havia dois anos.

guém no salão de jantar. Mas as luzes fluorescentes estão acesas e há uma placa de "ABERTO" na vitrine.

– Olá? – diz Violet.

Do outro lado do salão, uma loura de camiseta branca sai parcialmente da cozinha. Quarenta e cinco do pior jeito.

– O que posso fazer por vocês?

– É... Está servindo comida? – diz Violet.

A mulher nos encara por um tempo longo o bastante para ficar estranho.

– Isto *é* um restaurante, querida. Sente-se onde quiser. Estarei aí em um minuto. Os cardápios estão na mesa.

Violet e eu pegamos uma mesa na frente. Passamos tanto tempo lado a lado que começa a ficar assustador olhar em seus olhos.

– Que foi? – diz ela. – Tem alguma coisa na minha cara?

– Não.

Ela verifica o reflexo no espelho mesmo assim. Para deixar de olhar para ela, pego um dos cardápios. É pegajoso, como se tivesse sido borrifado com xarope atomizado.

Da cozinha, ouvimos algo de metal bater em outra coisa. Depois uma mulher, talvez a mesma, gritando *"APRENDA A VIRAR A PORCARIA DA PLACA"*.

– Hum – diz Violet. – Acha que a gente deve sair?

– Talvez sim. Mas eu não me importaria de esperar um minuto.

Os olhos dela se arregalaram, brincalhões e animados.

– Quer dizer como parte da *investigação*?

A porta da cozinha se abre batendo com mais força do que se pensa que a janelinha vai suportar – o que talvez tenha acontecido com a porta da frente –, e a mulher se aproxima da nossa mesa como se estivesse pronta para nos estapear.

– Já decidiram, crianças? – diz ela.

– Tem certeza de que está aberto? – diz Violet.

– É o que diz a placa.

– Sim, mas podemos...

A mulher sorri carrancuda.

– O que vai querer, meu bem?

– Rabanadas, por favor – diz Violet.

– Um hambúrguer e um milk-shake de chocolate – peço.

– Não fazemos milk-shake – diz a mulher.

– Você tem o quê, 5 anos? – diz Violet. À garçonete, ela diz:
– Tem cerveja?

– Pabst e Michelob Light. Talvez a Pabst esteja em falta.

– Duas Michelob Light, então.

– Ainda quer o hambúrguer?

– Claro, obrigado.

– Ei, você é a Debbie? – diz Violet.

– Ninguém pode deixar de ser quem é.

No caminho de volta à cozinha, ela para junto a um freezer horizontal perto da parede. Tira um pacote embalado com celofane de rabanadas pré-fabricadas. Violet não vê isso acontecer.

É interessante. Já estive em restaurantes hostis como este, mas a maioria deles ficava no sul do Brooklyn, na Rua 65, ou a leste no Queens, na Cross Bay Boulevard, e existiam para outros fins além de servir comida.* Este lugar não é necessariamente assim – sei que o mundo está cheio de restaurantes que ganham seu dinheirinho honestamente – mas ainda assim, é estranho.

– Dê uma olhada – diz Violet.

Sigo os olhos dela até uma placa na parede: "CONTINUE A RECLAMAR. SE A LUZ APAGAR, VOU SABER ONDE MIRAR."

Violet diz:

– Mas qual é o problema deste lugar, porra?

---

* O *Zagat*, sobre um restaurante grego que eu costumava frequentar em Ozone Park: "Você vai 'comprar armas roubadas da bagagem de JFK' neste 'bazar para sociopatas' 'íntimo', mas também pode querer 'pegar sua própria comida no galinheiro ao lado' e 'Pegar emprestado o Purell do vizinho'".

PROVA C

Debbie's
Ford, Minnesota
*Ainda quinta-feira, 13 de setembro**

Batendo a porta da cozinha com violência, Debbie Schneke se pergunta se você está falando sério, *porra*. Primeiro Dylan e Matt fodem com a ida a Winnipeg – voltam *acesos*, entupidos de tanta metanfetamina –, depois Davey se esquece de virar a placa de "ABERTO" e dois malditos *canas* entram no restaurante.

Ao mesmo tempo ela tem três mil comprimidos de pseudoefedrina triturados, lavados e misturados com fluido de freio em um frasco Erlenmeyer no balcão.

Toda a merda da cozinha está um desastre. Qual é o especial de hoje – Frankenstein? E ainda esperam que ela prepare a porra de um *hambúrguer* para um *policial*?

Debbie vai à porta de tela que leva aos fundos. Pela malha, vê um bando dos seus garotos sentados em engradados, latas de lixo e outras merdas, mas sabe que eles não a estão vendo. Se vissem, não estariam relaxados ali como macacos.

---

* **Como sei disso**: as informações para esta prova, bem como para a prova J, vêm de comunicação pessoal, testemunhos e transcrições de escuta incluídos na redação aberta (pública) do *Relatório Final do Grande Júri In Re O Povo do Estado de Minnesota (Autor) versus Schneke et al. (Réus)* (CJ 69-C-CASP-7076).

– VÃO SE FODER! – grita ela, fazendo com que alguns vazem. Debbie nem sabe se é seguro ligar o gás da chapa. Ela não acha que a mistura chegou ao ponto em que somada ao propano se transforme naquela merda de gás que intoxicou as pessoas na Primeira Guerra Mundial,* mas como é que pode ter certeza?

Ela decide: o gás fica fechado. O policial que se foda. Ela ia fazer o hambúrguer dele no micro-ondas. Se é que ele *é mesmo* da polícia. Ele e aquela dona parecem do FBI, do DEA ou algo do gênero. São atraentes demais para ser policiais comuns. Debbie se pergunta há quanto tempo eles estão trepando e se os cônjuges dos dois sabem.

Oh, e... ah, assim não dá. De jeito NENHUM, porra. Mesmo que ela faça o hambúrguer no micro-ondas, como é que vai preparar a merda do PÃO? Ou a rabanada para a mulher? MAS QUE DROGA!

Debbie está fora de si de fúria. Abre a porta da câmara com um puxão: Matt Wogum e Dylan Arntz, os dois amarrados e amordaçados com fita adesiva, azuis e de aparência lerda por causa do frio. Já nem sequer tremem. *Mais* uma coisa com que se preocupar.

– Vão pro DIABO! – grita ela, e bate a porta. Tudo isso é culpa deles. Ela nem acredita em como pôde confiar neles.

O que *bastaria* para esses garotos de merda? Ela já deu comida, fodeu com eles e lhes pagou TV a cabo. De que mais eles precisam? Debbie plugar um Xbox na buceta para eles se multidivertirem?

E só o que ela lhes pediu foi que se controlassem um pouquinho, *porra* – e NÃO CHEIRAR A MERDA DO PRODUTO.

Matt Wogum ela sabia que era incorrigível. Embora ele tivesse ido a Winnipeg com Greg Bierner para comprar a droga

---

* Chegou *a* esse ponto.

uma dezena de vezes, ele alegava nunca ter visto Greg usar. Só por isso Debbie o teria matado junto com Greg, mas depois não haveria mais ninguém vivo para fazer a viagem. Na ocasião, pareceu mais inteligente manter Matt por perto.

Errou, que novidade. Dylan, o melhor que ela teve, o mais confiável – aquele que às vezes ainda vai ao colégio, em quem Debbie bate umas punhetas por ele ser tímido demais para gozar na sua boca –, faz *uma* só merda de viagem com Matt Wogum e volta para casa tão chapado, que nem pisca direito. Ele e Matt Wogum contando uma história furada – que, agora que Debbie pensa no assunto, devia ser verdade –, de que *Wajid*, a porra do menino iemenita, não conseguiu tirar os comprimidos do depósito da farmácia dos primos a tempo porque os primos estavam desconfiando, e também não estava disposto a hospedar Matt e Dylan no apartamento dele até ele conseguir pegar as bolas porque Wajid ia fazer um *encontro religioso* ali.

Esse é o problema desses malditos iemenitas. Quando entram nessa, é só para mandar dinheiro para o Hezbollah ou uma porra dessas. Não é o dinheiro deles, e então não é problema deles. Eles não agem como profissionais.

E é claro que Matt e Dylan tiveram de ir a um *bar*, onde *naturalmente* umas vagabas canadenses perguntaram se eles tinham cocaína. E Matt disse que sim porque tinha a porra da *metanfetamina* consigo, e depois fez Dylan cheirar um pouco para as piranhas não pensarem que era uma espécie de Boa-noite, Cinderela.

O que, sejamos justos, da parte de Matt *podia* ser verdade. Debbie jamais aceitaria um pó branco e suspeito de alguém com a cara de Matt Wogum – e Debbie *produzia* pós brancos suspeitos.

Mas, *o que quer* que tenha acontecido no Canadá, Debbie agora não tinha ninguém para mandar comprar mais comprimidos. As 3 mil bolas que tinha eram as últimas – a não ser que ela deixasse Dylan vivo, uma ideia que lhe dava náuseas. Qual a alternativa? Procurar os merdas dos *sinaloenses?*

A ideia lhe deu vontade de gritar e socar sem parar a porta do forno.

Debbie *odeia* os sinaloenses. Sempre mandando um imigrante chicano anão com um dente de ouro na boca, e a mesma conversa de *"Joo trabalha pra nós agora, dona"*. Querendo que ela vendesse o produto acabado do México a um quarto do lucro que ela auferia preparando o dela.

Até agora ela vinha conseguindo manter longe esses filhos da mãe. Mas, se os sinaloenses se organizassem e parassem de matar uns aos outros, poderiam virar um tremendo pesadelo. Todos trabalham na fábrica de processamento de carne em Saint James como disfarce, o que significa que são bons de faca. Só por nervosismo, ela precisou comprar um monte de armas novas para os seus garotos.

E agora teria de *torcer* para conseguir de volta um desses malditos anões? E para ele trazer o produto, porque assim pelo menos ela teria o que vender?

Debbie rasga um pedaço de papel-alumínio do rolo e cobre o béquer da mistura com ele, colocando o treco na geladeira. O que mais ela devia fazer com aquilo, porra?

Liga a esteira que corre por cima da câmara do fogão. Acende o propano. Pensa no gás mostarda potencial *Ah, faça-me o favor*.

Pelo menos com a mistura fechada, ela pode fumar. Debbie vem fumando muito ultimamente, obrigada por lembrar, mas agora parece que o único ar viável no ambiente está do outro lado de um cigarro aceso.

Depois da primeira tragada, coloca o pão e a rabanada na esteira, e o hambúrguer no micro-ondas. Foda-se aquele policial, mesmo com o propano ligado. Depois abre a porta do estacionamento com um murro.

Os garotos, agora dispostos no muro baixo dos fundos e em alguns carros, se calam. Eles parecem irritados e temerosos.

— Assim que os policiais forem embora, tirem Dylan Arntz daqui e deem uma bela surra nele — diz ela. — Matt Wogum, eu ainda não decidi.

Os mais velhos, aqueles que importam — provavelmente o restante deles também —, saberão o que isso quer dizer.

Com relação a Dylan, quer dizer que ele tem mais uma chance.

Com relação a Matt, quer dizer que é melhor que alguém comece a cavar um buraco.

6

Ford, Minnesota
Ainda quinta-feira, 13 de setembro

Debbie, suposto que seja este seu nome, põe nossos pratos na mesa. O meu tem um hambúrguer, o de Violet a rabanada antes congelada. Tirando isso, os dois estão vazios.
Guarnição: a muleta da vida, a qual você só dá valor depois que perde.
Mas o hambúrguer parece bom. Ou pelo menos o pão está tostado, o que representa metade dele.
– O que mais vão querer? – diz Debbie.
Violet diz:
– Pode nos contar alguma coisa sobre o White Lake?
Debbie perde o controle com tamanha rapidez, que parece uma fração de segundo de um filme de lobisomem.
– *Como é?* COMO É QUE É, caralho?
– Ih... – diz Violet.
– O QUE FOI que você disse? Vocês entram aqui fingindo ser da *polícia* e... afinal de contas, o que vocês *são*? A porcaria de uns *jornalistas*?
– Não – diz Violet. – Somos cientistas.
– Mas é claro que são. E deram *por acaso* aqui, perguntando quem sou eu, perguntando sobre a merda do Monstro do White Lake...

A meio caminho de me levantar, paro.

— Você disse...

— Eu não disse *porra* nenhuma. Tenho certeza absoluta de que não disse nada a vocês.

— Mas...

— Vocês dois, saiam de meu restaurante. *Fora*.

— Posso só...

Ela pega meu prato e o espatifa na mesa.

— SAIAM DA PORRA DO MEU RESTAURANTE!

Quando a massa de carne bate no chão, puxo Violet de sua cadeira e passo os olhos no encosto, procurando saber se ela esqueceu a bolsa. Não esqueceu. Violet Hurst, a única das mulheres que usa calças cargo, usa de verdade os bolsos.

À porta, eu me viro para tentar mais uma vez.

— Posso...

— Quer um monstro? Procure Reggie Trager! — grita Debbie, atirando o outro prato na minha cabeça.

Fecho a porta assim que o prato explode no compensado.

╭◔◔╰

— Meu Deus, *cacete* — diz Violet, quando voltamos ao nosso carro alugado. O carro é uma robusta *station wagon* de uma divisão da GM que eu pensei que tivesse saído do mercado anos atrás. — Mas o que foi tudo isso?

— A moça aí não gosta de cientistas — digo.

— Que merda. É uma pena. A rabanada parecia muito boa.

— Era congelada.

— É mesmo? Que filha da puta! Como sabe disso?

— Eu a vi pegar no freezer.

Violet para com a mão na maçaneta do carona.

— Você ia me contar?

– Achei que ia gostar mais se eu não dissesse nada.
– Só pode ser piada, né?

Por sorte, nessa hora ouvimos um barulho vindo de trás do restaurante que parece um monte de lixeiras sendo reviradas e alguém grita.

Passo as chaves para Violet pelo teto do carro.
– Ligue o motor e fique aqui.
– Deixe isso pra lá.
– Faça. Se eu não voltar em três minutos, chame a polícia.

Nos fundos, há uns doze adolescentes ou mais tirando o couro do que parece ser outro adolescente, embora seja difícil saber, pois eles estão bem espremidos em volta do garoto e a cara dele está toda coberta de sangue. Não há muita técnica, mas o entusiasmo é grande.

Ignoro os agressores e deixo o sangue me atrair para onde estou, ajoelhando-me sobre o garoto, protegendo-o. Ele está inconsciente, mas respira. Uma laceração acima do olho permite que se veja o osso. Um monte de cortes menos graves no rosto e no couro cabeludo. A pele está estranhamente fria.

As pálpebras começam a bater.
– Não se mexa – digo.

Ele se arrasta de costas. Toca o rosto e vê o sangue nas mãos.
– Ai, merda!

Lá se foi o exame da coluna cervical. Enquanto ele está distraído, pego um dente canino ensanguentado no asfalto e coloco no bolso do meu casaco.

– Pare de se mexer. Diga-me se isso dói.
– Dói!
– Espere até eu começar.

– Ei! – grita alguém. – Senhor!

Olho para cima. Apesar de eu ignorá-los, os outros adolescentes não parecem ter desaparecido.

Eles são de um leque estranho de idades. Dos infantis 13 anos aos desgrenhados 17. Praticamente diferentes espécies entre si, embora todos exibam o mesmo estilo de roupa: um casaco enorme e jeans baggy, ambos tão cobertos de nomes de grifes, que parecem o centro de Los Angeles em *Blade Runner*. Pelo menos esses garotos parecem mais saudáveis que os mongos da geração plugada que costumo ver esquivando-se dos avós nos cruzeiros marítimos. Como se passassem muito tempo ao ar livre, ainda que só para dar porrada em alguém.

Por outro lado, muitos deles agora apontam armas para mim.

Em sua maioria, escopetas e rifles de caça, mas – particularmente entre os mais velhos – uns revólveres de aparência cara também. O garoto que parece mais velho, no meio, tem uma Colt Commander que brilha como um globo de discoteca.

– Ei, você – diz esse garoto. – Sr. *Babaca*.

Não sei o que fazer.

O controle não violento de uma multidão é a parte mais difícil das artes marciais. Você não pode passar as noites só esmurrando o saco de pancada na academia dos oficiais e esperar ser bom nisso. Precisa praticar torções articulares, tesouras e outros golpes – algo que eu não posso dizer que estive fazendo, pelo menos não no nível em que me sinta confiante de poder neutralizar dez armas de fogo juntas sem que alguém se machuque.

E *é* meio importante para mim que ninguém se machuque aqui. O sensei Dragonfire não nos diz "Controle em vez de ferir, fira em vez de mutilar, mutile em vez de matar, mate em vez ser morto"? Eu, justo eu, não devo tomar essa recomendação pessoalmente? E eu não me meti nesse conflito para *evitar* que uma criança fosse ferida?

Decido blefar.

– É *dr.* Babaca para você – digo, levantando-me com o menino ferido nos braços.

O garoto com a Commander bloqueia meu caminho.

– Pensei que fosse preciso ter miolos para ser médico.

– Este é um equívoco comum – digo, desviando-me dele.

– Isso aqui não é da sua conta! – grunhe ele.

– Você fez com que fosse da minha conta.

Estou quase me afastando dele – e por extensão, acho eu, dos outros também – quando ele se coloca na minha frente de novo, desta vez metendo o cano da pistola no lado esquerdo de meu pescoço.

Uma atitude muito burra. Faz nascer dentro de mim uma coisa que *caga* para o fato de estar cercado de crianças, ou de muitas delas estarem armadas. Uma coisa que quer que eu jogue o garoto em meus braços para o lado, arranque a arma da mão do outro garoto, pise no seu pé esquerdo enquanto chuto o joelho direito e aperte a garganta sem largar. Então, quando bato em seu peito e ele recua, a arma e a laringe dele saem do alcance das minhas mãos. Entenda-se com o sansei Dragonfire outra hora.

Essa coisa me assusta mais que a pistola. Particularmente porque as Colt Commanders são de ação simples e o garoto se esqueceu de puxar o cão para trás. Eu passo por ele com indiferença, e ele se afasta com um pulo, evitando o contato com os pés do garoto que carrego no colo.

Quando estou quase na frente do restaurante, Violet Hurst aparece de um salto. Erguendo o celular, ela grita:

– Ninguém se mexe, seus viados de merda! Estou com a polícia no telefone *agora*!

– Você tem *sinal aqui*? – pergunta um dos meninos atrás de mim. Ele parece genuinamente assombrado.

Ouço o garoto com a Commander dizer "Porra!" enquanto tenta puxar o gatilho para nós. Então me lanço sobre Violet, levando a nós dois e o garoto em meus braços para um canto assim que o tiro abre o reboco, provocando uma chuva em nossas costas.

Violet é durona com isso. Ela cai de pé, vira-se e já está correndo. Passamos por Debbie, que está na frente da porta de compensado, com a mão protegendo os olhos.

– Não atirem na merda do restaurante, seus babacas! – grita ela para os garotos.

– Me dá a chave – digo a Violet.

– Está na ignição.

É como eu digo: durona. Jogo o garoto no banco traseiro e dou a partida no carro afundando tanto o pé no acelerador que saltamos o meio-fio na frente da vaga antes de darmos uma guinada para fora do estacionamento.

A direção esportiva sempre me lembra Adam Locano, que era meu melhor amigo na época dos meus 15 aos 24 anos – uma fase em que um jovem tira o máximo de sua direção esportiva, a não ser que ele vá ser corredor profissional, ou um sem-noção. Adam e eu *já* éramos sem-noção. Ambos venerávamos o pai dele, cujo conselho sobre carros era tratá-los como uma mulher: roubá-los, despi-los, largá-los quando aquecem demais, não confiar muito neles. Tenho certeza de que ele tinha outras metáforas baratas que estou esquecendo.*

Não que o carro alugado fosse assim tão esportivo. Eu ainda estava com o pé fundo no pedal, e a transmissão automática ten-

---

* Mantive-me junto dessas pessoas, por opção minha, literalmente até elas começarem a tentar me matar. É uma coisa em que gosto de pensar sempre que sinto que uma merda que acaba de me acontecer é qualquer coisa, menos justificada.

tava a troca de marchas sucessivamente e sem sucesso. Puxei o freio de mão na primeira curva à direita, e isso não afetou em nada as coisas.

Pouco antes da segunda curva à direita, vi uma picape entrar no retrovisor. Canos de rifles como cerdas.

– Para onde vamos? – perguntou Violet, quando virei na terceira curva à direita. Eu tinha acabado de sair da rodovia e voltava para o Debbie's.

– Tirar esses putos do nosso pé.

No Debbie's, entrei em diagonal pelo estacionamento, indo novamente para a estrada que pegara três minutos antes.

Pelo retrovisor, vi a picape parar num arranco na frente da porta de compensado. Agora que eles sabiam que estávamos dispostos a voltar para sua base – pelo motivo que fosse –, teriam de ficar e defendê-la. Ou pelo menos se dividir.

– Ei – digo ao garoto na traseira. – Está acordado?

– Estou.

– Onde fica o hospital mais próximo?

– Não preciso ir para o hospital.

– A pergunta não foi essa. Onde fica?

– Em Ely. Mas meu médico fica perto daqui.

– Esqueça. Se ele não tiver um tomógrafo no consultório, só vai mandar você para um hospital de qualquer maneira.

– Ele tem um tomógrafo no consultório.

– Não é provável.

– Cara, eu sei o que é um tomógrafo – diz o garoto. – Tira um monte de raios X seguidos. Tipo cortes transversais. Meu meio-irmão tirou um milhão deles.

– Por quê?

– Ele tem um tumor no cérebro.

– E ele é examinado *aqui*?

– É.

Pensei no assunto. Ely, onde Violet e eu devíamos passar a noite num hotel, fica a meia hora da Rota 53.

– Tudo bem – digo. – Onde fica seu médico?

O garoto se senta o suficiente para ver pelo para-brisa.

– Entre à esquerda agora.

– Segure-se em alguma coisa – digo. – E me dê algum tempo. – Tento o freio de mão de novo na curva. Não acontece nada.

– Vá o mais longe que puder, depois vire à direita – diz o garoto. – Tem um beco sem saída.

– Na frente daquele prédio grande?

– É.

– Também precisamos ligar para a polícia – diz Violet.

– Ei, sem essa, tia!

Exatamente meus sentimentos.

– Não quer que a gente telefone? – digo ao garoto.

– De jeito nenhum, porra.

Eu suspiro.

– Tudo bem.

– O *quê?* – diz Violet.

– Acho que temos de respeitar a vontade do garoto. Além disso, não sabemos realmente o que teria acontecido se eu não tivesse me metido.

– Eles o teriam matado de pancada.

– Não. Parecia que já estavam terminando. – Pego o olhar desconfiado do garoto para mim pelo retrovisor.

– Eles atiraram em nós – diz Violet.

– Atiraram *perto* de nós. O que *é* esse prédio?

– É a antiga mineradora – diz o garoto.

Não sei o que ele quer dizer. Mas é impressionante: tijolos vermelhos e ferro, deixados para o mato.

– Como você se chama? – digo.

– Dylan.

– Dylan, em que dia da semana estamos?
– Sei lá, porra.
– É quinta-feira. Lembre-se disso. Vou lhe perguntar de novo daqui a alguns minutos, está bem?
– Tá.
– Tem algum problema médico?
– Tenho. Acabo de levar uma surra.
– Além desse.
– Não.
– Você acha mesmo que não devíamos chamar a polícia? – Violet me pergunta.
– Dylan? O que você acha?
– Sério: de jeito nenhum. Eles só vão piorar as coisas.

Olho para Violet e dou de ombros. Pergunto a Dylan se ele toma algum remédio.

– Não.

Mesmo do banco da frente, sinto o cheiro de amônia que evapora do sangue que o recobre. Pode explicar sua aversão à polícia.

– Sabia que, no lugar de onde eu venho, as pessoas que tomam metanfetamina espancam as que *não* tomam, e não o contrário? – digo.
– Vai ver eu preciso me mudar pra lá.
– Talvez devesse mesmo. Quanto está usando?
– Não estou "usando". Tomei duas vezes. Uma ontem à noite e outra algumas horas atrás.
– Por isso aqueles caras estavam enchendo você de porrada?
– Não sou telepata, cara.
– Vou tomar isso como um sim. Tem alguma alergia?
– Tenho. A gente que me enche de porrada.
– Sabe, estou começando a entender por que isso acontece.
– Lionel! – diz Violet. – Dylan, meu nome é Violet e este é Lionel. Ainda acho que devia pensar em procurar a polícia.

– Seu nome é *Lionel*? – diz o garoto.
– O que tem isso?
– Nada.
– Tá legal, então. Entro aqui ou sigo em frente?
– Em frente. – Passamos por uma fileira de casas de paredes de alumínio com variadas quantidades de encerado azul-celeste nos telhados. Não foram as primeiras que vimos.
– Dylan, qual é a da Debbie, a garçonete? – digo.
– E eu lá vou saber?
– E o que ela tem contra Reggie Trager?
– Não sei quem é esse.
– Quer que eu engula *essa* merda?
– Ei, eu não lhe pedi que me resgatasse.
– Tem razão. Vamos largar você lá de novo.
– Lionel! – diz Violet. – Acho que as intenções dele são boas – diz ela a Dylan.

O pavimento da estrada à nossa esquerda desce num barranco. Vejo a água faiscar por nós através das árvores.
– Esse é o White Lake? – pergunto.
– Tá brincando? – diz Dylan.
– Não. É para rir?
– Esse não é o White Lake. É o Ford Lake. Imaginei que vocês não fossem daqui.
– E não somos.
Dylan diz:
– A estrada faz uma curva para a direita, mas vamos sair devagar dela à esquerda.
– A primeira? – pergunto.
– É.
Eu saio. Coloco-nos num beco sem saída que segue a linha da água. As casas na margem são imensas. As que ficam mais para dentro são menores e mais altas, para ter vista para o lago.

Evidentemente é uma parte cara da cidade. A maioria das casas parece tão abandonada como todas as outras de Ford, mas há três seguidas no lado do lago que ainda têm gramados bem cuidados e árvores, e nenhuma janela quebrada. Uma delas até tem uma bandeira americana num mastro perto da porta da frente.

– É a verde – diz Dylan.

Estaciono na rua de frente para a casa. Apontando para o lado errado da calçada, mas nosso carro é o único que vejo. Talvez algumas garagens tenham outros, ou talvez não haja nenhum por perto.

– Cara, eu posso andar – diz Dylan, quando tento ajudá-lo a sair do carro.

– Como sabe disso?

– Veja e aprenda. – Ele estremece e manca o caminho todo até a varanda na lateral da casa, depois sobe a escada.

A varanda tem duas portas, uma das quais é revestida de aço e tem uma placa: "MARK McQUILLEN, MÉDICO". Toco a campainha.

Já ouvi esse nome antes, mas Violet chega a conclusões antes de mim. Cochicha:

– *A Fita do Dr. McQuillen.*

É verdade. A coisa devorando o pato no DVD de Bill Rec. Mesmo agora me dá arrepios.

Ouvimos passos, e a tranca é aberta do outro lado da porta.

– Lionel – diz Dylan.

– Hein?

– É quinta-feira.

7

Ford, Minnesota
Ainda quinta-feira, 13 de setembro

— Dylan Arntz — diz o dr. McQuillen na soleira da porta aberta. — Em que você se meteu?

Ele é um velho alto, de ombros estreitos e postura ereta, e mantém a cabeça para trás num ângulo de quem olha por bifocais. Talvez ele as use às vezes.

— Deixa pra lá, estou sentindo o cheiro. Entre e tenha cuidado. Não preciso que suje as paredes de sangue.

Enquanto observa o andar de Dylan à procura de danos neurológicos, ele pega um jaleco num gancho e o veste sobre o cardigã. Suas mãos são enormes.

— O que houve? — pergunta ele a Violet e a mim, sem se voltar para nós.

— Ele foi espancado por outros garotos nos fundos de um restaurante — diz Violet.

— O Debbie's — diz McQuillen.

— O senhor conhece o lugar.

— É o único restaurante em Ford que ainda está aberto. Mas acho que tem um bar que serve comida. — A Dylan, ele diz: — Entre na sala de exames, meu rapaz. Tem uns aventais embaixo da mesa.

— Ele nos disse que o senhor tem um tomógrafo — digo.

McQuillen nos olha pela primeira vez.
– Quem são vocês?
– Lionel Azimuth. Sou médico. Esta é minha colega, Violet Hurst.
– Também médica?
– Não – responde Violet.
– Enfermeira?
– Não – diz ela.
– Que pena. Bem que precisamos de uma por aqui. Você não é representante farmacêutica, espero.
– Não, sou paleontóloga.
– Bem, pelo menos é mais útil do que um representante farmacêutico.
– Vou me lembrar de contar a meus pais.
– Gostei disso – disse o dr. McQuillen. A mim, ele diz: – Tenho um tomógrafo, sim. É um GE de fatia única que comprei usado, com uma garantia do estado de que eu seria reembolsado. Obrigado por trazer o Dylan. Boa-noite.
Entreguei o dente de Dylan a ele como uma oferta de paz.
– Algum problema se ficarmos?
McQuillen pega o dente e dá de ombros.
– *Eu* gostaria. Mas receio que sua linda "colega" tenha de permanecer na sala de espera.

ͻ👁👁(

– Acompanhe meu dedo com os olhos, por favor, Dylan. – O dr. McQuillen coloca a caneta luminosa no bolso do jaleco branco e pega um diapasão, batendo na mesa quando o levanta. – Ouviu isto?
– Sim.

– Mais alto que isto? – Ele pressiona o cabo na testa de Dylan, depois move a cabeça para trás para perto da orelha de Dylan. – Ou este?

– Este – diz Dylan. Dylan está de cueca e avental aberto nas costas. Balançando os pés na beira da mesa, ele parece uma criança que de algum modo se meteu num ringue de boxe, com McQuillen e eu como sua equipe de apoio. Estou usando gaze molhada e tesoura para desemaranhar os grumos de sangue em sua nuca.

– Vê aquele ponto ali? Focalize nele – diz McQuillen. – Quanto é 14 vezes 14?

– Humm...

McQuillen puxa o nariz quebrado de Dylan, torce-o e coloca-o no lugar com um estalo.

– Ai, porra! – diz Dylan. Enquanto sua boca ainda está aberta, McQuillen mete o dente na fenda do maxilar, que ele depois fecha.*

Dylan geme de dor.

– Deixe fechada por alguns minutos. Deixe que se acomode. – McQuillen coloca os fones do estetoscópio. – Psiu. Preciso ouvir. – Ele passa o estetoscópio pelas costas de Dylan, depois ausculta o peito e o abdome, usando a outra mão para apalpar o fígado ou alguma anormalidade no baço. Vira o auscultador do estetoscópio de lado para usá-lo como um martelo de reflexo nos braços e pernas de Dylan.

É divertido de ver. É o tipo de rotina que faz a gente se perguntar se um dia será tão especialista assim em alguma coisa.

McQuillen sonda os rins e a coluna de Dylan.

---

* Fatores prováveis para o aumento na taxa de sucesso de reinserções dentárias: tempo mínimo fora da boca, transporte do dente em meio adequado (o ideal é que seja leite gelado, ou a saliva do paciente) e trauma mínimo da raiz enquanto se limpa sua sujeira.

– Vai precisar de suturas em dois ou três lugares, e deve ficar aqui em observação. Tirando isso, você teve muita sorte. – Ele belisca o tríceps* de Dylan, fazendo-o gritar.
– E o tomógrafo? – digo.
– O que tem ele? – diz McQuillen.
– Vai examiná-lo nele?
– Não vejo motivo para isso. Seu maxilar está intacto, bem como ambos os zigomas... pelo menos a um ponto que dispensa intervenção cirúrgica. Não há evidências de fratura LeFort ou suborbital. Procuramos sinais de anosmia. Ele não está vazando líquido cefalorraquidiano, o que significa que não deve precisar de cirurgia cerebral. E quanto aos hematomas, este aqui tem uma cabeça bem dura. – A Dylan, ele diz: – O que dói mais agora?
– Meu nariz – diz Dylan, entredentes.
– Está vendo? Vamos precisar procurar lesões renais, mas tenho um microscópio perfeito. Há muitas coisas que se pode saber de um paciente sem submetê-lo a radiação, sabia? No século XIX, os ginecologistas operavam às cegas.
– Acho que o padrão de assistência médica pode ter mudado desde então.
McQuillen sorri.
– Ninguém gosta de gente metida a espertinha, doutor.
– É isso aí, Lionel – diz Dylan, entredentes.
– Quanto a você – diz McQuillen –, continue fumando metanfetamina. Não ficará espertinho por muito tempo. Primeiro, vai ficar burro. Depois vai morrer.
– Não estou fumando.
– Estará. Depois vai injetar. Vou lhe dar umas seringas limpas antes de você ir embora. Não preciso que você pegue hepatite C

---

* O singular de "tríceps" é "tríceps", porque "tríceps" significa "três cabeças", referindo-se ao fato de o músculo dividir-se em, ah, merda, estou tergiversando. "Bíceps" e "quadríceps" são semelhantes.

enquanto se mata com metanfetamina. Tenho 78 anos. Gostaria que você vivesse mais que eu.

Dylan revira os olhos.

– E a lesão na coluna? – digo.

– Nada que preocupe – diz McQuillen, num resumo de uma discussão muito maior que tivemos então.

– Pelo menos vai fazer raios X.

– Eu estaria tratando de você em vez do paciente. Nunca se meteu numa briga quando era novo?

– Não foi bem assim.

– O que não me surpreende. As pessoas hoje mal agem como seres físicos. Sabe que percentagem de lesões severas na cabeça vai causar uma subaracnoide?

– Não.

– De cinco a dez. Lesões na cabeça *severas*. E uma subdural de desenvolvimento rápido mostrará sinais nas duas horas seguintes. Uma de desenvolvimento lento não vai aparecer numa tomografia ainda.

– E se ele apresentar sintomas enquanto estiver aqui? O que vai fazer? Abrir um buraco na cabeça dele?

– Sim, exatamente – diz ele. – Não se preocupe, Dylan. Não vai acontecer. Doutor, não se preocupe também. Se há um benefício em exercer a medicina por aqui, é que você não costuma ser processado.

Eu me viro para ver a cara de Dylan.

– Dylan, o dr. McQuillen acha que não tem problema você ficar aqui. Meu conselho é que venha comigo para um pronto-socorro em Ely.

Dylan, ainda trincando os dentes, diz:

– Acho que você já deixou isso claro, cara.

– Que bom, então – diz McQuillen. – O sr. Arntz, por ser um de meus pacientes desde aproximadamente nove meses antes de seu nascimento, escolheu agora continuar a ser um deles. –

A Dylan ele disse: – Tudo isto vai depender de sua disposição de permanecer aqui para observação, é claro. Acha que pode passar duas horas sem metanfetamina?
– Só tomei uma vez – diz Dylan.
– Não foram duas vezes? O que aconteceu com a segunda? – pergunto a ele.
– Muito obrigado, Lionel – diz Dylan. – Mas vou precisar de um cigarro.
– Também não terá isso – diz McQuillen. – Combinado ou não?
– Combinado – diz Dylan.
A mim, o dr. McQuillen diz:
– Você se importaria de costurá-lo enquanto faço o exame de urina? Imagino que a microscopia não seja uma parte importante de seu currículo acadêmico na medicina.
Ele imaginou certo.
– Claro.
– Dylan, você sabe onde fica o banheiro. Os potes de amostra estão no armário de remédios.
– Onde está a furadeira? Para o caso de precisarmos enquanto você estiver ausente.
– Na segunda gaveta de baixo. É uma Black and Decker. Brincadeirinha, Dylan! *Mas está* – ele me cochicha ao passar.

ᚹ☗☗⁽

– Cara, ele te deu uma aula – diz Dylan, ainda sem abrir a boca. Estou costurando sua testa, unindo a pele com pinças.
– Diga isso de novo quando eu estiver furando seu crânio.
– Você é um médico sinistro, cara.
– Hum-hum. – Tão sinistro que estou a ponto de torturá-lo para arrancar informações. Antes de ter tempo de pensar em como isso é sórdido, digo:

– Se aquele lago por que passamos não é o White Lake, onde fica o White Lake?

– Não fica perto daqui.

– Pensei que Ford fosse a cidade mais próxima dele.

– E é. Mas o White Lake fica fora das Boundary Waters.

– Fora das Boundary Waters onde?

– Bem fora. Alguns dias, no mínimo. Depende da velocidade com que você consegue remar.

– E qual é a parada?

– Como assim?

– Violet e eu estamos pensando em ir lá.

– Não vá.

– Por que não?

– É uma merda.

– Merda como?

Eu devo ter dito isso com interesse demais. Ele se cala.

– Dylan?

– Sei lá. Esquece o que eu disse.

– Você não disse nada.

Ele se remexe, obrigando-me a parar de suturar.

– Que foi? – digo.

– Cara, se você é da polícia, a gente pode parar com estes pontos até o médico de verdade voltar?

– Não sou da polícia.

– Me deixa, cara, não sei nada dessa merda.

– Que merda?

– As pessoas que foram mortas. É o que quer que eu diga, né?

– As pessoas que foram *mortas*? De que porra você está falando?

– Foi você que começou.

– Não falei de gente sendo morta.

Recuo para olhar seu rosto, mas ele evita meus olhos.

– Eu não conhecia. Elas eram mais velhas que eu – diz ele.
– O que aconteceu?
– Ah, sem essa, cara, não sei.
– O que *pode* ter acontecido?
– Elas foram comidas. Tá legal?
– Elas foram *comidas*?
– É isso o que as criaturas fazem com os dentes.
– Obrigado por essa. Elas foram comidas *pelo quê*?

Mas antes que ele me responda – ou evite responder – McQuillen nos interrompe da porta.

– Doutor. Se não estiver no meio de uma sutura, quero lhe falar um instante a sós.

Pelo tom, preocupa-me que McQuillen tenha descoberto alguma coisa na urina de Dylan. Mas, depois que estamos na sala de exames do outro lado do corredor – está vazia, nem mesmo uma mesa –, ele mostra que só está furioso.

– Doutor, se vai se comportar como um débil mental, gostaria que não fizesse isso na frente de meus pacientes.

Fico aliviado e constrangido ao mesmo tempo.

– Estava perguntando a Dylan sobre um monstro no White Lake – diz ele.

– Mais ou menos, sim.

– Por quê?

– Ouvi falar de um. Agora Dylan diz que existe.

– Ouviu falar por quem?

– Um cara chamado Reggie Trager.

– Em que circunstâncias?

Não vejo sentido em mentir.

– Ele mandou um DVD sobre ele ao homem que me contratou para descobrir se o tal monstro existe.

McQuillen arria no batente da porta.

– Ah, meu Deus. De novo, não.

– O que quer dizer com isso?

– E desta vez é *Reggie Trager* que está divulgando?

– Ele está organizando uma excursão para ricos que querem ver o monstro. O que quer dizer com "De novo, não"? Já aconteceu antes?

McQuillen semicerra os olhos e estica a pele do rosto num gesto de frustração.

– Algumas pessoas de Ford tentaram organizar esse golpe do monstro alguns anos atrás. Não era uma excursão, pelo que sei, só um boato de que o monstro existia. Elas escolheram o White Lake porque é de difícil acesso e não está no mapa. A única parte inteligente do plano.

– E para quê?

– Ford é uma cidade de mineração. Em 2006, um sujeito chamado Norville Rogers Ford, o Nono, ou qualquer coisa assim, vendeu a mina para comprar propriedades no Norte da Flórida. A empresa que comprou a mina fechou-a de imediato... Seu único interesse nela era como salvaguarda para o caso de o ferro com alto conteúdo de hematita encarecer de novo. E não encareceu. Os chineses podem extrair minério da terra agora. Eles não querem pagar ao povo de Minnesota para cavar ferro puro.

"Só restou a Ford sua posição à margem das Boundary Waters. Não se pode construir mais de frente para os lagos... A casa de Reggie foi herdada do avô... Mas você pode converter a concessão das instalações de ferro. E, mesmo que não pudesse, há muito espaço disponível. O turismo é a única esperança desta cidade. Algumas pessoas pensaram que valia a pena mentir por ele."

– E Reggie é uma delas?

– Nunca soube que fosse, embora a maior parte da cidade estivesse envolvida de uma maneira ou de outra. Posso lhe dizer que nunca ouvi nada sobre Reggie liderar uma excursão ao White Lake. *Disso* eu teria me lembrado. Nunca sequer vi aquele garoto numa canoa.

– E o que houve? Por que o golpe não colou?

– Muitos idiotas se esforçaram demais para garantir que desse certo. Mas, logo antes de eles revelarem o monstro ao mundo, alguns adolescentes foram mortos no White Lake num acidente de barco. Não sei se as pessoas viram nisso algum tipo de castigo divino, ou se só acharam que seria de um mau gosto profundo inventar um monstro àquela altura, mas o resultado foi que as pessoas recuperaram o juízo e o projeto foi engavetado.

– Reggie tem um documentário inacabado sobre o monstro. Tem uma coisa chamada *A Fita do Dr. McQuillen*...

Ele meneia a cabeça.

– Claro que tem. Se você viu, pode ter percebido que é de um lúcio comendo um mergulhão. Nem é um lúcio particularmente grande. Eu fiz aquele videoteipe. Certamente nunca dei permissão a esses imbecis para usá-lo, nem, muito menos, para arrastarem meu nome para isso.

– Tem também um homem...

– ... que alega que sua perna foi arrancada pelo monstro. Sim, eu vi essa parte também. O documentário foi feito para a fraude dois anos atrás. Reggie não deve ter acrescentando nada a ele.

– E então... E aquele cara?

– O da perna? Se você acreditar na história dele, sugiro que escreva para a *New England Journal of Medicine*. Tenho certeza de que seria o primeiro.

– Você o conhece?

– Se conhecesse, e ele fosse meu paciente, eu não falaria dele. Mas direi o seguinte: nunca tratei ninguém de uma mordida de um monstro do lago. Agora talvez eu possa fazer uma pergunta a *você*. Que diabos um homem que se diz de ciência pensa que está fazendo indo a uma excursão para ver um ser mítico? Não se incomode: vejo que você não tem uma resposta boa. Que diabos está fazendo estimulando as fantasias de Dylan Arntz sobre o que aconteceu com os amigos dele lá dois anos atrás?

Até parece que tenho uma resposta boa para essa também.

McQuillen continua:

– Eu agradeceria se você se contivesse. Tenho um telefone que às vezes atendo. Se tiver outras perguntas ridículas, por favor, pense duas vezes antes de me telefonar. Se descobrir que não pode resistir, vou tentar ao máximo responder. Nesse meio-tempo, acompanho você até a porta da rua. Posso terminar com o sr. Arntz sozinho.

ɔ❀❀(

– Dylan, o médico visitante está de saída – diz o dr. McQuillen, enquanto me conduz, passando pela sala de exames.

– Tchau, cara – diz Dylan, com os dentes cerrados.

– Se cuida, Dylan – digo. A McQuillen: – Como está a urina dele?

– Imaculada.

Ao chegarmos à sala de espera, nós dois estacamos.

A não ser por uma luminária na mesa de recepção, todas as luzes estão apagadas.

Violet sumiu.

PROVA D

Ford, Minnesota
*Quinta-feira, 13 de setembro, um pouco mais cedo**

Violet se enche de ficar na sala de espera do dr. McQuillen lendo uma *Time* de seis meses atrás e a *Field & Stream*, para a qual ninguém dá a mínima. Não que não simpatize com caçadores: ela entende a necessidade das pessoas de fingir que o mundo ainda está repleto de recursos animais que elas podem matar numa farra de fúria insana, assim como compreende a necessidade das pessoas de reencenar a Guerra Civil porque no fundo não gostaram do seu resultado. O problema é que estes dois grupos de gente têm coisas demais em comum.

Violet se lembra de que viu um bar na Rogers Avenue, perto do Debbie's. McQuillen sem dúvida nenhuma falou em um. E ela tem certeza de que pode tomar um caminho mais direto do que o de Azimuth ao vir de carro até aqui. Pegar um atalho e evitar o restaurante ao mesmo tempo. Não havia motivo para ir a pé.

Ela usa o receituário amarelo na mesa da recepção para escrever um bilhete a Azimuth, que deixa sob a chave do carro. Acende a luminária da mesa e apaga a luz da sala para que ele não deixe de ver.

---

* **Como sei disso**: Violet Hurst, várias conjecturas de fácil execução.

Escureceu lá fora e uma lua em quarto crescente reflete-se no lago, mas tudo em volta está quase às escuras, com um ou outro poste de rua aceso. O frio e o cheiro de madeira queimada a fazem lembrar dos Halloweens em Lawrence. Ela pode ver o ar sair de sua boca.

Calcula que deve estar fazendo uns 50 graus Fahrenheit. E isso – a parte do Fahrenheit – a irrita. Violet nunca será capaz de avaliar instintivamente temperaturas em Celsius. Não foi criada para isso. E ser criada sem o sistema métrico é como nascer com arreios no cérebro.

No sistema métrico, um mililitro de água ocupa um centímetro cúbico, pesa um grama e requer uma caloria de energia para aquecer um grau centígrado – que é um por cento da diferença entre seu ponto de congelamento e o ponto de ebulição. Uma quantidade de hidrogênio que pese o mesmo tem exatamente o mesmo mol de átomos.

Já no sistema americano, a resposta a "Quanta energia é necessária para ferver um galão de água à temperatura ambiente?" é "Vá se foder", porque você não tem como fazer uma relação direta entre nenhuma dessas quantidades.

Violet decide que, enquanto o mostrador de seu relógio ainda estiver brilhando, ela pode calcular a temperatura pelo número de cricris emitidos pelos grilos. Porque a equação que ela conhece para tal – como a maioria das equações que conhece – está no sistema métrico.

Pelos grilos, faz 10 graus centígrados. O que, pela conversão, dá 50 graus Fahrenheit.

Isso a tira da varanda. Qualquer coisa lá fora é melhor que pensar *nessa* besteira.

Mas qualquer coisa lá fora também é tremendamente sinistra.

Após o elegante bairro de três quadras de extensão, o número de postes de luz cai acentuadamente. A maioria das casas está às escuras, e muitas das iluminadas têm as janelas cobertas por papel, sem que Violet pudesse deduzir o motivo. Os barcos pequenos vistos em algumas entradas para carros estão mumificados com lonas azuis e correntes, estas presas a blocos de cimento. Tudo por que ela passa tem uma placa de "VENDE-SE".

Por um momento, ela ouve o que parece ser o álbum de Tom Petty tocando em alguma casa mais à frente, mas quando passa pela porta está escuro e todas as luzes estão apagadas. Mais adiante, o que a princípio parecem ser chamas tremeluzindo no horizonte são pontas vermelhas dos cigarros acesos de uma roda de pessoas no meio da rua, conversando baixinho.

Não há razão para que elas *não* estejam no meio da rua, supõe Violet. Não há calçadas ali, só acostamentos de cascalho ruidoso, e ela ainda não viu um único carro.

Ainda assim, contorna os fumantes sem chamar atenção, de certo modo esperando que eles ergam o rosto e comecem a farejá-la.

O bar aparece a quatro quadras depois do Debbie's. Chama-se Sherry's – levantando a possibilidade, supõe Violet, de que, se ela entrar, uma mulher chamada Sherry virá atrás dela com um machado. Vale o risco.

Por dentro, o bar é um espaço estreito e fundo de madeira escura e luzes de Natal, com apenas quatro banquetas e duas pessoas: o barman e, na banqueta mais à esquerda, um cliente.

Os dois são homens de uns trinta e poucos anos, o que em Portland faria deles uns hipsters metidos a garotão, mas ali significa que são adultos com cortes de cabelo práticos que dão a impressão de que passaram pelas mesmas merdas. O barman, em particular, tem uma expressão de eletrocutado que Violet associa às pessoas que passaram por uma reabilitação. O cara na banqueta tem as costas curvas e os ombros arriados de um urso. Ambos são grandalhões, e nenhum deles olha de banda.

Violet gosta de grandalhões. Os baixinhos sempre querem dar uma foda ressentida com ela. Isso pode explicar por que o dr. Lionel Azimuth, com os braços e a gargalhada de um lixeiro, dá a ela vontade de tirar o sutiã.

Ou talvez nada explique isso.

Ela pega a banqueta mais à direita.

– Tem alguma cerveja interessante?

– Todas as cervejas são, no mínimo, um pouco interessantes – diz o cara da outra banqueta.

Violet concorda plenamente. A cerveja é o perfeito cenário de excedente populacional: coloca-se um bando de organismos num espaço fechado com mais carboidratos do que eles já viram na vida, depois se observa enquanto eles se matam com seus próprios dejetos, neste caso, dióxido de carbono e álcool. E depois você bebe.

– Quer dizer como uma Hefeweizen ou coisa assim? – pergunta o barman.

– Bem, talvez não uma Hefeweizen propriamente dita.

– Eu só estava usando como exemplo. – Ele remexe na geladeira sob o balcão. – Não parece muito boa. Se você não é daqui, pode achar a Grain Star interessante.

O cara na banqueta ergue a garrafa. Rótulo retrô legal.

– Parece boa.

– A Grain Star é mesmo – diz o barman.

– Mas o que o faz pensar que não sou daqui?

Os dois homens riem.

– Viu este lugar no Guia Michelin, é?

– É – diz Violet. – Estava na seção "Bares em Ford que realmente abrem".

O barman desliza duas bolachas de St. Pauli Girl no balcão e coloca um pint em um e uma garrafa no outro.* A garrafa solta vapor d'água quando ele a abre.

– Eu também não tenho St. Pauli Girl – diz o barman. – As bolachas estavam aqui quando comprei o lugar. Acabo usando.

– Então usemos – diz Violet. – Mais uma para o barman, por favor.

– Obrigado, mas faço a linha Diet Coke. – O barman levanta o copo para mostrar a ela, e Violet e o cara da banqueta brindam batendo as garrafas. Violet gosta cada vez mais do lugar.

– Nada má – diz ela, depois de engolir. Nada boa também, particularmente. A Grain Star é doce, rala e metálica, embora Violet suponha que seja insólito o bastante criar um vínculo com ela se você estiver fazendo alguma coisa divertida enquanto bebe.

Pouco provável. A não ser que o dr. Azimuth apareça e a leve a seu hotel querendo puxar o cabelo dela por trás.

Violet prefere não pensar nisso. Ela arrota e diz:

– Qual o problema deste lugar?

O barman e o cara da banqueta se entreolham.

– Tem alguns bares bons em Soudan que você pode conhecer – diz o barman.

– Não estou falando do bar – diz Violet. – O bar é ótimo. Estou falando da cidade.

---

* Um pint de cerveja: 470 ml nos EUA, 570 ml no Reino Unido. (Os britânicos também não usam o sistema métrico, e é por isso que a cantada "Engraçado este verso do Led Zeppelin, *Eu vou te dar cada polegada do meu amor*. Os britânicos usam o sistema métrico" não funciona muito bem por aqui.) Então Violet deve estar com alguma outra intenção.

– Ah, disso – diz o barman.
– É. Ford – diz o cara da banqueta.
– É – diz Violet. – Ford.
O cara da banqueta diz:
– Pessoalmente, ponho a culpa no prefeito.
– Como a maioria das pessoas – diz o barman.
– Por quê? O que ele tem de errado?
– É um imbecil – diz o cara da banqueta.
– Um imbecil que anda com gente mais imbecil ainda – diz o barman.
– O que faz com que ele pareça bom.
– Ele também gera muito ressentimento.
– Ou assim ele prefere pensar.
– O que querem dizer com isso? – diz Violet.
– Só estamos sacaneando você – diz o cara da banqueta. Ele assente para o barman. – Ele é o prefeito.
– E *ele* é dono da Speed Mart e da loja de bebidas. Meus parabéns: acaba de conhecer o segundo e o terceiro maiores empregadores de Ford.
– Prazer em conhecer. Quem é o primeiro?
– A CFS. De longe.
– A Debbie emprega mais gente do que você ou eu – diz o cara da banqueta. – A não ser que "empregar" signifique "pagar com dinheiro" a você.
– Ei – diz o barman.
– Debbie, a garçonete psicopata? – pergunta Violet.
– Você conheceu a Debbie – diz o cara da banqueta.
– É. Qual é o problema dela?
Quando ele está prestes a responder, o barman diz a Violet:
– Por acaso você não seria uma representante da lei, seria?
– Não.
– Não me leve a mal. É só que você parece alguém de um seriado de TV.

– Ah, só de cara. Mas não, não sou representante da lei. Nem na vida real, nem num seriado de TV.

Ela os vê tentar deduzir como perguntar educadamente o que ela *faz*.

– Sou paleontóloga.

O cara da banqueta se vira para ela.

– Tipo *Jurassic Park*?

– Exatamente.

Embora a única parte do filme *Jurassic Park* que Violet agora considere realista seja aquela em que todos chamam o homem com PhD de "Dr. Grant" e a mulher com PhD de "Ellie", ela não se importa com a associação. Mas o livro e o filme foram fundamentais quando escolheu sua carreira. E é bom que eles tenham transformado a paleontologia num trabalho que todo mundo pelo menos acha ter alguma relação.

– Conversa – diz o barman.

– Vou te mostrar minha carteira – diz Violet.

– É mesmo?

– É. Paleontólogos têm carteirinha. Qual o problema da Debbie?

Os dois homens se olham.

– Bem... Ela passou por poucas e boas – diz o barman.

– Lá isso é verdade – diz o cara da banqueta.

– O que houve?

– Ela perdeu um filho uns anos atrás – diz o barman.

– Que merda – diz Violet.

– Isso talvez não seja desculpa pra pirar, mas talvez seja.

– Pode ser mesmo – concorda o cara da banqueta.

– Tinha uns garotos atrás do restaurante – diz Violet.

O barman meneia a cabeça.

– Esses garotos só trabalham pra ela. Nenhum deles é filho dela. Ela só teve um, Benjy.

– O que aconteceu com ele?

Os dois homens trocam outro olhar.

– Que foi? – diz Violet.

O cara da banqueta dá de ombros.

– Isso... não ficou muito claro.

– Como assim?

Depois de um instante, o barman fala.

– Benjy e a namorada foram mortos quando nadavam pelados num lugar chamado White Lake.

Violet quase engasga com a cerveja.

– Ouviu falar disso? – pergunta o barman.

– Ouvi. Como eles foram mortos?

– A polícia acabou concluindo que eles foram cortados pela hélice de um barco.

– Mas não é o que vocês acham que aconteceu?

– Foi o que a polícia concluiu.

Violet os examina.

– Vocês estão de sacanagem de novo. Estão tentando fazer com que eu pense que era o monstro.

Eles a encaram.

– Você ouviu falar de William? – diz o cara da banqueta.

– *William*?

– William, o Monstro do White Lake.

– Tá legal – diz Violet. – Antes de mais nada, agora *sei* que estão me sacaneando. Ouvi dizer que tem um monstro. Nunca soube que se chamava "William". Ou que matava gente.

O que significa que eles *devem* estar sacaneando mesmo. Se tivesse havido mortes no White Lake, a carta de Reggie Trager teria falado nelas, como publicidade.

Ela empurra a garrafa de cerveja vazia para o barman.

– A segunda, preciso de outra dessas.

– Já que vai abrir a geladeira... – diz o cara da banqueta.

— Vocês aqui são cheios de merda – diz Violet.
— Bem – diz o barman, vasculhando a geladeira. – Sim e não.

᠈👁👁(

Len desenrola uma camiseta no balcão. Len é o barman. O cara da banqueta é Brian. Todos se apresentaram antes de Len procurar a camiseta no depósito que ficava nos fundos do bar.
É um desenho do monstro do lago. Um misto de apatossauro com plesiossauro, mas com um sorriso e uma sobrancelha erguida. O texto logo abaixo da criatura diz "Ford, Minnesota". Um balão ao lado da cabeça diz *"I'm a BILLiever!"*
— Pode ficar com ela – diz Len. – Tenho uma tonelada dessas porcarias. Eu devia usar essas *camisetas* como descanso de copo. Só não use em Ford, ou vai provocar um tumulto.
— Por quê?
— O povo por aqui costuma achar que concordar com a fraude foi o que provocou a morte de todas aquelas pessoas.
— Como assim, "todas aquelas pessoas"?
Houve uma pausa.
— Teve, humm, mais duas pessoas que morreram também – diz o Brian da Banqueta.
— No White Lake?
— Ah, não – diz Len. Mas *isso* é ridículo. – Chris Jr. e o padre Podominick foram baleados. Perto daqui.
— E o que isso tem a ver? *Eu* quase fui baleada aqui ontem. Ford é um lugar perigoso, sr. Prefeito.
— Transmitirei suas preocupações ao nosso chefe de polícia.
— É sério: o que isso tem a ver com o White Lake?
Brian fala:
— Pra começo de conversa, os dois caras que levaram um tiro, Chris Jr. e o padre Podominick, eram do grupo que bolou a frau-

de. E eles foram baleados só cinco dias depois que os garotos morreram.

Violet diz:

– Um *padre* teve a ideia da fraude?

Talvez *esta* fosse uma razão para Reggie Trager decidir não entrar nessa merda suja. Quatro cadáveres, e algo relacionado a um sacerdote, e a coisa começa a ficar horripilante.

– E o Chris Jr. também era o pai de Autumn Semmel.

– Peraí. Como é?

Violet estava um pouco bêbada. Isto que é engraçado em Violet Hurst: ela é peso-leve. Em parte, por causa dos antidepressivos, que mesmo que não façam merda nenhuma por ela já valem por isso mesmo. Ela desconfia, porém, que naquele momento ficaria confusa mesmo que estivesse sóbria.

– Autumn e Benjy morreram, logo depois o padre Podominick e o pai de Autumn levaram um tiro. Pelo visto pode haver uma ligação – diz Brian.

– É. Já vejo por que haveria.

– Mas você precisa entender – diz Len – que a coisa toda começou como uma *brincadeira*. Quer dizer, olha só essa camiseta. – Ele tinha uma cerveja na mão, onde deveria estar o copo de Diet Coke. Violet não viu essa troca.

– Mas os dois caras que foram baleados... – diz Violet. – Se Debbie achava que eram responsáveis pela fraude, e que o filho de algum jeito morreu por causa disso, então por que todo mundo não supõe simplesmente que Debbie atirou neles? Ou mandou seus garotos fazerem isso?

Brian dá um tapinha ao lado do nariz. Len, vendo isso, diz:

– Ei, sem essa. É só falatório.

– Não quer dizer que não seja verdade – diz Brian.

– Não quer dizer que seja.

– E é? – diz Violet.

Len não responde.

Brian fala:
– Não pergunte a mim. Fui degradado ao silêncio.
– Não acho que seja isso – diz Len, por fim. – Ela sem dúvida não mandou seus garotos atirarem. Ela ainda não estava com eles quando aconteceu. E é meio difícil pra mim, pelo menos, imaginar Debbie fazendo uma coisa dessas sozinha. Além disso, a pessoa que ela *realmente* culpa pela fraude é Reggie Trager. E, pelo que sei, ela nunca tentou matar *esse cara*.
– Por que Reggie Trager?
– Vá saber. Só sei que ele esteve envolvido... a cidade *toda* estava envolvida. Mas não o vi em nenhuma das reuniões, e eu fui à maioria delas. Esta é outra questão: ninguém nunca tentou me matar.
– Eu já estou morto por dentro – diz Brian.
– E – diz Len – talvez os tiros no padre Podominick e em Chris Jr. não tenham nada a ver com a morte de Autumn e Benjy. Talvez alguém tenha confundido os dois com um cervo. Ninguém sabe, porque ninguém sabe quem foi. Enquanto isso, todo mundo se sente culpado. Como se fosse nossa culpa o monstro virar realidade.

Violet repassa a última parte em sua mente.
– Está dizendo que o monstro é *real*?

Os dois homens, de repente, pareciam interessados na madeira do balcão.
– Ah, por favor. Não vou mencionar vocês.
– Bem – disse Brian em voz baixa. – Seja lá o que aconteceu com Benjy e Autumn, não foi a hélice de um barco.
– Como sabe disso?
– Havia outros dois garotos com eles lá. Bons garotos, que todo mundo conhecia. Eles disseram que não tinha nenhum barco a motor lá. Que foi outra coisa.
– Estou ouvindo.
– Eles não viram direito.

– Então o que eles acharam que era? O que *vocês* acham que foi?

– Existem algumas teorias diferentes – diz Len, ainda sem olhar para ela.

– Estou ouvindo.

– Olha, muito disso parece loucura.

– Sei.

– Tipo dinossauros, ou... – Ele a encara. – Ei, é por isso que *você* está aqui?

– Só em parte – diz Violet. – Quais são as outras teorias?

– Bem... algo vindo do espaço. Ou essa criatura maligna que os ojíbuas chamam de "wendigo". As pessoas ficam vendo *essa* coisa sempre.

– E o que é?

– Uma espécie de Pé Grande.

Brian fala:

– Bom, *eu* acho... Tem algum problema eu dizer o que acho a ela?

– Não seja idiota – diz Len.

– Acho que essa coisa saiu da mina. Você não vai acreditar nisso, mas depois que a mina fechou, o governo mandou um monte de cientistas lá para dar uma olhada. Não estou inventando nada, eles estiveram aqui na cidade. Vieram à loja algumas vezes. Acho que estavam tentando pegar a coisa numa armadilha, mas não conseguiram, e acabaram se enchendo. Ou acordaram a coisa. Não estou dizendo que não veio originalmente do espaço, nem que era um dinossauro, nem um wendigo ou o que quer que seja. Acho que antes de se mudar para o White Lake estava lá embaixo na mina fazia muito, muito tempo. Talvez desde antes de haver criaturas de sangue quente aqui em cima para comer.

Quando a porta dos fundos do bar se abre com estrondo, todos se sobressaltam.

É o dr. Lionel Azimuth, vindo pelo corredor do bar como uma bola de boliche. Matando Brian de susto e mais ainda a Len.

Violet se levanta para recebê-lo.

– Oi, querido!

Ela passa o braço pelo de Azimuth e – juro por Deus, sem querer – esbarra nele. É como esbarrar num poste telefônico.

– Estávamos só conversando – diz ela. – Os dois aqui sabem sobre o William.

– Hum-hum. Hora de ir para casa, *querida*.

Violet chega mais perto. Exala umidade em seu ouvido enquanto diz: "William, o *Monstro do White Lake*." Fazendo com que ele enrijeça, sem saber se pela informação ou pelos lábios dela roçando em sua pele.

Brian e Len ainda parecem nervosos.

– Não liguem pra ele – diz Violet. – É um caretão. É *médico*. Não gosta que eu beba.

– Vocês dois sabem sobre o Monstro do White Lake? – diz Azimuth. – Sobre a fraude?

– Humm... – diz Len. Azimuth segue os olhos dele até a camiseta no balcão.

Violet, querendo poupar Brian e Len de ter de contar tudo de novo, fala:

– Vou lhe contar tudo no carro.

– Ela não vai dirigir, né? – diz Len.

– Não – diz Violet. – Ela não vai. Ela veio pra cá a pé.

– Tudo bem. Só uma coisa. Qual é o nome do cara no documentário que diz que foi mordido na perna? – diz Azimuth.

Len e Brian se entreolham.

– Charlie Brisson – diz Len.

– Obrigado. Quanto devemos? – pergunta Azimuth.

– É por minha conta – diz Len. A Violet, ele diz: – **Não se esqueça da sua camiseta.**

8

Ely, Minnesota
Ainda quinta-feira, 13 de setembro

Carrego Violet para o Ely Lakeside Hotel como se procurasse um trilho de trem onde amarrá-la. Isso me lembra o quanto alguém tem de pesar para parecer uma gostosona.*

Em Ford, eu fiz com que ela me contasse tudo o que soubera daqueles idiotas do bar antes de dar a partida no motor – eu tinha medo de que ela não conseguisse se lembrar de tudo quando acordasse. A narração veio acompanhada de sua mão em minha coxa para dar ênfase, e eu tendo uma ereção que parecia parte do carro.

A adolescente que nos registra no hotel diz: "Parece que *alguém* aqui está se divertindo." Só espero que ela esteja se referindo a Violet bêbada, e não a meu acesso a seu corpo inconsciente.

Coloco Violet na cama, vestida, em um dos quartos, e desço ao bar do hotel. Há uma varanda que dá para um lago. Pego uma Grain Star sozinho e levo lá para fora para ver a água. Para além do lago, escuras como uma selva, ficam as Boundary Waters.

---

* Embora eu seja alguém que, em sentido estritamente médico, já carregou sua parcela de cadáveres na vida, nunca deixa de me surpreender como é muito mais fácil deslocar alguém que está dormindo mas vivo – e portanto ainda tem equilíbrio – do que alguém que morreu. Mover um cadáver é como mover um futon.

Por fim, a barwoman aparece e se encosta no parapeito a meu lado. Loura e com uns 35 anos, tem um sorriso envelhecido pelo sol que me agrada.

– Posso fumar? – diz ela.

Penso no assunto. Cigarros fodem tanto com a saúde que nos fazem urinar carcinógenos e nosso cérebro fica incapaz de regular a quantidade de oxigênio que obtém, e como médico devo ter a responsabilidade de dizer alguma coisa nessa linha. Mas não sei o quê. Medicina preventiva sai caro, e então a única pesquisa sobre como mudar o comportamento humano pela comunicação é feita pelo setor da publicidade.

– Se é o que quer – acabo dizendo, pensando que preciso formular coisa melhor. – Eu a estou impedindo de ir dormir?

Ela acende e solta a fumaça lentamente.

– Ainda não.

Que bom.

Eu me entendo bem com barwomen. Há muitas mulheres com quem dormir num navio de cruzeiro – afinal, cruzeiro vem de *cruzar*, ora bolas –, mas se você gosta de superficialidade, as barwomen são especiais. Não é uma crítica, mas a maior parte do tempo elas só são sociáveis atrás de uma barreira.

Eu devia ir para casa com esta mulher e contar a Violet sobre isso de manhã. Melhor ainda, levá-la para meu quarto e projetar o maior barulho possível através das paredes. Destruir qualquer chance que posso ter com Violet.

Desde a morte de Magdalena Niemerover por minha causa há onze anos, observo a seguinte regra: se uma mulher fica tão íntima de mim a ponto de se importar de saber a data do meu aniversário, eu nunca mais falo com ela. Isso evita que eu coloque alguém em risco, e tem também outros benefícios, porque metade do tempo *eu* não lembro quando é o aniversário de Lionel Azimuth. E a última coisa que alguém precisa fazer é tentar me fazer uma festa surpresa.

Violet e eu ainda não chegamos a esse ponto. Mas minhas mentiras estão se acumulando rapidamente – comissão, omissão, o que for. Se não for tarde demais para nós termos um sexo de estranhos agora, logo será. E, se eu quiser trepar com ela com base no pressuposto de que ela realmente sabe alguma coisa de mim, posso muito bem trepar agora, enquanto está desmaiada.

Eu devia encerrar essa possibilidade. Mas estou fraco demais para isso.

– Não vou tomar muito do seu tempo – digo à barwoman. – Minha mulher e eu vamos embora de manhã.

A barwoman parece aliviada, se tanto. Agora podemos ter algo ainda *mais superficial* que uma relação sexual.

– Para onde?

– Somos só turistas – digo. O que não deixa de ser verdade, penso eu. Aqui, na civilização – mesmo a civilização com uma vista para a não civilização –, Ford e seu mal-estar parecem estar a milhões de quilômetros. – Há alguma coisa para ver?

– Pretendem fazer canoagem?

– Talvez.

Um uivo de lobisomem irrompe das Boundary Waters, atravessando o lago a todo vapor.

A barwoman olha para a minha cara e ri.

– É só um pato-mergulhão – diz ela, o que me faz imaginar quantos mistérios do norte de Minnesota se revelarão como não passando de um pato. – Não se anime muito.

9

Biblioteca Pública Bill Rom, Ely, Minnesota
Sexta-feira, 14 de setembro

— Não me lembro bem dos detalhes — diz a bibliotecária, pegando o telefone. — Mas sei quem lembra. Espere um minutinho.
Violet, de óculos de sol, ouve encostada no balcão. Eu a acordei cedo e arrastei para um lugar em Ely que, sem sacanagem nenhuma, chama-se Chocolate Moose.
Ely não se parece com Ford. Sua avenida central lembra algo saído de uma estação de esqui, cheia de lojas de suvenires e vendinhas de produtos orgânicos. A duas quadras dali, há um cruzamento com um prédio comercial estilo WPA de granito em cada esquina, e um deles tem uma biblioteca pública.
Até agora, a biblioteca não foi de muita ajuda. Lemos edições antigas de dois jornais semanais de Ely nos computadores da biblioteca, mas ambos eram estranhamente circunspectos quando se tratava de Ford. Não sei se eles consideram Ford longe demais para ser interessante ou se o que acontece lá não combina com os casamentos, os torneios de futebol colegial e as cartas ao editor que compõem o restante do jornal. Ford raramente é mencionada.
Mas *conseguimos* confirmar que as quatro mortes realmente aconteceram — as de Autumn Semmel e Benjy Schneke como resultado de um "acidente de barco" no final de junho de dois anos

atrás, as de Chris Semmel Jr. e do padre Nathan Podominick em "um possível acidente de caça" cinco dias depois.

E foi interessante saber que a Universidade de Minnesota chegou a ponto de considerar a construção do seu Laboratório de Física de Alta Energia no fundo da Mina Ford fechada. O que pode explicar a presença dos cientistas visitantes, embora a universidade pareça ter criado juízo e em vez disso instalado o laboratório no fundo da Mina Soudan.

Depois disso, pareceu-me uma boa ideia fazer perguntas à bibliotecária.

– Carol? – diz ela, agora ao telefone. – É a Barbara. O xerife está? Tem umas pessoas aqui querendo saber do White Lake.

– Não é realmente necessário – digo rapidamente.

A bibliotecária cobre o bocal.

– Não se preocupe, eles não estão ocupados.

– Não, é sério...

Mas ela não me dá ouvidos. Está assentindo e dizendo "hum-hum" a alguém no telefone. Ela cobre o bocal de novo.

– Carol disse para irem lá. Como vocês se chamam mesmo?

– Violet Hurst e Lionel Azimuth – diz Violet.

– Os nomes são Violet Hurst e Lionel Azimuth – diz a bibliotecária. – Estou mandando os dois aí agora.

꒱∩∩(

– E Reggie *Trager* vai fazer essa excursão? – diz o xerife Albin.

Albin deve ter uns trinta e poucos anos, com uma cabeça pequena e arredondada e um jeito lento de falar, possivelmente devido ao software industrial de detecção de asneiras que ele parece estar rodando. Naturalmente, não fez nada desde que Carol nos colocou sentados na frente de sua mesa, a não ser nos fuzilar com os olhos. E anotar nossos nomes.

– Não parece uma coisa que Reggie faria? – pergunto, embora eu estivesse tentando ficar calado o bastante para que Albin não sentisse necessidade de me investigar depois que fôssemos embora.

Ele mal dá de ombros.

– Quem é o empregador de vocês?

– Não estamos autorizados a revelar – diz Violet, com o destemor dos justos. – É uma grande organização filantrópica privada.

Pelo que sei, isso é verdade, embora eu tenha certeza de que o cheque que *eu* recebi fosse de uma empresa com "Tecnologias" no nome.

Albin pondera a não resposta de Violet e decide deixar passar.

– Algum dinheiro trocou de mãos entre seu empregador e Reggie Trager?

– Não. Pelo menos, ainda não – responde Violet.

Praticamente dá para ver Albin se perguntando se o que Reggie está fazendo já é passível de punição criminal mediante o RICO, a lei de combate à corrupção e ao crime organizado, e, se for, se é responsabilidade dele encaminhar tudo à promotoria. Imagino que também não vai me agradecer muito por isso.

– E ele declarou especificamente que tipo de animal é esse que vocês encontrariam no White Lake?

– Não – diz Violet.

– Mas seu empregador mandou uma paleontóloga.

– Sou a única pesquisadora em ciências naturais de sua equipe pessoal – diz Violet. – Acho que tem mais a ver com o motivo para eu estar aqui.

Albin olha para mim.

– Não faço pesquisa – digo. O que é a verdade.

Depois para as anotações dele.

– E a carta está no papel da CFS. Quanto tempo essa "excursão" deve durar?

– De seis a 12 dias – diz Violet.
– Seis a 12 *dias*?
– O que há de errado nisso?
– É muito tempo para levar quem não é canoísta numa excursão de canoagem.
– Acho que ficaremos em terra a maior parte do tempo – diz Violet.
– Reggie disse isso?
– Não...
– Então eu questionaria esse pressuposto. Sabe onde fica o White Lake?
– Não – diz Violet.

Albin se levanta e vai até um armário de armas, que por acaso tem mapas em vez de rifles. Que simpático. Ele pega um e desenrola na mesa.

É um mapa topográfico de Fisher. Terras em amarelo, água em azul-cobalto. Eu costumava usar em minha antiga linha de trabalho.

Este, porém, é todo coberto de azul, como os buracos de uma esponja.

– Este é o Lake Garner – diz ele, apontando um local azul, horizontal e alongado. – E este é o White Lake.

O White Lake parece um raio tocando a extremidade nordeste do Lake Garner. Juntos, os dois lagos lembram uma nota musical com uma haste vertical irregular.

– O White Lake parece tão estreito... – diz Violet.
– Isso porque o Lake Garner é muito grande – diz Albin. – O White Lake tem cerca de noventa metros de extensão, onde toca o Lake Garner, e fica mais largo ao norte. – Albin aponta o canto sudoeste do mapa. – Enquanto isso, Ford fica a três mapas de distância daqui.
– Quanto tempo uma viagem dessas costuma durar? – diz Violet.

– Pode levar dois dias, pode levar uma semana – diz Albin. – Depende da portagem que vocês usarem.

– "Portagem"?

– Port*aaa*gem – diz ele, carregando no sotaque para que rime com *fromage*. – É sempre assim. Americanos contra franco-canadenses.

– Eu não... – diz Violet. Ela me olha.

– Não sei – digo eu.

O xerife Albin baixa a cabeça num momento de exasperação.

– Tudo bem. Vou ter de ensinar a vocês sobre as portagens. Elas são a chave de todas as Boundary Waters.

PROVA E

*Ill-Star Lake, Dakota**
Sábado, 2 de abril de 1076[†]

Duas Pessoas retoma o controle depois de ouvir o som de um machado girar na sua direção. Mas sua mente ainda permanece estranhamente clara. Pensando: *Não se pode realmente jogar um machado grande da canoa em que estou. Simplesmente viraria. A não ser do barco de guerra dakota*[‡] *que o está perseguindo.*

O barco de guerra, com sua tripulação de seis remadores dakotas comedores de rosto, é o tronco de um imenso pinheiro vermelho. Escavá-lo deve ter consumido meses de trabalho de um grande grupo de pessoas – Duas Pessoas teria feito esse trabalho sozinho, mas não, graças aos deuses, em anos. Enquanto isso, a canoa que ele testa é tão leve e frágil, que a cada remada afunda o nariz na linha d'água, e depois treme quando sobe, livre. Algo mais para contar ao Guaxinim Sabido. Se, é claro, Duas Pessoas sobreviver aos próximos minutos.

O machado, girando horizontalmente – *Por quê?*, pensa ele, *só para me mostrar que a porra da canoa gigante é tão estável que*

---

* Hoje Boot Lake, Minnesota.
[†] **Como sei disso**: Xerife Marc Albin, Departamento de Polícia do Condado de Lake.
[‡] Conhecido de Whitey como o ramo teton dos sioux.

eles podem atirar coisas das laterais? –, passa pouco à esquerda da cabeça abaixada de Duas Pessoas e depois faz uma curva para a direita antes do contato com a água. Quica uma vez e afunda, pesado. Um instante depois, Duas Pessoas passa do ponto onde ele caiu. E segue em frente, na canoa nova para um só remador do Guaxinim Sabido.

Ainda assim, foda-se o Guaxinim Sabido, se não por outro motivo, pela possibilidade de ter sido ele que contou ao chefe que Duas Pessoas estava de olho naquele galo silvestre. Pois é ridículo Duas Pessoas receber a virtual sentença de morte de testar a canoa nova do Guaxinim Sabido só por roubar a merda de uns galos. Duas Pessoas fodeu com três das filhas do chefe e duas de suas esposas. Mas é nesse pé que ele está.

Ou talvez essa atribuição *tenha* a ver com as filhas e esposas. Duas Pessoas se retrai quando a sombra de alguma coisa no alto cruza seu rosto e uma cabeça de machado em queda, girando para ficar na vertical, faz um corte impecável no fundo da canoa à direita dele.

Veja bem, isso pode ser um problema, "Sabido".

A canoa de imediato começa a fazer água, mas menos do que Duas Pessoas teria pensado. Ou talvez ele realmente esteja voando agora, os braços agitados transformando o remo numa asa.

A canoa raspa na pedra. Começa o espetáculo: ele não se permite acreditar que estava tão perto da margem. Ele pula e levanta a ponta da frente como Guaxinim Sabido lhe ensinou, rolando toda a coisa para se abaixar dentro dela e correr.

Olhando para trás, tem um vislumbre da morte. O barco de guerra dakota vira de lado, ou para que quem estiver nele possa pular e perseguir Duas Pessoas em terra, ou para que possam todos atirar projéteis contra ele a um só tempo.

Duas Pessoas, imaginando que está a ponto de descobrir, lembra-se de que a sensação de que tinha as costas protegidas pela canoa é pura ilusão. Ele a levanta no alto da cabeça e sai da água, dançando por alguns rochedos para chegar ao bosque entre o Ill-Star Lake e o Lake Waste-of-Time*, sem problemas. Porque agora a canoa realmente está no ar – e não pesa *nada*.

Ainda assim, a visibilidade não é das melhores e, se ele esbarrar com a ponta da canoa num galho, ou mergulhar no chão, será *Adeus, rosto*. A maior parte do que ele pode ver está a seus pés, sob a vegetação, que explode em vida animal fugidia a cada passo que ele dá. Duas Pessoas nunca fez tanto barulho na vida. Só entre os mamíferos, ele identifica um pescador, um martim, um arminho e um texugo.

Um machado ricocheteia à sua direita, jogando-o de lado e quase o derrubando, mas erra por pouco. Ao que parece, os dakotas se juntaram a ele em terra.

Mas pelos galhos à frente, ele vê água novamente.

Então chega lá: Lake Waste-of-Time. Seu instinto lhe diz que jogue a canoa na água, e sabe de uma coisa? É o que ele faz. Ela cai mais ou menos de pé, estabilizando-se rapidamente depois que começa a fazer água novamente pelo corte no fundo.

Duas Pessoas chapinha para onde a canoa vaga, mas usa os meios recomendados por Guaxinim Sabido para subir, pois ele não pode se dar ao luxo de estragar tudo: as mãos nas bordas, o primeiro pé no meio, trazendo o outro ao lado. Agora ele está pronto para remar e bem a tempo: ele ouve os dakotas disparando pelas árvores.

Olhando em volta, Duas Pessoas percebe que já não tem o remo. Não se lembra de tê-lo abaixado, mas claramente não o tem quando cruza os dois lagos, porque está impelindo a canoa com as duas mãos.

Merda!

---

* Hoje conhecido como Corners Lake. Como assim? Você vai mesmo lá?

Ele se joga de barriga e começa a remar com a mão. Só consegue alcançar um lado de cada vez. A água nunca pareceu mais fina. A canoa parece mover-se em círculos.

Ele começa a alternar os lados com mais regularidade. A margem atrás dele deixa sua visão periférica. A água fica funda. Mesmo assim, ele só entende por que os dakotas não o pegaram e o mataram quando olha para trás, e os vê ainda na margem a umas duas léguas.

Olhando a canoa. E falando num tom baixo e grave.

Enquanto na margem *oposta* – aquela que marca a fronteira entre as terras dos dakotas e dos ojíbuas* – Duas Pessoas agora vê seu próprio pelotão reunido. Inclusive Guaxinim Sabido, que vai da carranca de concentração ao uivo de triunfo como um lobo, e mostra um sinal de "fodam-se" para os dakotas.

Fodam-se mesmo, pensa Duas Pessoas, rolando na água no fundo da canoa, exausto.

Fodam-se vocês todos.

---

* Conhecidos de Whitey como os chippewas.

10

Ely, Minnesota
Ainda sexta-feira, 14 de setembro

– Carregar uma canoa de um lago a outro é fazer uma portagem – diz o xerife Albin. – O caminho que se usa para fazer isso chama-se portagem.
– Sei – digo.
Eu nem ouvia o que ele dizia. A história que contou me pareceu uma bobajada sem tamanho – em especial a parte dos dakotas que comiam cara de gente – e me lembrava aquela colônia que os mafiosos usavam chamada Canoe. Talvez ainda usem.
Também fez com que eu me perguntasse por que o xerife Albin gastava tanto tempo conosco. Uma coisa é tentar obter informações sobre um possível crime cometido por Reggie Trager. Outra é pegar mapas e nos levar aos Velhos Tempos Indígenas.
– O caso é que as portagens são traiçoeiras – continua. – Elas crescem, as margens mudam, não é permitido colocar placas ou sinalizar nas árvores para marcá-las. Mesmo que ainda estejam onde seu mapa diz que estão, pode ser difícil localizá-las da água. Mesmo que seja uma portagem por onde você pode levar uma canoa de Kevlar de 20 quilos, isso não significa que você conseguirá deslocar um barco de passeio de alumínio de 100 quilos para quatro pessoas e todo o equipamento. A trilha pode dar direto num penhasco. Pode ser longa demais.

"Além disso, se você quiser ir de um lago a outro, pode haver uma dezena de caminhos diferentes à sua escolha, dependendo do que se precisa para a portagem e de quem a fará. Pegar a rota certa do ponto A ao B é como abrir um cadeado com combinação."

Meu Deus. Já chega.

– O que acha que aconteceu com Benjy Schneke e Autumn Semmel? – diz Violet, dando-me uma vontade de trepar com ela maior que a de costume.

A expressão de Albin se anuvia.

– Reggie Trager está usando *isso* para vender a excursão?

– Não, não está. Soubemos em Ford, depois procuramos na biblioteca.

– Tem certeza?

– Tenho.

Isso o acalma um pouco.

– O que você *acha* que aconteceu? – pergunto. Prefiro que Albin fique desconfiado e de olho em mim a que me mate de tédio.

– Não estava sob minha jurisdição.

– Vocês não cobrem Ford?

– Cobrimos, na maioria dos casos. Ford não fica no condado de Lake, mas eles contratam nossos serviços... Mandamos uma conta, eles não pagam, nós patrulhamos por lá de qualquer modo. Poupa-nos problemas a longo prazo. Mas, nas verdadeiras Boundary Waters em geral, cabe ao departamento de parques e jardins, e os homicídios em qualquer lugar do estado, exceto nas cidades gêmeas de Minneapolis-Saint Paul, cabem à polícia de Minnesota, o BCA em Bemidji.

– Então você não foi chamado.

Pelo que posso dizer, não há motivos para que ele responda a isso.

– Eu fui chamado.

– E falou com os outros dois garotos que estavam lá?

– Várias vezes. As duas famílias desde então se mudaram, aliás. Não procurem por eles.

– Não vamos procurar. Você viu os corpos?

Violet me olha incisivamente. Albin não parece aborrecido, *ainda*.

– Sim, vi.

A essa altura começo a entender o que está havendo.

Albin *tem* de acreditar que há uma probabilidade de noventa por cento de Violet e eu sermos impostores, debiloides ou as duas coisas. Mas não é todo dia que pessoas alegando ser paleontóloga e médico entram em sua sala e demonstram interesse por um caso que supostamente envolve um monstro de lago que devora humanos. E que, dois anos depois, ainda não foi resolvido.

– O que acha que aconteceu? – pergunto, ao que parece pela quinta vez.

– O relatório da polícia de Minnesota disse que foi acidente de barco.

– Pensei que os barcos a motor fossem ilegais nas Boundary Waters.

– E são, mas isso não quer dizer que as pessoas não os tragam. Muitos lagos pelas margens das Boundary Waters ficam metade dentro, metade fora, e não é ilegal usar barcos a motor na metade de fora, e por isso as coisas ficam muito porosas. Algumas semanas atrás, quando estava mais quente, as pessoas faziam esqui aquático em Ford Lake. O que é legalizado, no terceiro lago que fica mais perto da civilização.

Tento imaginar alguém de Ford esquiando na água. Na verdade, eu mesmo já esquiei, no início dos anos 1990, com David Locano e o filho dele. Nós três – nenhum ser humano digno no grupo – com nossa lancha e um trecho de água imaculada e antes potável, tudo por uma correria burra que durava três minutos de cada vez. Se isso não fizer você se sentir o faraó, nada o fará.

– Mas como alguém levaria um barco a motor tão longe como White Lake, depois do que nos falou sobre a portagem? – pergunta Violet.

– Existem portagens nas Boundary Waters para os barcos a motor. Também são ilegais... Já é assim há décadas. Mas ainda há muitas delas por ali. Dragadas, em geral. Às vezes com barreiras. O departamento de parques e jardins coloca barreiras quando as descobre, mas é uma área muito grande, patrulhada principalmente de avião.

– Encontraram algum barco a motor em White Lake? – pergunta ela.

– Não. Os dois garotos que estavam perto quando Autumn e Benjy morreram disseram que os quatro foram em duas canoas, e os sobreviventes usaram uma delas para voltar a Ford. Mas não havia como provar isso. *Havia* uma canoa do CFS ainda lá quando chegamos, mas, se os garotos usaram um barco a motor roubado ou emprestado, podem ter rebocado a canoa só para remar por ali depois que chegassem.

– O CFS *Hotel*? – digo.

– Da CFS Expedições e Hospedagem, isso mesmo – diz Albin.

– Da qual Reggie Trager é o *dono*?

– Sim, embora na época fosse do pai de Autumn. Reggie a herdou quando o pai de Autumn morreu.

– Espere aí um minuto – digo. – Chris Semmel Jr. era dono da CFS?

Albin semicerra os olhos, como se analisasse se devia dar esta informação.

– Isso mesmo – responde ele.

– E, depois da morte de Autumn e Chris Jr. com cinco dias de diferença, Reggie Trager a herdou?

– Correto. A mulher de Chris Jr. podia ter ficado com tudo, mas ela já não estava aqui, e por motivos óbvios não queria ficar. Quando Chris Sr. a deixou para Chris Jr., disse que, se nenhum dos Semmel estivesse disposto ou pudesse ficar e administrar tudo, Reggie Trager devia ter sua chance.

Outro motivo ainda para Trager não ter mencionado nada disso em seu convite.

– Trager foi acusado dos assassinatos de Chris Jr. e do padre Podominick? – pergunto.

– Não.

– E por que não?

– Não havia provas de que ele os cometera, e três pessoas confirmaram que ele não podia ter feito isso, porque estava com elas no momento em que os tiros foram disparados. E o motivo nem era tão excitante quanto parece. Reggie dá cerca de 85 por cento dos lucros da CFS à viúva de Chris Jr.

– Por pura bondade de seu coração, ou porque é obrigado a isso?

– Era o acordo no testamento. Em termos financeiros, Reggie provavelmente ganha agora o que ganhava antes, só que agora ele tem de administrar o lugar todo sozinho.

– Talvez estivessem a ponto de demiti-lo.

– Ninguém me disse que estavam. Inclusive a viúva de Chris Jr., que não era fã de Reggie Trager.

– O que *ela* tem contra ele?

– Ela acha que ele é culpado.

– Com base em quê?

– Nada que interessaria a um júri.

– Nem a você, pelo visto.

– Evidentemente, prefiro não acusar as pessoas de crimes que não podem lhes ser imputados. Mas, se querem saber se eu acho que foi Reggie, a resposta é não. Não diria que o conheço bem, e tenho certeza de que a maioria das pessoas é capaz de mais coisas se são pressionadas, mas com Reggie eu nunca vi um impulso desse tipo.

– Então, quem você acha que foi?

Ele meneia a cabeça.

– Não faço ideia. Chris Jr. e o padre Podominick estavam com uma vida boa, numa cidade de gente que não tinha uma vida tão boa assim, mas nenhum dos dois parece ter tido inimigos de verdade. Nem mesmo quem se beneficiasse com sua morte.

– Acha que a pessoa que matou Chris Jr. e o padre Podominick também matou Autumn e Benjy?

Albin balança um pouco a cadeira, olhando para mim.

– Não, não acho.

– E por que não?

– Não foi exatamente o mesmo *modus operandi*. Um assassinato com rifle de caça, isso pelo menos posso entender. E quem atirou em Chris Jr. e no padre Podominick era bom o bastante para fazer isso sem deixar provas. O que houve com Autumn e Benjy parece algo inteiramente diferente.

– Fizeram uma busca no White Lake por uma portagem que alguém pudesse ter usado para um barco a motor? – pergunta Violet.

– Sim, e não acharam nenhum. Também não encontrei nada no Lake Garner, mas é muito maior e mais difícil de explorar. Então talvez houvesse um e nós não tenhamos visto.

É uma boa pergunta, mas não acho que Violet pretendesse o que Albin disse.

– Podemos ver os relatórios de autópsia de Autumn e Benjy?

– Não. Creio que isso é ilegal.

Não sei se é ilegal ou não.*

– Há algo que precise nos dizer para não corrermos perigo?

Não sei que juramentos de proteção ao cidadão os xerifes daqui ou de qualquer lugar devem fazer, mas imagino que haja algum. E talvez eles permitam, ou até exijam, que Albin vomite informações que seriam ilegais ou antiéticas contar em outros casos.

Pelo menos, eu *acho* que ele entendeu isso.

– O ideal é que vão embora agora – diz ele. – Eu olho isso e vejo um monte de aspectos negativos e essencialmente nenhum positivo. Se insistirem em continuar com isso, não deem a Reggie Trager o benefício da dúvida só porque eu acho que ele não seja culpado. Não sou um grande júri. Não vão a lugar algum em Ford a não ser o CFS... A cidade é perigosa demais. E mantenham-me informado de tudo o que acontecer. Não estou dizendo que isso é opcional. Eu lhes darei meu número direto e meu e-mail. Se eu decidir a qualquer hora que vocês estão escondendo informações que *possam* ser úteis numa investigação criminal, vou cuidar para que lamentem ter feito isso. Entenderam bem?

Assentimos.

– Sim, senhor – conclui Violet.

– E uma última coisa. Quando forem para o White Lake... não entrem na água.

---

* E ainda não sei. As leis de privacidade em autópsias variam de um estado para outro e são complicadas pelo fato de que a Lei Federal de Responsabilidade e Portabilidade de Seguro Saúde (HIPAA) de 1996 protege perpetuamente a privacidade de quaisquer problemas de saúde que o paciente tivesse ainda vivo. O que, me parece, incluiria aquilo de que o paciente morreu. Toda vítima de um acidente fatal de caça com arco não deve ter sido um dia um arqueiro idiota?

11

Ford, Minnesota
Ainda sexta-feira, 14 de setembro

– Esse cara acha mesmo que o Pé Grande das Águas existe – diz Violet.
– Concordo. – Voltamos pela rota 53, para Ford e para nos registrarmos no CFS Hotel. Ela dirige. – E precisamos discutir isso?
– O quê? Que o xerife de Lake acha que o monstro existe, ou que o monstro realmente *existe*?
– A parte do xerife.
– Ah, bom. Por um segundo receei que você quisesse vir com aquela história do *spandrel* pra cima de mim.*

---

* Isto é papo de biologia evolucionista, mas é interessante.
   Existem duas grandes escolas de ciência junk na biologia da evolução. Em uma, alegam saber as pressões ambientais específicas que levaram ao desenvolvimento de fenômenos zoológicos complexos, como quando os livros didáticos de psicologia dizem que as pessoas odeiam mímicos porque camisas listradas despertam nosso medo ancestral de tigres. Mas, por acaso, isto é verdade. Na outra, alegam que os fenômenos zoológicos complexos podem surgir sem *nenhuma* pressão ambiental. Como quando os biólogos chamam algo de um "*spandrel*".
   Tecnicamente, um *spandrel* é um efeito colateral evolutivo – uma característica que surge não porque cria a probabilidade de um organismo reproduzi-la em seu genoma, mas como resultado do desenvolvimento de uma característica diferente que *cria* a probabilidade. Ronald Pies chama um *spandrel* de "um tipo de caroneiro genético que não faz nada para melhorar o percurso". Não que os *spandrels* não sejam reais, pois provavelmente

– Não sou do tipo.
– Mas eu *gostaria* de saber por que alguém que parece tão pouco estúpido como o xerife Albin acha que isso é possível.
– É – digo. – Exatamente.

A CFS Expedições e Hospedagem não fica apenas *na* saída da rodovia de Ford – ela *é* a saída da rodovia. Você faz uma curva sob um outdoor gigantesco da CFS no estacionamento da loja, um prédio de três andares em forma de A com cartazes para merdas como North Face nas vidraças da frente e dos fundos. Dali você segue as placas até uma estrada que sai do canto do terreno e dá no hotel.

O começo da estrada é bloqueado por cones de trânsito, mas um garoto alto e magro de vinte e poucos anos, com um chapéu

---

são, sendo o exemplo clássico os mamilos nos homens – que não servem para nenhum fim evolutivo conhecido, e portanto existem apenas porque os mamilos são benéficos nas mulheres, e são formados num estágio tão inicial do desenvolvimento fetal que é mais fácil colocá-los em todo o mundo. (O mesmo argumento costuma ser usado sobre os orgasmos nas mulheres. Sou apenas o mensageiro aqui.) Em geral, porém, identificar qualquer característica específica como um *spandrel* só significa que você teve preguiça demais de trabalhar para descobrir o verdadeiro motivo de sua evolução. (Ou que você faz algo pior: a história das pessoas que tentam avaliar as características humanas como contributivas ou não para uma ideia de "progresso" evolutivo é horrenda, com termos como "decadentes" e "degenerados" usados para descrever traços de indivíduos rotulados de parasitas – "um tipo de [...] caroneiro que não faz nada para melhorar o percurso". Coisas que foram rotuladas como inutilidade evolutiva, embora claramente não o sejam, incluem os avós, os gays e o apêndice.)

O apelo dos *spandrels*, creio eu, é que se é possível existirem coisas que têm uma relação mais frouxa do que o habitual com causa e efeito, então talvez seja possível existirem coisas que *não* têm uma relação com causa e efeito. O que significaria que eles estão fora da realidade, e portanto são mágicos. Termos como *sublime, sobrenatural, paranormal, epifenomenal* etc., fazem o que podem para que isto soe legítimo. Mas os objetos fora da realidade não podem ser estudados. E os objetos equivocadamente *considerados* fora da realidade, mas que acabam por se revelar dentro dela, de imediato se tornam uma chatice, como os outros. Por definição, o Além fica fora de alcance.

de pescador mas ainda assim queimado de sol, se aproxima de seu carro com uma prancheta.

– Posso ajudar os amigos? – diz ele, depois de Violet abrir a janela.

– Viemos para a excursão que Reggie Trager está promovendo.

– Seus nomes, por favor?

– Violet Hurst e Lionel Azimuth.

O garoto procura nossos nomes na prancheta, que parece estranha para alguém que espera apenas seis ou oito pessoas. Mas talvez pranchetas sejam como armas e as pessoas que as portam comecem a querer usá-las.

– Doutor, doutora – diz o garoto. – Meu nome é Davey Sugar. Serei um dos guias em sua expedição. Bem-vindos ao CFS.

Ele parece tão franco, e tão diferente de alguém envolvido em uma sórdida excursão falsa de busca ao monstro, que me sinto compelido a me certificar de que estamos falando da mesma coisa. Curvo-me sobre Violet para falar.

– O que você acha? O Monstro do White Lake existe mesmo?

O garoto abre um sorriso largo enquanto volta para deslocar os cones.

– Devo dizer que, quanto a isso, sou agnóstico. Mas seria legal, não seria?

⁕

A estrada sobe o morro e de repente vemos todo o Ford Lake abaixo, a luz faiscando como uma cerca de tela feita de sol. Até a carapaça de tijolos da antiga Mina Ford – com, presumivelmente, a casa do dr. McQuillen escondida na curva depois dela – parece agradável.

O hotel em si é idílico: uma dúzia de cabanas à beira do lago pintadas de amarelo do cabelo da Smurfette num gramado que parece luxuriante como musgo. Logo depois, uma entrada em "E" de docas flutuantes, barcos cobertos de oleado atracados paralelamente às margens.

Na sulcada área de estacionamento de terra sombreada por árvores ao lado da marina, há picapes, incluindo uma com uma gaiola na caçamba, alguns carros compactos que parecem quebrados e uma SUV preta, grande e perfeitamente reluzente com placa do Minnesota.

Deixamos nossas tralhas no carro, para o caso de precisarmos fugir.

Dois caras de camisa polo e calça de pintor aparecem na cabana da recepção quando chegamos lá. Sabemos que é a cabana da recepção porque tem uma fileira de girassóis na parede dos fundos e uma placa de madeira acima deles dizendo "ACAMPAMENTO FAWN SEE – *Recepção*" em letras gravadas a fogo na madeira. Um dos dois caras é branco e deve ter uns 60 anos, com cabelos brancos e óculos sem aro. O outro é hispânico, nos seus 30 anos, e tem bigode.

– Boa-tarde – diz o branco.

– Um de vocês é Reggie Trager? – pergunta Violet.

– Ora essa, não. – Ele se vira e grita: – Reggie! Clientes! – Depois ele e o outro vão para a picape com gaiola na caçamba.

Violet e eu continuamos na frente da cabana, de cara para o lago. No gramado, há um homem falando no que costumava se chamar telefone sem fio, e também bebendo uma cerveja e afastando a virilha de um labrador preto e grande que pula nela.

Ele ergue a mão para nos cumprimentar enquanto diz: "Não, escute, Trish, tenho de correr. Eu sei. Desculpe. Você também. Você também. Tá legal. Te ligo mais tarde." Ele tem um leve sotaque do Sul: Arkansas, ou Alabama, ou algum outro estado cujo sotaque não reconheço.

O homem tem um jeito juvenil, com pernas musculosas e cabelo preto cortado à escovinha, mas veste um short de veludo cotelê menor que o que alguém de menos de 60 anos não usaria nem morto. Vê-se uma cicatriz comprida de queimadura na face externa da perna esquerda. Ele sorri torto para nós ao desligar o telefone.

– Desculpe. Minha mãe.

O cachorro, parecendo dar por nossa presença, dispara em nossa direção. Joga-se de lado contra as pernas de Violet, depois contra as minhas, onde para e se encosta em mim, batendo o rabo pesado.

– Bark – diz o homem a ele. Ele não late. A nós ele diz: – Dra. Hurst e dr. Azimuth?

– Isso – diz Violet.

– Eu sou Reggie Trager.

– É um prazer – diz Violet. – Podemos fazer carinho em seu cachorro?

Abertura interessante. Mas o cachorro até que é bonitinho.

– Ela não é minha, mas vá em frente – diz Reggie. – Leve para casa com você. O nome dela é Bark Simpson.

– Ah, *Bark* – diz Violet, fazendo com que a cadela desgrude de minhas pernas e se jogue nas dela.

Muito bom. Reggie se aproxima para um aperto de mão.

De perto, ele não parece a mesma pessoa. O lado esquerdo do rosto é uma rede de cicatrizes. Não de queimaduras, mas de lacerações, como de estilhaços ou cacos de vidro. O motivo de seu sorriso ser torto é que o lado esquerdo do rosto é paralisado. O olho esquerdo encara mais arregalado que o direito, quase redondo.

O estranho, porém, é que não é um efeito ruim. A paralisia conferiu a seu rosto um caráter de desenho que combina com seu jeito cômico de jovem. De certo modo, funciona.

– Conheceram Del e Miguel? – pergunta ele.

Ao ouvir os nomes, a cadela para abruptamente e parece desolada. Vira-se algumas vezes, depois galopa para o estacionamento.

Reggie meneia a cabeça.

– Ela acaba de perceber que Del foi embora. Bark! Não vá para a estrada!

– Os dois caras que entraram na picape? – digo.

– É.

– Não conhecemos exatamente. Quem são?

– Trabalhamos juntos. Eles são os Tatus de meu Sr. Roarke, se isso significa alguma coisa para a geração de vocês. – Ele pisca para mim com o olho que não encara. – Vamos entrar. Vou apresentar vocês a alguns de seus companheiros hóspedes.

12

CFS Hotel, Ford, Minnesota
Ainda sexta-feira, 14 de setembro

Na cabana da recepção, porém, só estão quatro asiáticos, e os dois que estavam de pé – moletons, óculos de sol, que ficam ansiosos quando me veem – são evidentemente seguranças.

Quanto aos outros dois, em sofás opostos, é mais difícil decifrar. Um é punk-chique, com óculos de armação grande e moderna e um terno elegante por cima de uma camisa xadrez que parece cara. Com uns quarenta e poucos anos, cabelo castanho tingido, lendo um guia. O outro tem mais ou menos a mesma idade, mas é gordo e esparramado, tem os lábios molhados, as feições grosseiras e a barba malfeita dos mentalmente incapazes, ou seja lá como são chamados hoje em dia. Jeans e camiseta que diz "NOW IS COLA ONLY". Joga um videogame no celular.

O estiloso fica de pé quando nos vê, fazendo com que os seguranças se aproximem dele pelas laterais.

Reggie nos apresenta. Seu nome é Wayne Teng. O nome do irmão é Stuart. Ambos os seguranças supostamente se chamam Lee.

– Desculpe – diz Teng. – Meu irmão e nossos associados não falam inglês.

– Mas você fala – diz Violet.

– Muito mal.

– Não parece.

– Obrigado. Vocês são doutores médicos?

– Ele é. Eu sou paleontóloga.

– Como em *Jurassic Park*?

– Mais ou menos.

Teng traduz para o irmão e os seguranças. Reconheço as palavras *Jurassic Park*. Até o irmão ergue os olhos.

Sigo Reggie até o balcão de registro.

– É isso? O grupo todo? – Supondo que Teng esteja incluindo os seguranças, calculo que sejamos seis.

Reggie pega alguns formulários.

– Não sei bem. Temos mais cinco RSVPs afirmativos.

– Serão tantos assim?

– O único limite real é o que vocês estão dispostos a aceitar. Mas vou lamentar por isso quando acontecer. Sei que *alguém* criará juízo.

– Por quê? O monstro é falso?

Ele dá uma piscadela para mim.

– Merda, espero que não. – Coloca duas chaves na mesa. – Cabana dez.

– Nós dois?

– Como assim?

– Temos de ficar em cabanas separadas.

– Têm? Merda, deixe-me pensar. – Ele rói uma unha. – O problema é que temos muita gente chegando com o árbitro.

– Quem é o árbitro?

– Não estou autorizado a dizer antes que ele esteja pessoalmente aqui.

– E quando será isso?

– Em algumas horas. Vejamos: Del já está com Miguel... – Ele me olha, com metade da cara estremecendo. – O quarto em que está agora pode ter camas separadas, se isso ajudar.

– Está ótimo – diz Violet, aparecendo atrás de mim. – Por uma noite, acho que o dr. Azimuth pode lidar com isso.

ᴖᴖ

A Cabana Dez é bem bonita, mas o ar tem cheiro de mofo e tensão sexual, e então Violet e eu decidimos ir ao Omen Lake, onde ficam as pedras pintadas.

Davey, o garoto da prancheta, coloca-nos numa canoa. Kevlar verde, parecendo lona laqueada, leve pra cacete: tem um apoio parecido com um assento de privada no banco do meio onde você deve colocar a cabeça para carregar a canoa de cabeça para baixo sobre os ombros, mas, se não quiser fazer isso – porque você não consegue ver nada desse jeito, ou porque quem quiser pode quebrar seu pescoço –, você pode simplesmente carregar acima da cabeça com as mãos.

Violet me ensina alguns tipos de remada, e fazemos nossa primeira portagem na metade do lado leste de Ford Lake. Cruzamos mais alguns lagos e chegamos lá.

O Omen Lake não é tão sinistro. Tem formato de halteres, com penhascos laranja avermelhados um de frente para o outro na parte estreita, onde ficam os pictogramas. A água é tão transparente que dá para ver rochedos no fundo, e as folhas nas árvores já estão assumindo cores que, com relação ao verde, absorvem menos luz infravermelha.* Somos os únicos ali.

Violet nos leva direto ao pé do penhasco. Depois se ergue na canoa e se segura na pedra.

– Empurre da esquerda para nos manter equilibrados – diz ela.

---

* Isto é, amarelo, laranja e vermelho, respectivamente. O suposto benefício é que as folhas que refletem mais (e absorvem menos) infravermelho têm uma probabilidade menor de pegar fogo quando secas. Entretanto, ver nota de rodapé, cap. 11.

– O que está fazendo?

Ela se balança para a face do penhasco antes que eu possa colocar o remo no lugar. A canoa gira para longe do paredão. Quando consigo controlá-la, Violet está a três metros da água.

– Você sabe escalar – digo.

– Todo paleontólogo sabe escalar. E esta é uma boa pedra. Provavelmente tem quatro bilhões de anos.

Deito-me de costas para observá-la. Não é a pior visão do mundo.

E então, quando o lago de repente fica *realmente* sinistro, parece que uma armadilha foi disparada. Em um minuto: sol, e Violet de costas e de baixo. No minuto seguinte: a água que cheira a podridão salgada e bomba maldade de sua superfície como um alto-falante bombando som. Os respingos d'água antes menores e o tamborilar na membrana da canoa agora parecem bicadas exploratórias de animais subaquáticos famintos.

Procuro por algo que tenha mudado: uma nuvem cobrindo o sol, ou uma nova corrente de água fria que posso sentir através do Kevlar. Mas não há nada. Só a escuridão invisível e o fato de que estou suando em bicas, e fraco.

O que digo a meus pacientes com transtorno de estresse pós-traumático – dos quais, no mundo desesperado do trabalho em cruzeiros, eu tenho muitos – é que hoje se considera que as crises de pânico são de origem física e não psicológica. A lembrança da merda que aconteceu com você comunica-se diretamente com os centros mais primitivos do seu sistema nervoso, os quais têm uma estranha memória própria que dá a deixa para as mudanças fisiológicas antes que você sequer perceba que está com medo. O pânico vem como reação às palmas suadas e à falta de ar, não o contrário.

Saber disso deve fazer as pessoas se sentirem melhores, ou, no mínimo, menos responsáveis por sua loucura. Pode até ser verdade. Mas no Omen Lake, com minha vista escurecendo e as laterais do corpo molhadas de suor, morto de medo de um lago de água fresca que foi fotografado e visitado um milhão de vezes, não me faz muito bem. A única coisa em que consigo me concentrar além do medo é uma raiva crua.

Onze *anos*?

Tudo isso por causa de umas coisas desagradáveis que vi num tanque de tubarão *onze anos atrás*?

Magdalena morreu no dia seguinte. A maior parte de mim morreu com ela. Mas sabe de uma coisa? Ter piripaques por todo esse tempo não parece trazê-la de volta para mim.

Será que me inscrever numa viagem de canoa por 12 dias que deve começar amanhã é uma ideia particularmente boa? Dizem as pesquisas que não.

E trabalhar num navio de cruzeiro?

Ainda assim: *pelo amor de Deus, porra. Chega disso.*

– Lionel!

A estranheza evapora como se não quisesse ser vista comigo. Violet volta a descer a face rochosa. A canoa se distanciou três metros. Uso uma técnica chamada remada em J para recolocá-la junto à rocha.

Depois de se sentar, Violet fica meio torta, olhando para mim.

– Você está bem?

– Estou, sim.

– Não parece nada bem. O que houve?

– Nada. Estou bem. Como eram as pinturas?

– Mais ou menos o que esperávamos.

Não esperávamos muito. Os livros que descrevem as pinturas em inglês remontam a 1768, e a datação de carbono e os ojíbuas dizem que são duas vezes mais velhas que isso. O que não exclui *inteiramente* a fraude – talvez os ojíbuas só as tenham pintado em 1767, usando óleo de peixe de duzentos anos para isso –, mas torna improvável que Reggie Trager estivesse envolvido.

Violet ainda me olha.

– Tem certeza de que não há nada que queira me contar?

– Não – digo, afastando-nos do paredão com a ponta do remo para nos pôr em movimento.

O que pelo menos é verdade.

༄༅༅༅

De volta ao hotel, há algumas distrações interessantes. Primeiro, Del – o cara que trabalha com ou para Reggie – nos encontra nas docas para nos dizer que Reggie quer que nos unamos ao restante do grupo na cabana da recepção para um anúncio. Segundo, quando chegamos à recepção, além do grupo de Wayne Teng e do que parece cada funcionário do hotel, há mais cinco novos hóspedes. Um deles, Tyson Grody, é famoso.

Grody deve ter uns 25 anos. É cantor/dançarino que veio de uma boy band. Músicas pop que você ouve num táxi a caminho de algum bar de expatriados e acha que são cantadas por um negro de meia-idade de verdade. As mulheres nos cruzeiros marítimos sempre tinham músicas dele na porra dos seus mixes.

Em pessoa, Grody é baixinho, de olhos esbugalhados, sorridente e irrequieto, mas pelo menos tem dois negros de verdade com ele. Eles são enormes. Quando veem os seguranças dos irmãos Teng, há uma encarada de óculos de sol dos quatro que faz esperar uma ação do tipo *Super Street Fighter IV* depois.

Os outros dois hóspedes são um casal de cara amarrada de cinquenta e tantos anos. Os relógios Rolex dos dois, o cabelo e a pele são da cor de seus trajes safári. O mesmo lábio inferior repuxado.

– Pessoal, tenho más notícias – diz Reggie da frente.

Quando todos se aquietam, ele fala:

– O árbitro não chegou e só virá amanhã à tarde. Então não vamos partir amanha de manhã. Podemos sair assim que o árbitro chegar, mas não terá muito sentido, porque ainda chegaremos ao White Lake com um dia de atraso. Acabaríamos com uma noite a mais em campo. Então vou adiar a partida da excursão um dia inteiro, e partiremos na manhã de domingo.

"Se for problema para alguém, e qualquer um dos hóspedes não puder ficar, eu compreendo. Se algum dos hóspedes *preferir* ficar, podemos ficar em campo um dia a menos do que pretendíamos e ainda voltar para cá na data programada. Ou podemos ficar em campo por todo o período e voltar um dia depois. Vocês decidem. Evidentemente, sua noite extra no hotel será gratuita, junto com quaisquer atividades que lhes interessem enquanto estiverem aqui. Pesca, canoagem... O que quiserem. E quer venham conosco, quer não, espero que acompanhem a mim, Del, Miguel e alguns dos guias no jantar." Ele olha um relógio na parede. "Que deve começar logo depois desta reunião."

– Pode pelo menos nos dizer quem é esse árbitro? – diz Violet.

Reggie meneia a cabeça.

– Sabe, eu acabo de fazer essa pergunta e me disseram que deve continuar sigiloso, mesmo com o atraso. De uma perspectiva legal e pessoal, preciso respeitar isso. Mas de novo peço desculpas.

Ele parece cansado, e talvez decepcionado, mas não particularmente ansioso. Pergunto-me se *haveria* mesmo um árbitro específico. Alguém que Reggie pensou que merecia confiança, mas que fodeu tudo. Ou se o tempo todo foi um jogo, com propostas a qualquer um que fosse idiota o bastante, ou suficientemente ganancioso, para aceitar o que Reggie estivesse propondo. Que, afinal, é para um único corrupto agir na privacidade da mata.

Se for um jogo, entendo que Reggie queira deixar como está por uma última noite.

– Ainda estamos interessados na excursão – diz Wayne Teng.

– Pra gente também tá legal – diz Tyson Grody.

– Vamos pensar – dizem os dois rabugentos de safári.

Reggie olha para Violet e para mim.

– Vamos ter de falar com nosso chefe – diz Violet.

– Obrigado – diz Reggie. – Agradeço a todos. – Ele parece genuinamente comovido, embora possa ser que aquele seu olho sempre aberto tenha uma tendência a ficar lacrimejando.

14

CFS Hotel, Ford Lake, Minnesota
Ainda sexta-feira, 14 de setembro

– O que *eu* quero saber é o seguinte – diz Fick, o cara de safári rabugento. A Violet, embora ela esteja comendo e fingindo não perceber. – Por que a evolução tem de contradizer a Bíblia?
Os caras de Reggie, Del e Miguel, na cabeceira da mesa, ficam empertigados. Mais cedo, Fick se descreveu como um "executivo", e sua mulher, "a sra. Fick", como *"homemaker"*. Miguel disse: "Que legal... Del e eu fazemos casas também." Del, Violet e eu rimos. Até a sra. Fick sorriu. Fick nem tanto.
Também não estava sorridente o segurança dos irmãos Teng que se sentou conosco – ou porque não entendia inglês, como disse Teng, ou porque fingia não entender –, e Davey Prancheta, nosso guia franco e novo.
Davey revelou ter uma esposa igualmente esbelta e dessecada pelo sol que trabalhava como guia na excursão de Reggie, uma certa Jane. Neste momento, Jane está na cabeceira da outra mesa, sentada ao lado de Tyson Grody, e Davey parece preocupado.
Eu ficaria preocupado também. Eu não chamaria Grody de atraente, exatamente, mas ele tem a energia de uma fuinha e a mesma cara de pau. Quando Violet e eu o conhecemos, ele apresentou os seguranças a nós, juro por Deus, como "M'Blackberries". Nenhum deles pareceu se ofender com isso ou com Grody de modo geral.

– Senhorita – diz Fick. – *Senhorita*.
– Está falando comigo? – diz Violet por fim.
– Claro que estou.
– Pode me passar o milho? – diz ela a Miguel.
Exatamente o que eu estava pensando. Eu não comia creme de milho desde que era criança. Em particular, com a parte queimada amassada, é demais.
Fick empurra o prato dizendo:
– Por que a evolução tem de contradizer a Bíblia?
Violet se serve.
– Não sei. Tem?
– Não na minha opinião.
– Tudo bem.
– Mas eu diria que muita gente que acredita na Bíblia respeita os cientistas, mas não são muitos os cientistas que respeitam os que acreditam na Bíblia. Por que isso?
– Não faço ideia – diz Violet.
– E *você* acredita na Bíblia?
Ela o olha.
– Está perguntando sobre minhas crenças religiosas?
– Ora, você não é ateia? A maioria dos cientistas é, segundo minha experiência.*
– Não sei se acredito que alguém seja realmente ateu – diz Violet. – Todo mundo acredita em *alguma coisa* irracional, mesmo que seja que ficarão mais felizes se tiverem um carro melhor. – Ela se vira para mim. – Não comece a falar do meu carro. Pode interromper quando quiser, mas não fale do meu carro.
– Acha que acreditar na Bíblia é irracional? – pergunta Fick.
Violet olha em volta. Del e Miguel assentem, incitando-a. Eu só fico comendo, mas não deixo de estar impressionado. Nunca discuto com gente cujas opiniões não me interessam.

---

* Segundo a minha também.

Violet suspira.
— Acreditar que é a palavra de Deus? — diz ela. — Não sei. Que provas existem disso?
— A maioria das pessoas acredita que existem.
— E a realidade está sujeita à democracia?
— Não, mas, a não ser que existam provas em contrário, a sabedoria das massas é um bom ponto de partida.
— *Existem* provas em contrário. A Bíblia diz que o homem foi criado na mesma semana do planeta. Jesus diz que o mundo vai acabar ainda na época de sua plateia. Pode tentar distorcer semanticamente essas coisas para que não contradigam sua hipótese, mas isso não é racionalidade. É apenas fé.
— Eu não sabia que a fé era uma coisa ruim.
Violet o olha.
— Fui eu que comecei essa conversa?
— Não.
— Que bom. Eu nunca disse que a fé era ruim. Só que obviamente não é inteiramente satisfatória, ou você não teria necessidade de tentar atormentar pessoas como eu para que concordem com você.
— Caramba — diz Del.
— Vamos conservar o respeito, por favor.
— Por quê? — diz Violet. — Eis o que *eu* não entendo. Quando foi que a definição de religião deixou de ser "coisas nas quais as pessoas devem ter o direito de acreditar" e virou "ideias que os outros devem ser obrigados a respeitar, mesmo que sejam comprovadamente falsas"? É por que isso não funciona em mão dupla? Você claramente não tem necessidade de respeitar a racionalidade.
— Talvez eu não veja como acreditar que a evolução seja racional. As pessoas vêm tentando provar a evolução desde a época de Darwin, e ainda é só uma teoria. — Ele olha em volta, sorrindo. — Ora, *isso* é o que eu chamo de fé.

Violet o encara.

– Está falando sério?

– Ah, estou.

– A evolução é uma teoria no sentido pitagórico, o que significa que é uma regra geral aplicada a vários casos do mundo real. Não no sentido de que nunca foi provada. Foi provada milhares de vezes. Sempre que você toma uma vacina contra gripe, prova a evolução. – A mim ela diz: – Como eu disse, intrometa-se à vontade.

– O que é isso, truta? – pergunto.

– Eu quis dizer sobre o assunto.

– Concordo inteiramente com você – digo.

– Então talvez *você* possa responder a uma pergunta que *eu* tenho – diz Fick a mim.

– Provavelmente não.

– A evolução acontece porque tudo está tentando sobreviver, não é?

– Exato.

– Mas esse sentimento em si... a vontade de sobreviver. Como é que *isso* evoluiu?

– Agora você me pegou.

Violet pisa no meu pé.

– Mas a dra. Hurst sabe – digo.

Violet meneia a cabeça ao baixar o garfo.

– A evolução não requer vontade de sobreviver. Requer a *tendência* a sobreviver. Se você tem um monte de moléculas diferentes e duas delas têm uma tendência aleatória a se unir, então você vai acabar com compostos feitos dessas duas moléculas. E, se alguns desses compostos se formarem aleatoriamente de modo a tender a se unir a outros compostos, eles formarão compostos mais complexos. E assim por diante, até que você tem organismos. A vontade de viver pode ser uma vantagem para os animais que a tenham, mas é um *produto* da evolução, e não a causa dela. As anêmonas-do-mar não querem sobreviver mais do que a heroína quer ser injetada por um viciado. Os dois simplesmente tendem a isso quando as circunstâncias são corretas.

– E a segunda lei da termodinâmica? – pergunta Fick.

– Eu ia mesmo perguntar isso – diz Miguel.

– Eu também – diz Del.

– O que tem?

– Bem – diz Fick –, você acaba de nos dizer, longamente, que é possível que um monte de substâncias químicas montem aleatoriamente um ser humano. Mas a segunda lei da termodinâmica diz que as coisas tendem à entropia e à desorganização, e não à complexidade e à organização. Então a evolução é simplesmente uma exceção a esta regra?

Violet parece de saco cheio.

– A segunda lei da termodinâmica declara que sistemas *isolados* tendem à entropia. A Terra não é um sistema isolado. Recebe matéria e energia do espaço o tempo todo. Recebe uns 120 petawatts contínuos de energia* só do Sol, cuja maior parte se dissipa no espaço. A evolução não *precisa* ser entrópica, porque o sistema solar em que ocorre... que também não é isolado... é maciçamente entrópico. Você não entende nada de física.

"Sabe de uma coisa", diz ela, ficando mais furiosa, "acho que pode ser este o problema. Você quer acreditar que uma coisa que não entende ou é errada ou não é de conhecimento de ninguém. Você não entende de física, então a física está errada. Você não entende de biologia, então a biologia está errada. Qualquer coisa que não consiga entender deve ter origem num barbudo reluzente... Porque *isso*, pelo menos, você pode imaginar. E, como você não está interessado em aprender nada, 'o barbudo reluzente'

---

* Pelo visto é energia à beça.

acaba sendo sua explicação para tudo. A que eu devo demonstrar 'respeito'. Mas o que tem aí para ser respeitado?"

Fick arreganha os dentes.

– Ah, ora essa, agora...

– Deixe-me fazer uma pergunta a *você* – diz Violet.

– Não se...

– Você acredita em Deus?

– Sim – diz Fick, desconfiado. – Acredito.

– Acredita que Deus acredita em Deus?

– Quer dizer, se Deus acredita em Si mesmo?

– Não. Se acredita que Deus acredita que haja um Deus superior a Deus.

– Não – diz Fick. – Claro que não.

– E por que não?

– Por que Ele acreditaria?

– Por que você acreditaria?

– Porque é o que a Bíblia diz – responde Fick.

– E se Deus tivesse um livro que dissesse que há um poder superior a Deus? Então Ele acreditaria nele?

– Ah, merda. A dobra do tempo – diz Miguel.

– Não tem registro. Não tem registro – diz Del.

– A cientista está fundindo meus miolos – diz Miguel.

– Se este livro realmente fosse escrito por um ser superior, claro que sim – responde Fick.

– E se não houver provas de ter sido escrito por um ser superior, embora muita gente tenha dito a Deus que as provas existem?

– Isso é ridículo – diz Fick.

– Tem toda a razão – diz Violet. – É mesmo. Mas pelo menos você não está acusando Deus de ser burro o bastante para usar o mesmo raciocínio que você.

Del imita o estalo de um chicote.

– É um chicote comum ou um chicotinho de buceta? – diz Violet.
– Não sei. Um pouco dos dois – diz Del.
– Então, tudo bem – diz Violet. Ela e Del brindam com as cervejas.
– Eu agradeceria se não usasse esse linguajar na frente da sra. Fick – diz Fick.
– Qual – diz Violet –, "buceta" ou "evolução"?
– Ah, merda – diz Tyson Grody, atrás de nós.
Fick se levanta.
– Chega. Vamos embora.
– Não por minha causa – diz Violet.
– Por que mais acha que vamos, então?
Há uma pausa desconfortável enquanto as pessoas tentam entender essa.
– Olha – diz Violet –, se eu o ofendi, peço desculpas.
– Você ofendeu e deve se desculpar mesmo.
– Tudo bem. Vamos concordar em não falar de religião. Nem de ciência. Deus do céu.
Fick se vira para Reggie.
– Vamos passar a noite em Ely. Não sei se voltaremos amanhã.
– Espero que voltem – diz Reggie.
– Eu também – diz Violet, mansamente.
Fick deixa a porta de tela bater depois que eles passam.
– Desculpe – diz Violet à sala.
– Foi ele que começou – diz Miguel.
– É. Mas isso não é desculpa para tratar o arcabouço conceitual dele como lixo.
– *Eu* acho que é – diz Del.
– Obrigada, mas não é. Se seu cachorro monta na sua perna, é compreensível. Se você monta na perna do cachorro, é um problema.
– O *cachorro* pode ter um problema – diz Del. – *Eu* não tenho um problema.

– Del, nem todo mundo quer ouvir isso, cara – diz Miguel.

Bark olha do chão, sorrindo, como se soubesse que estão falando dela.

– É, como se Bark e eu trepássemos – diz Del. – Bark e eu não trepamos. Nós fazemos amor. É diferente.

– Isso é verdade – diz Miguel. – Eu vi o vídeo.

– Você *pagou* para ver o vídeo.

– Droga – diz Violet. – Espero que vocês não pretendam falar desse jeito na frente da sra. Fick. Isso se o sr. Fick a trouxer de volta. Desculpe, Reggie.

Reggie faz um gesto de desprezo.

– Eles ou vão voltar, ou não vão. De qualquer modo, vamos ficar bem.

– Será que *eu* posso lhe fazer uma pergunta, doutora? – diz Wayne Teng.

Viro-me para ficar de frente para a outra mesa, mas é claro que é com Violet que ele esta falando, e não comigo.

– Claro – diz ela.

– Acredita na sorte?

– Na sorte?

– Minha própria vida tem sido de muita, muita sorte. É difícil eu não ver isso como uma espécie de prova de *alguma coisa*.

Tyson Grody beija o dorso da própria mão.

– Apoiado.

– Eu também – diz Miguel.

– Se eu não acreditasse na sorte – diz Violet –, estaria sugerindo que todos fôssemos ao cassino na reserva ojíbua?

– Fale sério – diz Teng.

– Estou falando: temos de ir ao cassino na reserva ojíbua.

Teng ri.

– Tudo bem. Por ora, vou aceitar isto. E tenho espaço no meu carro.

– Eu também – diz Grody.

– Você devia vir – diz Violet a mim. – Provavelmente eu não vou lhe perdoar por não ter me ajudado com aquele babaca, mas nunca se sabe.

– É, desculpe por isso. Eu ia dizer alguma coisa que o faria mudar totalmente de ideia, mas decidi o contrário na última hora. De qualquer forma, acho que vou ficar aqui.

– Por quê?

– Eu acredito em estatística.

Mesmo num navio, onde as mulheres mais bonitas são as crupiês, eu não chego perto de cassinos. Como um número surpreendentemente grande de coisas em cruzeiros marítimos, os cassinos são concessões independentes, que pagam uma taxa à empresa para usar o espaço. Se há alguma parte do navio que pode ser tomada pela máfia, é o cassino. E, mesmo que não seja, é onde o pessoal da máfia vai querer ficar. Depois que acabam com o bufê, quero dizer.

Além disso, eu não devo passar uma noite que seja bebendo com Violet Hurst pouco antes de dividir uma cabana com ela.

– Não vamos lá para jogar, seu careta – diz ela. – Vamos para beber. Venha. Sei que eles podem botar *Judge Judy* para você ver.

– Tenho coisas a fazer.

– O quê, por exemplo?

– Mandar e-mails. Inclusive para Bill Rec, perguntando se ele quer que continuemos apesar do atraso.

– Fraquinha. O que mais?

– Tenho de ler umas coisas.

– Leve com você.

– Não posso. Vai estourar o pagamento da hipoteca. Beba uma piña colada por mim. Cobre de Bill Rec.

– Não o conheço o suficiente para beber uma piña colada por você.

– Então uma água com gás.
– Sabe? Sua profunda caretice me preocupa – diz Violet. – Estou tentada a ficar aqui com você.
– Seria legal – digo, percebendo que não tenho nenhuma força de vontade.
– Por sorte – diz Violet –, a tentação me escapou. E, depois dessa besteira com os merdinhas dos Fick, a sobriedade parcial perde parte de seu encanto. Que foi?
– Nada.
– Você acha que sou alcoólatra.
– Eu disse isso?
– Não – responde ela.
– Eu fiz alguma cara estranha?
– Não. Você não tem nenhuma expressão facial. O que é uma merda. Quem não tem expressão facial?
Eu a olho inexpressivamente.
– Pare com isso. Está me assustando. E pare de tentar me diagnosticar.
– Se está preocupada com a coparticipação, podemos resolver isso.
– Você devia levar esta cena para as Catskills.
– Como sabe das Catskills?
– Eu sei de muita coisa, meu amigo. Por exemplo, não sou alcoólatra. Sabe como eu sei?
– Porque não fica na defensiva com isso?
– Mas que audácia. Porque eu não bebo nada há um bom tempo.
– É bom saber disso.
– Em geral, porque já estou bêbada. Venha com a gente.
– Não posso. Divirta-se, dra. Hurst.
Ela desce a mão por meu ombro ao se levantar.
– Você também, dr. Careta.

15

CFS Hotel, Ford Lake, Minnesota
Sexta-feira, 14 de setembro – sábado, 15 de setembro

O e-mail de Robby, o garoto australiano que está me dando cobertura no navio, é assinado "Foda-se muito, companheiro", o que tomo por um bom sinal. Pelo menos ele ainda está comprometido.

Os médicos de navios de cruzeiro tendem a se converter em mártires, ou em Calígula. Escolhi Robby porque pensei que ele ficaria no meio da pista pelo tempo que fosse possível antes de dar uma guinada para o martírio. Os pacientes têm um tratamento melhor de profissionais do Corpo da Paz do que daqueles do *Barco do Amor*.

Fiz o que pude para deixar-lhe instruções detalhadas – coisas do tipo como argumentar com o capitão para conseguir que alguém seja transportado via aérea quando sofrer um infarto e não tiver seguro MedEvac, como roubar suprimentos, onde escondê-los uma vez que muitos membros da tripulação usam a sala de exames da clínica dos funcionários como ponto de trepada e assim por diante.* Disse a ele que ficasse de olho na violência

---

* Tratar de doenças sexualmente transmissíveis num cruzeiro marítimo é enlouquecedor. Parece um episódio de *Iron Chef* onde o ingrediente especial são as genitálias.

de noivos em lua de mel, pois os "seguranças" têm ordens de não interferir nisso.* E disse também que não incomodasse o médico-chefe, o dr. Muñoz, quando ele estivesse no salão dançando com as velhas, porque o dr. Muñoz odeia isso e, além de tudo, é incompetente. Mas Robby sempre tem perguntas mesmo assim, sobre coisas que me esqueci de dizer ou que eu de propósito omiti porque não quero matar o cara de medo.

No escritório da cabana de recepção, onde Reggie me disse que usasse a Internet, eu respondo aos que ele mandou agora e lhe desejo tudo de bom com a sinceridade que posso, dado que praticamente o convenci a fazer esse trabalho para eu poder fugir. E para fazer o quê – entrar de férias?

Ah, sim: ganhar dinheiro para de algum modo pagar minha liberdade da vingança da máfia. E bolar um plano para fazer isso.

Eu *pensei* um pouco. Principalmente em contratar alguém para atirar em David Locano na prisão. Mas, mesmo supondo que Locano não esteja em isolamento, ainda vou precisar de um jeito de contratar alguém para matá-lo. E pelo que sei não há ninguém.

Na vida real, é quase impossível contratar privadamente até os pistoleiros que *não* estão na cadeia. E até entrar em contato com eles. Não importa o que você pense do FBI, e não importa que o que você pense seja justificado, eles *precisam* ser bons em achar um matador de aluguel, tal como qualquer idiota que quer apagar a esposa precisa ser. Cada assassino de aluguel de que ouvi falar, dentro ou fora da prisão, tentou trabalhar para o menor número possível de pessoas, em geral, dentro do mesmo braço da máfia. Em geral, um braço da máfia que me quer morto.[†]

---

* O papel dos seguranças é estritamente o de observar, caso entrem com um processo judicial depois e o cruzeiro precise de testemunhas amistosas.

† Sei o que você está pensando: "A Irmandade Ariana – que certamente quer você morto, mas só por princípios – não é *famosa* por contratar matadores na

A verdade é que eu não tenho plano algum. Nem sequer tenho um plano para bolar um plano. E até pensar isso me dá preguiça e frustração.

Olho em volta, procurando o que fazer.

Suponho que devia revirar o escritório atrás de alguma prova da culpa de Reggie pelas mortes dos dois adolescentes e pelos caras que foram baleados. Como um diário, ou um saco com um moedor de carne e um rifle de caça.

Na mesa, há uma foto num porta-retrato. Reggie não está nela. É de três pessoas num dos píeres da marina do CFS: um casal de uns trinta e tantos anos e uma adolescente que claramente é filha deles. O pai e a filha têm pele rosada e cabelo louro avermelhado, e a mãe tem cabelo escuro e um bronzeado em vez de sardas. Os três estão vibrantes e sorridentes.

A menina eu já vi. É a do vídeo, a que não quer responder à pergunta se já viu o monstro, mas finalmente diz que viu.

O que faz de seu pai um bom candidato à pessoa em off que faz as perguntas, e ao narrador do vídeo também. O que explicaria por que o vídeo nunca foi concluído.

Porque evidentemente essas pessoas são os Semmels. A filha é Autumn, o pai é Chris Jr., e a mãe, sei lá que nome tinha a mulher de Chris Jr. Ou *tem*. Ao contrário de Autumn e Chris Jr., ela presumivelmente ainda está viva.

Num impulso, tento localizá-la online. Descubro seu prenome de quando ela morava em Ford – Christine* –, mas não vou além deste ponto em seu passado. Em meu e-mail a Bill Rec

---

prisão para quem é de fora?" Bem, sim, e eles também são famosos por foder com os contratos. Se a Irmandade Ariana não pôde matar Walter Johnson em Marion por 500 mil dólares de John Gotti, acha que vai matar David Locano e Florence por 85 mil pagos por mim? E além do mais, tenha dó – às vezes você precisa votar com seus dólares.

* Eis como sei que Chris Semmel Jr. e Christine Semmel eram bons pais: eles não deram à filha única o nome de "Chris".

sobre o não aparecimento do árbitro, peço que, caso ele decida continuar com essa coisa, que também me dê informações de contato de Christine Semmel. Não que eu possa realmente justificar sujeitar a mulher a uma conversa.

Depois disso, mando uma atualização rápida ao professor Marmoset. Duvido que ele vá ler. Conseguir a atenção do professor Marmoset é como ser atingido por um raio enquanto se é atacado por um urso, só que mais surpreendente. Mas parece de bom alvitre.

Depois dou o fora dali.

Acordo com Violet curvada sobre mim, gritando porque eu a segurei numa chave de braço. Eu a solto.

– *Porra!* – diz ela.
– Desculpe.
– Só queria acordá-lo. Você estava gritando.
– É mesmo?

Tento entender essa bosta. Estamos em nossa cabana, sem luz nenhuma além da que entra pelas janelas. Quando Violet voltou, há algum tempo, fingi estar dormindo até ouvi-la roncar. Depois devo ter dormido também, porque agora estou na minha cama, pegajoso de suor, e ela está de pé, segurando o braço. De calcinha e sutiã.

Algodão preto. A calcinha tão reta nos quadris como uma marca de censura.

– Você está bem? – digo.
– É, vou ficar. Você estava tendo um pesadelo.
– Acho que estava mesmo.
– Como era?
– Não me lembro.

Éramos nós dois andando pela água, nus, num lago montanhoso transparente e os rochedos ao fundo. Até que baixei a cabeça sob a superfície e vi que a água, na verdade, era densa de trevas e vida marinha, incluindo enguias de cabeça de piranha nadando para nós de todos os lados.

Saio da cama. Ela se retrai, depois fica constrangida por ter feito isso, como se ferisse meus sentimentos. Meu Deus.

– Como está seu braço? – pergunto.

– Está bem.

– Mesmo?

– Sim.

Ficamos ali por um instante, recuperando o fôlego.

– Como foi no cassino? – digo, para não ficar só olhando a cara dela.

– Foi divertido. Devia ter ido. Wayne Teng e o irmão jogaram roleta. Parecia *Rain Man*, só que eles perderam. E Tyson Grody foi um amor. Ele posou com os turistas e as garçonetes, embora não tivesse apostado nada nem bebido. Ele me perguntou se eu queria ficar e transar com ele e uma garçonete qualquer num dos quartos de hotel.

– Caramba – digo. – Isso é *mesmo* um amor.

– Não fique com ciúme. Tudo bem, fique.

– Já ouviu a música do cara?

– Eu gosto – diz Violet. – Tem muita coisa dele no meu iPod. Que foi?

– Nada. Você perguntou a ele por que está aqui?

– Perguntei. Ele defende os direitos dos animais. Quer garantir que William, o Monstro do White Lake, não seja explorado.

Faz sentido. O garoto provavelmente foi criado numa jaula ao pé da cama dos pais, saindo apenas para aulas de "dance como Michael Jackson" e testes para a banda. Que ele se identifique com um animal raro e ameaçado, por mais livre que seja agora, não é de todo surpreendente.

Depois Violet tira o cabelo do pescoço, revelando seu músculo esternocleidomastoideo, e eu me esqueço de Grody.

– Disse alguma coisa? – pergunta ela.
– Não.
– Isso é uma ereção?
Eu verifico.
– Não. É só enchimento.
– Com quê?
– O pênis alojado na cueca num ângulo que sugere uma ereção.
– É mesmo? Posso tocar?
– Não.
– E por que não?
– Porque agora está virando uma ereção.

Os lábios de Violet se separam audivelmente. Ela baixa os braços devagar, revelando o corpo de calcinha esticada. Ela parece uma super-heroína.

Ela mexe os quadris. Seu osso pubiano é algo em que você precisa pôr a palma da mão. E eu faço isso, e seguro seu monte de Vênus, e levanto. Ponho a outra mão na base das costas para puxá-la para mim.

Nossos lábios e dentes se chocam, as maçãs do rosto como punhos, quando nos beijamos.

Pela janela, um galho se parte.

Enquanto eu me agarro com Violet no chão, o quarto se ilumina acima de nós.

16

CFS Hotel, Ford Lake, Minnesota
Ainda sábado, 15 de setembro

Mas não há explosão, nem quebra do vidro. Só uma sequência de flashes. Levanto-me do chão e saio pela porta assim que disparam mais uma vez. Contorno a cabana a tempo de ver alguém desaparecer no bosque que leva aos equipamentos. Numa cabana em algum lugar à minha esquerda, Bark, a cadela, começa a latir. Tento correr e cheirar meus dedos ao mesmo tempo. O cheiro de Violet eriça os pelos de minha nuca.

Enquanto uma lanterna é acesa à minha frente e entra no bosque, eu de repente entendo por que o xerife Albin é tão obcecado por caminhos limpos. Embora as árvores tenham troncos finos, como toda a área foi desmatada, seus galhos formam uma teia aérea.* Mergulhar sob os galhos pequenos, pontudos e no

---

* Este rodapé é uma colaboração de Violet Hurst: Na verdade, só cerca de metade das árvores nas Boundary Waters foi derrubada. O motivo para que os troncos das árvores sejam tão finos é que a área tem um "ciclo de queimadas" natural de apenas 122 anos, significando que, se a floresta ficasse por contra própria, cada parte dela queimaria ao acaso até o chão, principalmente pelos raios, durante um período médio de 122 anos. Os povos dakota e ojíbua conseguiram viver nas Boundary Waters sem alterar a extensão do ciclo de queimadas em nada, mas os europeus o encurtaram para 87 anos com incêndios acidentais e intencionais, e depois, com as técnicas modernas de combate aos incêndios, estenderam-no a 2 mil anos. Como era de esperar

nível dos olhos só aumenta as chances de você ser pego pelos grossos na altura do peito. É como passar em alta velocidade por um filtro de madeira. E ao contrário do gramado, que era úmido e elástico como um bolo, o chão ali parecia de pedras e tachas.

É um lugar ruim para estar de cueca, mas também não ajuda em nada o cara que estou perseguindo. Mesmo com os polegares nas têmporas para que os braços protejam meu rosto, e nunca colocando todo o peso do corpo num pé só, estou alcançando o facho de sua lanterna.

Assim que consigo ver sua gola, mergulho em sua direção. Puxo-a para trás e para baixo, derrubando-o de costas com força.

Jogo a luz da lanterna na cara dele.

Um gordo de uns 40 anos de anorak. Sem fôlego e semicerrando os olhos para a luz. Ele tem uma câmera com uma lente telescópica imensa escorada no peito.

– Quem é você? – digo.

Ele respira algumas vezes.

– Ninguém.

– E o que isso quer dizer?

– Eu estava perdido. Saia de cima de mim.

Bark aparece do bosque como um par de olhos e presas sem corpo, escuro no escuro. Pula na virilha do cara com as quatro patas e quica ali alegremente.

– Quem é você? – digo quando ele se recupera um pouco. – Não me obrigue a perguntar novamente.

– Qual é problema? – diz Miguel, aparecendo atrás de mim. Ele está de roupão e chinelos, segurando uma 9mm com as duas

---

(pensando nisso agora), um ciclo de queimadas de 2 mil anos tem consequências inesperadas ainda piores do que o de 87 anos, em forma de coisas como insetos e pragas vegetais descontrolados. Atualmente se pensa que o ciclo original de 122 anos deve ser restaurado, mas ninguém sabe como – em particular sem agravar o setor das madeireiras, subsidiadas pelo governo, que ainda opera em partes desprotegidas da Floresta Nacional. Você cheirou seus *dedos*?

mãos, em postura militar. Pelas árvores, vejo luzes acendendo-se nas cabanas.

– Abaixe isso – digo. – Esse cara estava tirando fotos pela janela.

– Foi você que gritou antes? – diz Miguel.

– Fui. – Bark começa a lamber meu rosto.

– Por quê?

– Pesadelos.

– Com o quê?

– Não me lembro.

Del chega, com seu próprio roupão e pistola.

– Quem é ele?

– Ele ainda não disse – respondo.

– Ele vai dizer – assevera Miguel. Ele mete a 9mm na têmpora do sujeito. – Quem é você, seu filho da puta?

– Ai, caralho! – diz o cara.

– Eu disse pra abaixar isso – digo eu.

– Assim que ele nos disser quem é.

Pego a arma de Miguel, ejeto o pente, solto a bala da agulha e jogo no mato.

– Porra! – diz ele, indo atrás dela.

– Vocês dois são malucos – diz o sujeito, no chão.

– O que está havendo? – diz Violet, alcançando-nos. Ela está vestida, o que me faz perceber como estou suado e como está frio ali fora. Reggie está bem atrás dela com uma camisa de fleece e um curto short. Um monte de lanternas brilham nos olhos de todos enquanto Bark fica pulando por ali, delirante.

– Ei! – um dos caras de Tyson Grody grita do gramado. – O que tá pegando aí?

– Está tudo sob controle! Nada de armas! – grito. A Reggie e Violet, digo: – Esse cara estava xeretando. Tirando fotos.

– De quê? – diz Violet.

– Não sei.
– Quem é ele?
– Tinha alguém gritando? – pergunta Reggie.
Miguel, vasculhando os arbustos, diz contrariado:
– Era o dr. Azimuth. Teve um pesadelo. Depois ele jogou minha arma aqui.
Um dos seguranças de Wayne Teng está ao lado de Violet, mas não me lembro de vê-lo chegar. Pelo menos está desarmado.
– Tudo bem. Desembucha – digo ao cara no chão.
– Vá se foder. Podem chamar a polícia se quiserem. Eu não estava fazendo nada de ilegal.
– Pelo que sei, invasão de propriedade é ilegal – diz Reggie.
– E isso é propriedade particular? – diz o homem. – Preciso ter um mapa melhor deste feudo aqui. E, se alguém tocar em mim de novo, vou meter um processo em todos vocês.
– Não vai, não – digo, tateando os bolsos de seu casaco. Finjo um murro na barriga dele para que ele se encolha de lado, depois pego a carteira no bolso de trás.
– Você está me assaltando!
– Vai saber quando eu assaltar de verdade.
Em meio à porcariada na carteira, há uma habilitação e um monte de cartões de apresentação diferentes, todos com o mesmo nome: "Michael Benett". Um diz: "Michael Bennett, Desert Eagle Investigações, Phoenix, Arizona."
– Para quem está trabalhando? – digo.
– Vá pro inferno. Eu não diria mesmo que soubesse.
Percebo Jane, mulher de Davey, aparecendo pelo bosque com parte dos funcionários da pousada.
– Não sabe quem contratou você?
– Eles usaram um intermediário. É uma prática de rotina.
Del se curva com o que é, percebo tarde demais, uma faca de combate desembainhada. Por um segundo, penso que ele vai esfaquear o homem, mas ele só corta a alça da câmera.

– Importa-se se eu der uma olhada nisso? – diz ele.
– Sim... eu me importo. Não toque nisso – diz o homem.
– Essa coisa tem autoestabilização?
– Mas que merda, me devolva isso! – Ele tenta se sentar. Minha mão ainda está em sua gola.
– Qual é o serviço? – pergunto a ele.
– Estou procurando animais selvagens...
– São os dessas fotos? – diz Del, sondando o cartão de memória. – Olha só isso.

Quase todo mundo grita "Não!" enquanto Del dobra o cartão de memória em dois na ponta dos dedos e o deixa cair.

– Ih... – diz Del.

Depois ele percebe que estragou nossa chance de descobrir o que o cara fotografava ali.

O cara também percebe. Levanta-se, espana as roupas e pega a câmera das mãos de Del. Olha para mim e diz: "Carteira."

Eu lhe dou a carteira. Del está mortificado.

– Senhoras, senhores – diz o fotógrafo, ao se virar para subir o morro.

– Filho, se voltar aqui, seu feudo vai ser meu pé na sua bunda – diz Reggie.

– É isso mesmo, filho da puta – diz Miguel, do mato.

ᘉ🐧🐧⟨

– Provavelmente queria fotos do árbitro – diz Reggie, acendendo um baseado. Ele e eu estamos na varanda de sua cabana. Depois da partida de Michael Bennett da agência Desert Eagle, ou sei lá quem era, e de eu o seguir morro acima para pegar o número da placa do carro, parei na cabana de Reggie e perguntei se ele tinha um minuto.

– Quem *é* o árbitro? – digo.

– Tudo a seu tempo. – Ele me oferece o baseado.

Raramente uso drogas, pois à medida que fiquei mais velho eu me tornei capaz de chegar ao mesmo estado de instabilidade emocional e a uma fraca capacidade de decisão sem elas, mas também não perdi o hábito de não recusá-las. Dou um trago forte, e uma avaliação artificialmente animada de meu caráter e dos atos se instala quase de pronto.

Por que não me drogo mais?

– Também tenho alfabloqueadores se quiser – diz Reggie. – Para a outra coisa.

– Que outra coisa? – digo, ao soltar a fumaça.

– Você sabe... os pesadelos.

Deixo passar.

– Você foi militar? – pergunta Reggie.

– Não.

– Que pena. Eles têm umas coisas legais no Departamento para Veteranos de Guerra. Posso pedir a meu médico que fale com você ao telefone.

– Reggie – digo a ele. – Que merda você está fazendo?

– Com o quê?

– Com tudo isso. A excursão.

Ele ri.

– Eu pareço alguém que sabe o que está fazendo?

– É – digo. – Parece. Você tem o único negócio viável num deserto econômico. Tem amigos. Tem espírito suficiente para convencer alguém como Tyson Grody a aparecer para seu plano maluco de monstro. Então, por que *tem* um plano maluco de monstro?

Reggie prende o baseado no lado bom da boca para reacendê-lo.

– Bem, não vou lhe dizer que o dinheiro não tem nada a ver com isso. Eu não me importaria de dar o fora daqui. Mudar-me para o Camboja, morar na praia. Mas tenho uns motivos pessoais também.

– Por exemplo?
– Algo que um amigo meu queria fazer.
– Chris Jr.?
– Você ouviu falar dele.
– É – digo. – Ouvi que a fraude do monstro foi ideia dele. E também ouvi dizer que você o matou.
Se isso abala Reggie, ele não demonstra.
– Tá, sei – diz ele, expirando. – É o que todo mundo acha.
– Você matou?
– Não. Eu adorava Chris Jr. Ele era como um irmão mais novo para mim... Se eu pudesse ter um irmão caçula que fosse muito menos fodido do que eu...
– Então, por que as pessoas acham que foi você?
– Foi assim que consegui este lugar. – Ele gesticula para o lago. Com o lago vítreo refletindo a lua afiada como uma agulha, é espetacular. O ar é úmido e denso dos sons de um ambiente vivo: sapos, ou cigarras, ou qualquer coisa assim. Lúcios brigando com mergulhões, pelo que me consta.
– O que aconteceu com ele?
– Não sei mesmo – diz Reggie, me passando o baseado. – Eu estava bem aqui, dentro da cabana, jogando pôquer com Del, Miguel e outro cara, que não trabalha mais aqui, e ouvimos os tiros.
– Chris Jr. foi baleado *aqui*?
Reggie aponta.
– Bem ali. No píer. Chris Jr. e o outro cara, o padre. Mas só achamos os dois no dia seguinte. Saímos quando ouvimos os tiros, mas não conseguíamos enxergar nada, e então imaginamos que fosse algum babaca bêbado dando tiros, ou caçando à noite.
Então Chris Jr. foi baleado no mesmo píer da foto que tiraram dele. Com Reggie por perto.
O que isso significa? Não vejo Del e Miguel se arriscando a uma acusação de homicídio doloso para ajudar Reggie a forjar

um álibi. É possível, mas eles iam precisar gostar muito do que fazem para ele – ou com ele, ou o que for – ou realmente gostar *dele*. A maioria das pessoas pensaria duas vezes antes de levar a culpa por um assassinato, principalmente quando dá a alguém, que já se sabe ser capaz de matar, um motivo para querê-lo morto também.

Mas talvez eles não soubessem o que faziam. Com uma mira decente, Reggie podia ter baleado Chris Jr. e o padre Podominick daqui, da cabana. Da janela do banheiro ou algo assim, e depois esconderia o rifle e voltaria para o jogo perguntando que barulho foi aquele.

– Você precisa entender – diz Reggie – que Chris Jr. não morava aqui. Christine não queria, por causa da escola de Autumn e tudo isso, e por isso toda a família morava em Ely. Chris nem disse a ela que vinha para cá naquela noite. Disse que ia à Sears. Ele não contou a *nós* também. Christine ligou para cá mais ou menos uma hora depois de ele levar o tiro, e perguntou se Chris tinha passado por aqui, mas não achávamos que tinha, e dissemos que não. Ainda não sabemos o que ele estava fazendo lá fora. Nem o padre Podominick.

– Percebeu *alguma coisa* naquela noite?

– Nadinha. Só os dois tiros. A polícia achou que vieram do lago, ou perto da margem.

– Ouviu algum barco?

– Não, mas isso não quer dizer nada. Muita gente por aqui usa motores elétricos, e assim podem chegar de mansinho nos peixes. E *todo mundo* tem uma canoa.

– Será que alguém pode ter atirado nele de longe, como de Ford?

– Não sei. *Eu* não poderia.

Estranho esse comentário.

– É possível que um dos rapazes de Debbie Schneke tenha matado Chris Jr.?

– Não. Ela não tinha esses rapazes na época.
– Teria feito ela mesma?
– Não. Não a Debbie. Ela não era má na época, como é agora.
– Nem mesmo depois da morte de Benjy?
Reggie me saúda com o baseado enquanto o reacende.
– Você *fez mesmo* seu dever de casa, filho. Mas não, acho que não. Obviamente, não se pode matar o filho de uma mulher e esperar que ela faça o mesmo depois. Benjy era um bom garoto também... Eu o conhecia, porque ele namorava Autumn. Ele suportava *todo* tipo de merda da gente. Mas Debbie só surtou muito depois, e acho que havia outros fatores envolvidos quando aconteceu. Mas, na verdade, eu não sei. Ela e eu paramos de namorar quando os meninos morreram.

De repente senti o fumo bater.

– Você e Debbie Schneke estavam *namorando*?
– Ah, sim. A gente ficou indo e voltando por uns seis anos. Às vezes de longe, mas mesmo assim namorando. Ela era uma pessoa bem diferente na época.

Como com qualquer outra parte dessa esquisitice, não sei o que fazer com isso.

– Por que não contou às pessoas que você queria saber o que acontecera com Benjy e Autumn? – digo. – Como estratégia de venda, quero dizer. Por que isso não foi mencionado no documentário?

– Meu Deus, eu nunca teria explorado a morte de Autumn para uma besteira dessas. Eu era louco por aquela garota. Eu teria levado um tiro por ela. De qualquer forma, não tive nada a ver com o documentário.

– Só que foi você que o mandou.
– Bom, é, isso é. Mas a produção foi coisa de Chris Jr.
– Você não fez parte da fraude original?
– Não. Eu sabia dela, acho que sim, mas para mim Chris Jr. queria fazer isso sozinho. Ou talvez ele só não quisesse que *eu*

estivesse envolvido. Ele tinha uns 37 anos. Eu tenho 62. Conhecia o pai dele muito antes de Chris Jr. nascer... Eu *morava* aqui desde que Chris Jr. tinha uns 15 anos. Imaginei que talvez ele quisesse uma chance de experimentar algo por conta própria uma vez na vida.

– E deu tão certo que agora você é que está experimentando.

Reggie balança a cabeça.

– Parte do motivo para eu experimentar é *porque* a coisa toda foi para o inferno. É como eu digo: a maior parte disso é pelo dinheiro. Mas não só por dinheiro. Algo ou alguém matou Autumn, depois alguém atirou em Chris Jr. Se fazer essa excursão vai me colocar cara a cara com o que ou quem fez isso, valerá a pena, com ou sem dinheiro. – Seus olhos estavam marejados. Os dois. – Ei, quer uma Dr. Pepper?

– Não, obrigado.

– Vou pegar uma.

– Tudo bem.

Quando ele volta, eu falo:

– Reggie, há algum motivo para pensar que exista mesmo um monstro no White Lake?

Ele demonstra surpresa.

– Mas é claro. Se não, eu não estaria fazendo isso.

– Que motivo?

– Bom. Para começar, Chris Jr. achava que existia. Eu sei que ele achava isso, porque pouco antes de morrer ele comprou todo um equipamento para pegá-lo... Redes gigantes, ganchos, essas coisas. A maior parte apareceu depois que ele morreu, mas era coisa séria. Ele estava guardando para *alguma coisa*.

– Tá legal. Algum outro motivo?

– Bem – diz Reggie –, não estou dizendo que necessariamente exista um em White Lake. Mas eu já topei com um desses merdas na vida.

PROVA F, PARTE 1

Rio Sang Do, Vietnã do Sul
Segunda-feira, 24 de julho de 1967*

Reggie escorrega em cartuchos de balas de um tiroteio dois dias antes enquanto corre até a grade traseira do *commandement*, com uma das mãos arrancando os botões da calça. Ele a abaixa assim que coloca a bunda sobre a grade e explode fluido no rio já marrom. No barco atrás dele, os anormais das Ruff-Puffs aplaudem.†

---

* **Como sei disso**: Reggie Trager, vários documentos de apoio.

† Não vou muito longe na terminologia oficial e extraoficial usada pela Marinha dos EUA na Guerra do Vietnã (segundo a qual, por exemplo, o contra-almirante Norvell G. Ward era o CHNAVADGRU, de "Chief, Naval Advisory Group"), mesmo onde consegui entendê-la. Mas aqui está o básico:
"Ruff-Puffs", ou RF/PFs, as Forças Regionais/Forças Populares sul-vietnamitas, isto é, os guerrilheiros que lutavam pelo Sul como uma espécie de contraparte aos vietcongues. Segundo Reggie, eles tinham de ter tatuagens que dissessem "*Sat Cong*" no peito para provar sua lealdade – "*Sat Cong*" significa, dependendo da tradução, ou "matar comunistas" ou "Cara, tô fodido se o Norte ganhar esta guerra".
Um "*shitcan*" era um STCAN – um barco feito pelos Services Techniques des Constructions et Armes Navales para a França, depois transferidos aos americanos quando os franceses deram no pé.
Um "*commandement*" era o *shitcan* usado pelos comandantes de um RAG (River Assault Group), uma patrulha costeira.
"*Dai-uy*" era a patente da Marinha sul-vietnamita equivalente a tenente.
E o *Cuu Long Giang*, vulgo *dong bang song Cu'u Long* ("Delta do Rio dos Nove Dragões"), vulgo "Cool and the Gang", era o delta do Mekong. O delta fica na extremidade sul do Vietnã, mas era fundamental para a guerra porque a maioria da população sul-vietnamita e a produção de arroz se localizavam lá. Como o Vietnã tem um formato de lua crescente, a mais ou menos reta

Seus intestinos se soltam pela primeira vez em horas, e Reggie respira fundo, inspirando a fumaça de diesel densa e com gosto de chumbo que o faz se sentir exatamente como se estivesse dando uma cambalhota de costas sobre a amurada. Por instinto, ele salta para frente, batendo de cara no fundo da casa do leme. Deixa-se escorregar parcialmente pela parede – o rosto e as palmas das mãos estão molhados de suor, embora ele esteja congelando –, mas ele não se permite desmaiar.

Reggie se sente um inútil. Só neste *shitcan* são outras três pessoas que podem fazer seu trabalho: o tenente, o *dai-uy* e o timoneiro. Todo mundo tenta aprender de modo geral o trabalho dos outros, para o caso de não haver mais ninguém vivo para fazê-lo, mas comunicações e radar exigem atenção especial, porque ninguém quer ficar encalhado ali. O tenente e o *dai-uy*, pelo menos, entendem mais de equipamento de rádio e radar do que Reggie.

O que não diz muito. Reggie estava no país havia um mês. Saiu do colégio por sete semanas, depois de se apresentar voluntariamente por motivos que agora parecem nebulosos, mas que ele espera fossem mais do que só querer viver num filme de guerra. Ele se lembra de pensar que entrar para a Marinha em vez do Exército, com treinamento técnico garantido, podia colocá-lo num emprego no rádio de um porta-aviões de 5 mil homens, reportando ataques de artilharia com os pés para cima.

Mas acabou que o trabalho não era nada disso. O trabalho era de um engenheiro de comunicações para um RAG do Vietnã do Sul na porra do *Cuu Long Giang*. Três semanas de treinamento básico na RTC Great Lakes – que eram oito semanas antes de Reggie chegar lá –, depois dois dias de "treinamento localizado"

"Trilha Ho Chi Minh" de Hanói, ao Norte, para o *Cuu Long Giang*, ao Sul, passa pelo Laos e pelo Camboja, e é por esse motivo que os EUA bombardearam estes países.

a bordo de um destroier ancorado em Saigon. Depois essa merda. Em que 25 dos 42 RAGs americanos baseados, como Reggie, em Vinh Long foram mortos em ação nos últimos três meses.

Ou de disenteria. Reggie encosta todo o seu peso na cara para secar as palmas das mãos no short militar, depois se coloca ereto contra a parede de trás da casa do leme.

Ele se vira de mãos ainda erguidas e ouve um grito dos Ruff-Puffs no rebocador.

ᗡ∩∩(

Três horas mais tarde, os Ruff-Puffs se foram, deixados na selva com seus comandantes do Exército da República do Vietnã e seu acompanhamento solitário do Exército americano, um "oficial de pacificação" inexpressivo que não falava de nada com ninguém. Reggie está na casa do leme, sentindo-se um pouco melhor. Ainda tonto, mas não com tanto frio.

Esta é a parte tranquila da missão, a flotilha de cinco barcos seguia com tranquilidade. Mas toda a operação devia ser muito simples: eles deviam subir o rio um pouco mais, atracar e esperar que os Ruff-Puffs descarregassem os vietcongues para eles. Depois usariam os canhões calibres 30 e 50 montados no convés para triturá-los. Reggie ainda não viu uma operação como esta transcorrer perfeitamente, mas ele tem um bom pressentimento com esta.

O tenente Torrent entra na casa do leme, seguido pelo *dai-uy* Nang.

Reggie raras vezes viu os dois separados. Soube que eles haviam transado com uma repórter da revista *Life* que fora numa incursão com os RAGs antes de Reggie chegar ali. Fisicamente eram quase idênticos – os dois mal passavam de um metro e meio de altura e não pesavam nada, embora o tenente fosse louro de olhos azuis e do Oregon, e o *dai-uy* fosse da região de Rung Sat, a sudeste de Saigon. Os dois usavam chapéus australianos e fumavam cachimbo: o suboficial-chefe trazia uns Borkum Riff para eles de algum lugar.

– Está um calor do inferno – diz o tenente. – Bebeu bastante água?

– Sim, senhor – diz Reggie.

– É bom saber disso, marinheiro. Não morra na minha mão. Dê o sinal a todos. Vamos fazer um reconhecimento.

– Sim, senhor – diz Reggie. Pensando *Que merda.*

"Reconhecimento", para o tenente e o *dai-uy*, significa entrar em aldeias obscuras e falar com o povo que mora lá para saber das vias fluviais locais e de suas lealdades. Como se uma dessas coisas fosse possível. Reggie já esteve em várias dessas incursões, todas memoráveis no sentido de que os aldeãos preferem ser mortos a falar com eles e tentavam ao máximo deduzir como fazer a troca.

E nenhuma dessas viagens anteriores foi tão longe no Sang Do. Reggie não tem ideia de como o tenente e o *dai-uy* saberiam de alguma aldeia por ali.

Mas eles conversavam em vietnamita e sorriam, de um jeito que até Reggie, que não entendia nada de vietnamita, sabia que era motivo de preocupação. O timoneiro vietnamita se une à conversa. Logo o tenente está falando em vietnamita no microfone de Reggie, e o timoneiro está girando o leme para uma curva do rio onde a margem é apenas um banco de lama intermitente com um pântano do outro lado.

O *shitcan* à frente deles se arrasta no curso inverso. Quando emparelha, Reggie vê a cabeça do suboficial-chefe aparecer no alçapão do alto de sua casa do leme.

O tenente devolve o fone a Reggie e pula para se impelir pelo próprio alçapão. Reggie o ouve gritar mais alto que os motores:

– Vamos parar para reconhecimento. Vamos encostar a flotilha e levar o *seu* barco para a selva.

É uma decisão sensata pela qual Reggie fica extremamente grato. O *shitcan* do suboficial-chefe tem mais um convés de canhão em vez de uma casa de radar, e o radar raras vezes funciona no bambu. Mal funciona em água aberta.

Em parte, por culpa de não ter ido, e, em parte, para dar a falsa impressão de como está de saúde, Reggie sobe pelo alçapão para vê-los partir.

Ele vê o tenente e o *dai-uy* pipocar como macacos do convés do *commandement* para o convés do barco do suboficial. Vê o tenente se virar e olhar bem para ele e dizer:

– Marinheiro... você vem?

O suboficial diz:

– Tenente, não acho que o garoto esteja preparado para isso.

– Ele esteve observando Reggie da escotilha.

Reggie já adora o suboficial – além do tenente lhe dando ordens, o suboficial é a única pessoa na flotilha que fala com Reggie –, mas agora ele está arrebatado de apreço. Agachado no alto da casa do leme, ele tem arrepios de novo, e o balanço do barco lhe dá vontade de vomitar.

– Não se pode molhar o pau sem molhar os pés – diz o tenente. – O que me diz, marinheiro?

As palavras escolhidas pelo tenente fazem Reggie querer vomitar ainda mais.

– Senhor, não posso deixar meu equipamento para trás – diz ele.

O que é verdade. E também não pode levá-lo consigo. Os dois rádios VHF e o radar AN/PPS-5B são categorizados como "portáteis", mas só por algum babaca que vende equipamento de rádio. Reggie não poderia levar essa tranqueira nem que estivesse bem.

– Então tranque tudo e vamos andando – diz o tenente. – É como dizem: "Conheça o rio, conheça os moradores, conheça a merda que está fazendo."

O tenente diz isso com muita frequência. Reggie, que ainda está nauseado mas agora também estranhamente leve e animado com a atenção, diz "Sim, senhor!" e volta à casa do leme.

A vertigem quase o derruba. Reggie pega a jaqueta de campo no gancho e aponta para o timoneiro, depois o alçapão, imitando a quem gira uma chave na fechadura. O timoneiro deve ressentir-se da merda de um adolescente americano dizendo-lhe que saia de sua própria casa do leme porque ninguém confia que ele não vá roubar, mas dá de ombros e sai.

Reggie olha em volta. Todas as escotilhas da casa do leme estão abertas uns 15 centímetros, mas já estão assim há pelo menos as últimas dez camadas de tinta. Qualquer um que queira levar o equipamento de Reggie por elas é convidado a fazer isso.

∩∩(

O bambu verde e brilhante forma uma cortina mais alta que a casa do leme por toda a volta do barco, separando-se interminavelmente na proa para bater no fundo enquanto eles seguem com o motor ligado para o pântano, mas sem nada revelar à frente além de mais bambu verde. Até a superfície da água é verde, com uma espécie de alga.

Reggie está de pé no convés, com os insetos batendo em seu rosto como meteoritos mínimos, pousando nos olhos, nas orelhas, na boca, fazendo o barulho de mil serras elétricas distantes. Talvez eles tenham entrado em pânico por, de repente, ficarem no ar acima do convés. Reggie sabe que respirar só pelo nariz, como está fazendo, dificultado por ter de tentar manter os insetos longe das narinas, o deixa mais tonto, mas não pode parar de fazer isso. Não há espaço para ele na casa do leme.

Ele não tem ideia de que direção estão tomando, ou da profundidade da água. Da última vez que olhou pela escotilha da casa do leme, ninguém parecia ter um mapa, embora o tenente e o *dai-uy* estivessem rindo. Ele nem sabia que horas eram. Por algum motivo, esquecera-se de colocar o relógio.

Tanto tempo passa, que Reggie nem consegue tentar saber. Depois a muralha de bambu à frente deles fervilha de luz e se divide em raios de sol. Eles entram numa clareira. Parece que saíram do inferno.

Numa ponta da clareira, há uma construção de pedra que parece pré-histórica entrando pela água. Uma plataforma de madeira à sua frente se estende como um passadiço em volta de dois dos lados da clareira. E, na plataforma em si, meia dúzia de vietnamitas de tanga, magros como cegonhas, parados de frente para eles com paus e facões.

Lá vamos nós de novo, pensa Reggie.

O motor reverte e dá um sacolejo. No silêncio estranho do dia ensolarado sem ruído de motor, o tenente e o *dai-uy* descem da casa do leme.

Um dos homens na plataforma do outro lado grita algo para eles e agita um pedaço de pau. O tenente e o *dai-uy* conferenciam. Depois o *dai-uy* grita uma resposta.

O homem na plataforma grita também. Desta vez, depois das respostas do *dai-uy*, o tenente diz alguma coisa. Metade dos caras na plataforma grita com raiva para ele, e surge uma discussão que Reggie nem acredita que seja coerente em língua nenhuma.

Por fim, um dos caras na plataforma começa a dizer a mesma coisa sem parar e aponta para o lado, todo mundo se cala e olha naquela direção. Na extremidade do passadiço, em volta da clareira, há uma única canoa de alumínio flutuando, com "FOM" em estêncil no casco.*

---

* Desculpe, mas mais uma nota: "FOM" = "France Outre Mer", essencialmente "Francês mas feito no exterior".

Ao que parece, este é o único lugar onde é um tanto aceitável atracar um barco estrangeiro. O tenente bate na escotilha na frente da casa do leme, e o motor é ligado de novo.

Reggie, agachado sobre os calcanhares na choça escura, tenta não bater cabeça e perder o equilíbrio de novo.

A choça é construída sobre palafitas. A não ser pelo templo de pedra perto dali, onde eles pararam, cada construção na aldeia parece estar sobre palafitas, como os caminhos que as ligam através do bambu. Reggie não sabe o tamanho da aldeia, mas deve ser a maior que ele já vira, pois ele ainda não viu uma mulher ou criança.

O tenente, o *dai-uy* e vários caras de tanga estão agachados em volta de um mapa com uma lanterna militar, discutindo em vietnamita. O corpo de um dos caras de tanga impede que a luz ilumine o canto de Reggie.

Há uma pontada de dor em um dos joelhos. A outra perna está dormente.

Ele cochila.

O tenente o acorda com uma sacudida, e Reggie fica de pé, inseguro. Todos os outros na choça já se levantaram.

O estado de espírito parece tão hostil e desconfiado como antes. Ao voltarem ao *shitcan*, Reggie sabe que ninguém vai explicar a ele, nem mesmo ao suboficial-chefe, por que é assim. Ou o que foi realizado, se é que foi, por esta rodada particular de horror e tédio.

Mas a viagem de volta pelo rio é mais fácil. O suboficial, parecendo preocupado, insiste em que Reggie fique na casa do leme, apesar do fato de que está abarrotada e cheira a sovaco mesmo sem ele. E o rio em si, quando o alcançam, com seu céu amplo e o ar relativamente vazio, parece a suspensão de uma pena de morte. O suboficial-chefe ajuda Reggie a subir na amurada, e o timoneiro o ajuda a descer ao *commandement*.

Reggie aproveita a oportunidade da conversa entre o tenente e o *dai-uy* na proa para descansar por uns momentos antes de subir a escada de novo.

Ele precisa se curvar para frente para usar a chave que tem no cordão do pescoço. Porque ele está fraco demais para tirá-la; mas destranca o alçapão. Respira fundo algumas vezes, abre e entra.

Algo o atinge com força acima do olho e depois, com uma dor aguda, no peito.

PROVA F, PARTE 2

Rio Sang Do, Vietnã do Sul
Ainda quinta-feira, 24 de julho de 1967

Reggie berra de medo. *Esta* parte não parece um pesadelo, pelo menos: sua voz ainda funciona. Mas, quando ele abaixa os olhos, vê uma cobra verde e brilhante de 1 metro de comprimento pendurada por uma presa na frente de sua jaqueta. Pesada como um braço.

Reggie fica paralisado. A cobra se retorce e se debate como um chicote, abrindo e fechando o capuz, mas não consegue soltar a boca do peito de Reggie. Enquanto Reggie olha apavorado, sua presa livre borbulha um fluido branco e opaco.

Trinta e uma de trinta e três. É o número de espécies de cobras desta região que Reggie soube que são venenosas.

Ele percebe as mãos de alguém vindo pela lateral de sua visão periférica, mas não consegue tirar os olhos da cobra. Mesmo quando as mãos agarram o pescoço da cobra e decepam sua cabeça com uma Ka-bar.

O corpo da cobra se debate todo à sua volta, batendo e borrifando nos calcanhares nus de Reggie. Ele tenta sair do caminho, mas ainda não consegue se mexer.

O tenente fica parado ali com a faca e a cabeça da cobra, olhando as presas. Uma bolha branca em uma delas; na outra, uma rosa.

– Nossa – diz o tenente.

Reggie acorda no teto da casa do leme. Um céu luminoso.

Há alguma coisa pesada em seu peito. Que se ergue. É a cabeça do suboficial-chefe, a boca coberta de sangue coagulado. Reggie grita.

– Aguente firme – diz o suboficial. – Estou chupando o veneno.

O suboficial volta ao trabalho. Ou não. Reggie não consegue sentir nada de específico acontecendo. Toda a frente de seu corpo vibra de dor.

O suboficial levanta a cabeça e cospe. Parte do cuspe cai no pescoço de Reggie. Depois, pensando melhor, o suboficial se curva sobre a lateral da casa do leme e vomita. Sem problema para Reggie, contanto que ele não precise se mexer.

– Espere – diz o suboficial, enxugando a boca. – Vou pegar o *antivenin*.

Ele desaparece de vista só para ser substituído pelo tenente, que se curva para olhar o peito de Reggie, depois se levanta e diz:

– O único jeito de sobreviver a isso é se o veneno não passou pela parede do peito.

– Que tal um pouco de morfina? – diz o suboficial, já de volta ao lado de Reggie. Reggie sente a injeção se espalhar por ele como um calor que não cessa a dor, mas a bloqueia, como se ele estivesse bem, embora houvesse uma bandeja de dor pousada no peito.

– Respire! – grita o suboficial.

Reggie não estava respirando? Ele respira.

Quando a dor está distante o bastante para que ele consiga ter foco, ele ouve o tenente e o suboficial discutirem perto de seus pés.

O tenente diz:

– Vamos deixá-lo na aldeia.

– Tem alguém na aldeia que possa cuidar dele? – pergunta o suboficial.

– Não me deixem na aldeia – Reggie se vê falando, embora nenhum ar passe por seus lábios.

– Está questionando uma ordem? – diz o tenente ao suboficial.

– Não, *senhor* – diz o suboficial com um sarcasmo colérico que Reggie nunca ouviu dele. – Só estou perguntando qual é o sentido de ter o trabalho de levá-lo até a aldeia. Por que não largá-lo no rio?

O tenente olha para Reggie. Vê que ele está ouvindo. Agacha-se para falar com ele.

– Filho, não podemos levá-lo na missão. Não tem espaço para você em nenhuma das casas de leme, e não posso deixar você no convés durante um tiroteio. E não posso reservar ninguém para ficar com você. Você sabe que um E-4 não basta para abortar uma missão.

Reggie se pergunta se há necessidade de ele responder a isso.

– Você ficaria mais seguro... e nós ficaríamos mais seguros... com você na aldeia. E precisamos levar você lá rápido, para não perdermos a emboscada. Assunto encerrado, entendeu? – O tenente olha para o suboficial. – Assunto encerrado.

O suboficial e o timoneiro do barco do suboficial balançam Reggie sobre a água numa padiola de pano e, contando até três, baixam-no na canoa de alumínio atracada perto do templo da aldeia. É claro: Deus ordena que Reggie saia da água a certa altura antes de morrer. O suboficial empurra a canoa para perto do passadiço e coloca um cantil e uma caixa de ração ao lado de Reggie. Começa a desenrolar um mosquiteiro sobre ele.

Antes de cobrir o rosto de Reggie, o suboficial olha em volta.

– Psiu – diz ele. – Abra a boca. Coloque a língua para fora.
– O que...?
– Rápido.

Reggie obedece. O suboficial toca a língua de Reggie com a ponta do dedo salgada e áspera. Quando a retira, algo fica na língua de Reggie. Ele a raspa com os dentes da frente e rola: papel, como as rodelinhas que se têm quando se esvazia um furador.

Reggie jura que, se viver o suficiente para usar um furador de papel de novo, vai apreciá-lo mais. Apreciar *todos* os materiais de escritório.

– Engula – diz o suboficial, despejando uma água com gosto de plástico do cantil na boca aberta de Reggie. Reggie engasga, mas bebe um pouco, incluindo o pedaço de papel. Ou pelo menos não consegue mais senti-lo. O suboficial baixa o cantil ao lado dele e puxa o restante do mosquiteiro sobre sua cabeça.

– O que é isso? – diz Reggie.

– LSD – diz o suboficial. – Minha mulher me mandou debaixo do selo postal. Tive medo de experimentar, mas talvez vá ajudar você com a dor.

Depois o homem baixa o mosquiteiro e estende a mão para o laço na camisa de Reggie.

– Desculpe – diz ele. – Esqueci de pegar suas chaves.

꒷●●(

Reggie acorda afastando o mosquiteiro a unhadas, com os olhos e a garganta ardendo do DDT com que é impregnada. Tenta levantar a cabeça pelo interior da canoa, mas seu pescoço está grosso e parece argila, e a tentativa provoca uma dor no peito. No entanto, sua mente ficou mais clara.

Muito mais clara. Há alguns bambus visíveis contra o céu, e, embora esteja anoitecendo, Reggie vê cada um deles – incluídos os ocultos pelos da frente. Ele *sabe* que estão ali, pois pode deduzi-los. E qual a diferença entre isso e vê-los com os próprios olhos?

É como a água. Neste momento, Reggie não consegue vê-la. Mas ele tem certeza absoluta de que há alguma em volta. E o quanto de água você vê? Só a superfície – a parte menos importante, a parte que ela está disposta a mostrar.

A água deixa a canoa pousar agora. Não puxa a canoa para baixo, mas também não a expele. Como se fosse parte dela. Partilhando, mas permanecendo pura. É como o que Reggie está fazendo agora com os mosquitos: deixando que peguem um milionésimo dele em paz. Mas que canto é esse?

Reggie se concentra. O canto é real. Ele o ouve, ele entende, não deduz apenas. São homens. Não muitos homens, mas estão perto. E cantam.

Um guincho medonho rasga os ouvidos de Reggie como algo sendo torturado. Há um espadanar e o guincho para, mas é substituído por um farejar estranho. Depois há um borrifo maior, e o farejar também cessa.

O tempo todo, porém, o canto.

Reggie de repente se sente um missionário esperando que alguns nativos o coloquem em sua sopa, ou o amarrem a um poste e joguem lanças nele.

Outros guinchos. Agora Reggie *precisa* ver.

Ele se impele mais para cima da canoa com os pés. A dor de curvar o peito quase o faz desmaiar, mas alguma coisa dentro dele suspeita que aquilo pode ser o fim. Quem liga se a dor se espalha por ele como os rios do delta em que ele flutua? Não é um poema muito bom, imbecil. Isto *é a morte*.

O barco agora gira com seus esforços. Ele consegue ver a beira do templo de pedra. Depois a entrada. Homens estão sentados de pernas cruzadas na plataforma à sua frente. Cantando.

O da ponta da fila tem um saco. Tira dele um leitão. O animal guincha.

Os homens passam, pela fila, o leitão que se debate. A canoa de Reggie gira como se os seguisse. Quando o leitão chega ao homem na ponta, ele o pega, toca-o com a testa e o joga na água com as duas mãos.

O leitão grita e gira no ar. Cai de patas para baixo e sobe e desce na superfície, remando como cachorrinho e bufando pateticamente ao tentar nadar para um dos nenúfares, como se ela pudesse sustentar seu peso.

Depois algo imenso se ergue na água atrás do leitão e o engole inteiro.

A coisa tem pelo menos o tamanho da fila de homens. Deve ter: no instante em que sua horrível boca cheia de dentes se ergue e engolfa o leitão, forma-se uma forte onda com metade da extensão da plataforma. Isso faz a canoa de Reggie sacudir.

O templo gira, saindo do seu campo de visão. Reggie novamente só consegue ver bambu e o céu que escurece. Por dentro, ele grita.

Por fora também, pelo que percebe.

17

Acampamento Fawn See, Ford Lake, Minnesota
Ainda sábado, 15 de setembro

— Essa é uma história e tanto — digo.
— E não é?
— Você teve disenteria, tomou morfina e LSD e foi picado por uma cobra.
Reggie meneia a cabeça.
— Eu fiquei doido de ácido e morfina na metade do tempo em que estive no Vietnã. Tive disenteria o tempo *todo*. E uma picada de cobra não é lá grande coisa, desde que não o mate de cara. O que vi por lá era real.
— Sei — digo. — E o que era?
Onde quer que eu estivesse antes, agora já não gostava desta conversa. Lembrava-me de meu pânico na canoa mais cedo e, pior ainda, lembrava-me do cara de uma perna só no vídeo. Como aquele sujeito, Reggie simplesmente me contou, com plena convicção, uma história que não podia ser verdade.
O que é isso, uma cidadezinha de psicopatas? De pessoas que mentem com tanta constância e habilidade que devem estar num quebra-cabeça lógico, ou pelo menos dirigindo uma empresa da Fortune 500, mas que em vez disso preferiram participar de uma merda de fraude de monstro do lago?* Quando as pessoas

---

* Os psicopatas, no fundo, são pessoas que pensam ser mais inteligentes que as outras. Se eles estão errados, é um problema debilitante, pois a educação

passam pelo tipo de merda por que Reggie passou, elas às vezes ficam simplórias, porque nada do que fazem ou dizem é remotamente tão carregado como o que lhes aconteceu. Mas Reggie nem sequer parece ser simplório.

– Acho que era um dragão aquático – diz ele. – Certamente não era um peixe-gato. Nem um golfinho, a não ser que fosse um com dentes imensos que comem porcos. O que normalmente não é o caso: eu verifiquei. Pode ter sido um peixe-cobra, considerando como era feio, mas, se era assim, era maior que qualquer peixe-cobra de que se tem notícia. Quer dizer, um peixe-cobra assim tão grande seria uma espécie de monstro.

– O que é um dragão aquático? – digo.

– Uma coisa em que os cambojanos acreditam.

– E os vietnamitas não?

– Não sei. A mulher que me contou sobre ele estava no Camboja.

– E agora você acha que pode haver um igual no White Lake?

Reggie segura a lata vazia acima da boca e dá uns tapinhas para deslocar as gotas.

– Não sei, porra. É evidente que seria uma puta coincidência. A água é muito mais fria aqui, para começar. Mas não seria um choque para mim. Já não me surpreendo com esses filhos da puta medonhos que vivem na água.

– Então agora quer liderar uma excursão para achar um?

Ele baixa a lata.

– Quero. Mas, na verdade, não estou louco para liderar a excursão. Estar na água, quero dizer. Só preciso entender para que servem os alfabloqueadores e a marijuana.

---

e o trabalho árduo os atormentam, e serem expostos como excepcionais os enfurece. Porém, os que são realmente inteligentes – desde que se prendam às áreas que premiam a manipulação social e a autoestima elevada em detrimento das habilidades técnicas – podem fazer qualquer coisa.

Em um tema similar, eu digo:
— E por que quer se mudar para o Camboja?
Ele ri.
— Até parece que vou me mudar para uma choça sobre palafitas num pântano por lá. Eles têm imóveis em terra firme. E o Camboja ainda é livre de turistas, desde que você fique longe de Angkor Wat. Pode-se morar na praia, tem um monte de prostitutas... — Ele me olha. — Eu gosto de prostitutas. O que posso dizer? E o norte do Minnesota *não* é bom para as prostitutas. É como ir a Meca para um porco assado na cerveja.
— Eles fazem porco assado na cerveja? — digo. Sempre esqueço o quanto a marijuana me deixa faminto.
— O Del faz, às vezes. O clima daqui também é uma bosta. Nunca esteve aqui no inverno?
— Não.
— É frio. Como o lado de fora de um avião. No verão, os mosquitos são piores do que os que havia no Vietnã.
— Mas... o Camboja não fica meio *perto* do Vietnã?
— Olhe, os vietnamitas não vieram aqui para matar *a gente*.
— Acho que é verdade.
— De qualquer modo, deduzo que se Chris Sr. teve colhões para comprar este lugar, e Chris *Jr.* teve colhões para fazer a merda que planejava com toda a coisa do Monstro do White Lake, o mínimo que posso fazer é entrar numa canoa por uma semana e terminar o que eles começaram. Quer dizer, eu alugo essas merdas para viver. Chris Sr. costumava passear de canoa e odiava barcos tanto quanto eu.
— Por quê? — digo. Ainda penso no porco.
— O de sempre. Vietnã.
— Ele também esteve lá?
Reggie demonstra surpresa.
— Ele era meu suboficial-chefe.

– Aquele que te deu LSD?
– É. Ele salvou meu rabo umas mil vezes. – Ele aponta a metade do rosto com cicatriz. – Inclusive isso aqui.

A narrativa de Reggie começa a ficar claustrofóbica e paranoica. Ou eu é que me sinto assim.

– O que houve?
– Nós todos depois tínhamos de usar as lanchas rápidas – diz ele. – Numa noite, Chris... o Chris Sr., é claro... e eu estávamos em uma e acendemos a luz de navegação para não sermos baleados, e um Phantom P4 abriu fogo contra nós porque o piloto pensou que éramos um helicóptero vietcongue. Caiu combustível em mim e se incendiou, foi uma merda total... Eu nem *queria* viver. Chris me levou a nado para a margem.
– Caralho.
– É. E a merda é que o Exército do Vietnã do Norte nem usava helicóptero.

Quando ele se cala, eu falo.

– Del e Miguel também eram das Forças Armadas?
– Del esteve no Vietnã, mas nunca entrou numa linha de fogo. Pode ter tido de beber cerveja quente uma ou duas vezes. Miguel simplesmente gosta de armas.
– E *eles* acreditam que existe um monstro no White Lake?
– Você os conheceu.
– É verdade...

Reggie, de olhos lacrimejando, abre seu meio sorriso malicioso e idiota.

– Esses caras acreditarão em qualquer coisa.

18

CFS Hotel, Ford Lake, Minnesota
Ainda sábado, 15 de setembro

Às seis da manhã, ligo para o dr. Mark McQuillen do telefone da mesa da sala dos fundos da cabana da recepção, na esperança de impressioná-lo e pegá-lo grogue o suficiente para responder a minhas perguntas.
— Aqui fala o dr. McQuillen.
— Dr. McQuillen, é o...
Telefonar para outro médico tão cedo me desconcerta: eu quase digo "Aqui é Peter Brown". Alguém que parei de fingir ser há três anos.
— É Lionel Azimuth. Queria saber se posso lhe fazer umas perguntas.
— Não no momento. Estou de saída.
— São 6h.
— Então já estou atrasado. O sol nasce às 6:52 e preciso estar na Hoist Bay a essa hora. Eu o convidaria a vir comigo, mas os peixes sentem cheiro de bosta a quilômetros.
— Essa foi boa. Como está o Dylan?
— Ele saiu daqui no auge da saúde.
— E Charlie Brisson? — O cara da perna mordida.
McQuillen ri.
— Tenha um bom dia, doutor — diz ele, ao desligar.

De volta à cabana, Violet dorme de bruços com um joelho puxado para cima e os lençóis na altura das coxas. A faixa de cinco centímetros da calcinha de algodão preto de algum modo fica perfeitamente centrada em sua xoxota. Podem-se mastigar os feromônios com os dentes.

Tento pegar minhas tralhas sem acordá-la, mas ela se vira quando estou prestes a sair.

– Vai aonde?

– Voltar à casa de McQuillen.

– Que horas são?

– Seis e pouco.

– Ele estará acordado?

– Acabo de falar com ele ao telefone.

Depois de um tempo, isso vira um jogo: mentir ao contar a verdade. Como fazer palavras cruzadas.

– Posso ir?

– Durma. Voltarei antes de você acordar. Vou comprar gasolina para a Máquina do Mistério.

Ela esfrega os olhos com as palmas das mãos.

– Não diga isso. Odeio *Scooby-Doo*.

Eu preciso sair.

– Por quê? – digo.

– No final, a porra do monstro é sempre falso. Sempre é algum mané de tinta que brilha no escuro, tentando roubar dinheiro de um yuppie que nem sabe que o dinheiro existe. A única pessoa que entende alguma coisa é Daphne.

– A loura?

– A ruiva. Ela se deixa sequestrar o tempo todo, porque o único jeito de ela desvendar tudo é ser comida pelo rabo enquanto está amarrada.

Agora eu *preciso mesmo* ir.

– Como sabe disso?

– Nunca viu esse desenho?

– Já vi.

– O louro é o Fred. A Daphne é namorada dele.

– Então...

– A Daphne é frígida com o Fred. Ela de vez em quando paga um boquete nele e vomita. Fred fode com os peitos da Velma sempre que eles montam juntos uma armadilha para monstro, depois se sente culpado com isso.

Ver Violet se espreguiçar quando diz isso, a pele fosca de frio, é surreal.

– Pensei que a Velma fosse gay – digo.

– Ela só diz isso ao Salsicha para ele parar de dar em cima dela. Ela trepa feito uma cadela.

– Que interessante. Enfim...

– Espera. Eu vou com você.

Estou prestes a lhe dizer não, mas ela sai da cama. E vai ao banheiro, e o duplo movimento de puxar a calcinha sobre a bunda e enfiar as laterais dos peitos para dentro me deixa sem fala.

Fico à porta do banheiro e tento novamente.

– Eu podia pensar que o que você *gosta* no *Scooby-Doo* é o fato de que o mistério sempre tem uma explicação lógica.

– Tá brincando? – diz ela. – Ninguém gosta disso. É como aquela porcaria do *Mágico de Oz*, onde acaba que o mágico é um embuste embora a coisa toda seja um sonho. Quem sonha com um mágico charlatão?

– E qual a alternativa... *Crepúsculo* e *Harry Potter*? As crianças que crescem sabendo mais de fisiologia de vampiros e lobisomens do que de seres humanos?

– Putz. Alguém está bem *rabugento* esta manhã.

Ouço a descarga, e um minuto depois ela abre a porta escovando os dentes. Ela tem umas marcas sensuais de sono sob os olhos.

— Em primeiro lugar, vovô rabugento, não se meta com *Crepúsculo* — diz ela. — Segundo, não acho que você queira apresentar *Scooby-Doo* como um livro didático de fisiologia. Trata-se de um cão falante.

⁊👁👁(

Na casa de McQuillen, tiro rapidamente a placa magnética de "FUI PESCAR" da porta da clínica antes que Violet possa ver e faço um estardalhaço tocando a campainha das duas portas, depois batendo nelas. Por fim, peço a Violet que contorne a casa e olhe pelas janelas, e a essa altura deslizo a chave mestra de polímero e a tensão se desfaz do forro de minha carteira, girando a fechadura na segunda tentativa.

Eu realmente devia ter dito a Violet que não viesse. Como não disse, terei de ou entrar e sair antes que ela perceba, ou pensar em algo para dizer quando ela perceber.

Depende do que estiver lá dentro, suponho.

A sala de espera está às escuras, mas sei onde fica a luminária de mesa. No armário atrás da mesa, caixas sem etiquetas: difícil demais de procurar. Passo ao corredor.

A maior parte da clínica já me é familiar, como a sala de exames onde McQuillen colocou Dylan e aquela que está vazia. Um armário de corredor tem suprimentos de limpeza e médicos. Abro a porta trancada ao lado dele e, quando subo os degraus acarpetados, de repente estou na casa de alguém. Entre a sala de jantar e a sala de estar, com um *déjà vu* desagradável de que invadi para matar alguém. Volto à clínica e experimento a porta no final do corredor. Arquivo.

Há uma poltrona com publicações médicas e uma garrafa quase vazia de Johnny Walker Red Label. Ao lado, uma mesinha com uma foto em um porta-retrato: McQuillen, talvez quarenta anos mais novo, ao lado da mesa na recepção. Na mesa em si, uma mulher de pernas cruzadas.

A mulher aparece em cada foto da sala. Às vezes sozinha, às vezes com McQuillen. Pela evolução das armações dos óculos de sol, parece que ela deixou a vida dele, pelo que sei da vida em geral, lá por 1990.

É deprimente e, junto com algo que não consigo situar, faz com que eu me preocupe com o velho, mas não tenho tempo para pensar nisso. Verifico o armário de remédios, pego alguns itens que queria ter trazido comigo do navio, depois parto para o arquivo. Por sorte, de todos os pacientes de McQuillen chamados Brisson, o prontuário de Charlie é o mais fácil de encontrar. É o mais grosso.

Charles Brisson tem 64 anos. Meio novo demais para ter aquela aparência no vídeo. Tão novo, que a primeira anotação de McQuillen sobre ele é de quando Brisson tinha 14 anos.

Motivo da primeira consulta: uma sede e uma fome constantes combinadas com perda de peso. McQuillen diagnostica diabetes juvenil e lhe ministra remédios que não reconheço, mas deve ser insulina de porco preservada em zinco. Admiro McQuillen por fazer um trabalho razoável de manter Brisson estável nas lutas e crises habituais que se têm tratando adolescentes diabéticos.

Depois de um tempo, porém, Brisson para de cooperar. Fica mais interessado em provar que só porque uma merda aconteceu com você não significa que um monte delas não possa acontecer. Em particular, se você ajuda.

Parece um catálogo particularmente sem graça. Acidente de carro por consumo de bebida alcoólica no início dos 20 anos.

Enzimas hepáticas de alcoolismo no final dos 20. Controle de açúcar ruim o tempo todo. Perna amputada por gangrena diabética enquanto ele ainda estava nos 40 anos. Cinco anos depois, o início da síndrome de Korsakoff.

Caralho, eu devia ter pensado nisso. Na Korsakoff, as pessoas cujas lembranças foram destruídas por deficiência de tiamina – em geral, nos países desenvolvidos, por desnutrição alcoólica – começam a criar inconscientemente novas lembranças em tempo real. Sugira a alguém com Korsakoff que algo *pode* acontecer, e há uma boa possibilidade de que ele de repente se lembre de que aconteceu e lhe dê os detalhes. Eu devia ter considerado isso primeiro.

Guardo o prontuário. Pego os de Autumn Semmel e de Benjy Schneke.

O de Autumn tem duas páginas, sobre um tornozelo torcido cinco anos atrás. Ao que parece, McQuillen não era seu médico. O que, dado o fato de ela ter morado em Ely, faz sentido.

O prontuário de Benjy começa com uma certidão de nascimento de 18 anos atrás e termina com uma anotação de dois anos atrás, que só diz "d. MMVA".* A certidão de nascimento e a anotação de encerramento são assinadas com a caligrafia distinta e arcaica de McQuillen.

Preso com clipe na contracapa do prontuário de Benjy, está um envelope pardo enviado a McQuillen do BCA, o Bureau of Criminal Apprehension de Minnesota, em Bemidji. Ainda lacrado.

Procuro pensar numa forma de abrir que não fique evidenciada depois, mas acabo por rasgar a parte superior do envelope.

---

* "MMVA" deve ser algum acidente com veículo a motor – no "mar" ou "móvel" ou algo assim. Talvez não "móvel". Que tipo de acidente com veículo motorizado não envolve alguma coisa móvel?

Quando volto à sala da frente, Violet está à porta, recostada para ver, sem atravessar a soleira.

– Ele está? – diz ela.

– Não.

– Mas você entrou?

Fecho a porta e desço a escada. Não quero mais ficar ali. McQuillen voltar por ter esquecido alguma coisa é o menor dos motivos.

– A porta estava destrancada – digo. – Fiquei preocupado com ele.

Verdadeiro, mas falso: não é só um jogo. É uma atitude.

– E isso ainda não é arrombar e entrar?

– Não se você não quebrar nada...

– Tem certeza de que ele não está?

– Eu olhei tudo. Talvez eu tenha entendido mal a hora.

Enquanto destranco o carro, ela percebe o envelope pardo em minha mão.

– E você *pegou* uma coisa?

– Só isso. E ele nem vai sentir falta. Nem abriu.

– O que é?

– Vou lhe contar no caminho.

– Não pode me contar agora? Está me deixando maluca.

Olho para ela. Pergunto-me o quanto de minhas mentiras ela realmente engoliu e até que ponto ela está sendo educada demais para me pressionar.

Seja como for, estou prestes a distraí-la.

– São as fotos da autópsia de Autumn Semmel e Benjy Schneke.

– Como é?

– Isso mesmo.

Ela empalidece.

– E o que parece?

– Que McQuillen não se deu ao trabalho de abrir o envelope, e ele teria muito menos certeza de que April e Benjy foram mortos por um motor de barco.

19

Acampamento Fawn See, Ford Lake, Minnesota
Ainda sábado, 15 de setembro

– Alguma chance de ter sido mordida de tubarão?
– Não – diz Violet. Ela está sentada no chão com a cabeça nas mãos e as costas na minha cama. Atrás dela, no colchão, as fotos em preto e branco e papel brilhante estão espalhadas em duas filas horrendas.
– Tem certeza?
– Tenho.
– Como sabe disso?
– Um monte de motivos.
Não sei o que é mais constrangedor: o medo ou o alívio.
– Primeiro – diz ela –, são em forma de sino, como algo de focinho fino, o que, pelo que sei, nenhum tubarão é. E nunca soube de um tubarão que fosse metabolicamente ativo o suficiente na água doce para atacar alguém. Não sei de nenhum peixe de água salgada que possa fazer isso.
– O salmão não parece ter esses problemas.
– O salmão muda da água doce para a salgada, uma só vez, em uma direção. O que é relativamente fácil, porque eles só precisam encher suas células com detrito suficiente para atrair a água por osmose. Quando voltam, a água doce os envenena. É o estressor evolutivo definitivo antes de eles desovarem e morrerem. Mas,

de qualquer modo, os tubarões também só têm dentes cortantes. Como as piranhas, ou os dragões-de-komodo. Esta coisa tinha dentes cortantes na posição molar, mas dentes perfurantes na frente. Por isso a frente de cada mordida é toda fibrosa.

– Meu Deus, que bom ouvir isso.

Violet me olha. Está levando tudo muito bem para uma novata, mas seus olhos são lacrimosos e enfermiços.

– Por que pensa assim?

– Não gosto de tubarões.

– Lionel, o que quer que seja isto, é pior.

– Duvido. Pode ser *mesmo* um motor de barco.

– No carro, você disse que as lesões por motores são incisões curtas e paralelas, separadas pela mesma distância da profundidade da hélice de trás para frente. E que as partes ligadas a roupas ou cabelo ficam retalhadas.

– É o que dizem os *livros*.

Os corpos nas fotos não estavam vestidos. Corpos em fotos de autópsia nunca estão, mas o relatório anexo diz que estavam quase todos nus quando foram resgatados. A calcinha da garota ainda estava no lugar. Não fica claro se tinha ou não cabelo comprido, já que falta a cabeça.

– Você não entende – diz Violet. – Eu *reconheço* esse padrão de mordida.

Isso me faz estacar.

– Como assim?

– Este padrão de mordida... é impossível confundir. Quer dizer, não sou zoopaleontóloga. Não sou zoo coisa nenhuma...

– Você parece estar se saindo bem.

– Sem querer ofender, mas isso porque você sabe ainda menos do que eu sobre essas coisas. Sou uma amadora. Nem mesmo sei onde estão minhas lacunas.

– Tudo bem.

– Mas esta mordida eu *conheço*. Todo paleontólogo conhece, porque é tão singular que é usada como marcador do fim do Cretáceo.

– E isso foi quando?

– Essa é a porra do problema. Sessenta e cinco milhões de anos atrás.

Lembro a mim mesmo que eu essencialmente só mostrei a esta mulher instantâneos de um filme *snuff*. Ponho a mão em seu ombro, mas não tenho esse tipo de mão.

– Violet...

Ela estremece.

– Eu sei, sou paleontóloga. A maioria dos animais com que estou familiarizada morreu na extinção do Cretáceo-terciário.

– Exatamente.

– Mas não todos.

Com a maior gentileza possível, falo:

– Duvido muito que seja um dinossauro.

– Até 1938, as pessoas pensavam que o celacanto estava extinto desde o Cretáceo. E então eles começaram a aparecer.

– Mas não partilhamos um habitat com os celacantos. A única razão para descobrirmos que eles ainda estavam por lá é que começamos a fazer pesca de arrasto em seu território de desova. Mesmo então, a maioria das pessoas que viu um deve ter pensado que era só outro peixe e se esqueceu do assunto. Você e eu estamos falando de algo que supostamente parece um dinossauro e zanza por um parque nacional. E come gente. Onde teria ficado todo esse tempo? Congelado?

Ela não responde.

– Que foi? – digo.

– Isso não é de todo impossível.

– Claro que é.

– Não é. Posso não ser zoóloga, mas sei que existem sapos que podem congelar inteiramente.

– Como? Suas células explodiriam...
– Eles inundam as células com níveis ultra-altos de glicose, depois super-resfriam. Não há metabolismo ativo. Até que despertem, são apenas proteínas em um bloco de gelo.
– E eles podem ficar assim? – digo. – Por 65 milhões de anos?
– Não. Não por 65 milhões de anos. Nesse tempo, os eventos nucleares aleatórios explodiriam as células, e haveria decomposição molecular. Mas esta coisa não precisa ter ficado congelada por 65 milhões de anos. E se ela só esperou os últimos dois séculos? Isso explicaria por que existe uma pintura dela. E houve um monte de alterações de habitat nos últimos duzentos anos. Em 1780, o porto de Nova York congelou. Neste verão, Minneapolis chegou a mais de 50 graus.
– Mas só porque alguns anfíbios podem congelar não quer dizer que os répteis também possam.
– Mas podem, sim. As tartarugas fazem todo tipo de merda engenhosa para sobreviver no fundo dos lagos que congelam. Elas podem alterar suas enzimas. Podem parar o coração e os pulmões e só respirar pela pele.
– O que significa que elas ainda estão acumulando ácido lático.
– A não ser que elas estejam tamponando. Existe até um *esquilo* que pode super-resfriar.*
– Então...
Ela evita meus olhos.
– Então talvez seja como aquele troço que Sherlock Holmes diz: quando você elimina todas as alternativas, a única que resta deve ser a verdade, mesmo que pareça não ser.

---

* Não alimente esperanças. A história da criogenia humana é medonha, em particular se você for fã de Ted Williams. Há casos em que crianças sobreviveram sem respirar por duas horas na água muito fria, mas estes parecem ter-se devido a uma combinação de simples refrigeração e uma resposta circulatória conhecida como reflexo de mergulho mamífero – que, em humanos, por motivos desconhecidos, deixa de funcionar depois da primeira infância.

– Violet, desculpe, mas essa foi a coisa mais burra que Sherlock Holmes já disse. Como pode saber que eliminou todas as alternativas?

Ela parece infeliz.

– Me dê uma.

– Darei. Isto foi feito por uma pessoa.

Ela me olha, ao mesmo tempo esperançosa e desconfiada.

– Como pode saber disso?

– Porque é *possível* ter sido feito por uma pessoa. E nove entre dez vezes significa que foi mesmo. O ser humano fará qualquer coisa doentia que você possa imaginar. E, se isso *foi mesmo* feito por um ser humano, então pode muito bem ter sido feito por um humano inteligente o bastante para saber como ficaria uma mordida de dinossauro e reproduzi-la. Pode-se modificar uma armadilha para ursos para fazer isso.

– Mas Autumn e Benjy estavam com outras pessoas quando morreram.

– Outros dois adolescentes, que nem estavam no mesmo lago. Todo mundo envolvido provavelmente estava fodendo nessa hora. Talvez os amigos tenham ouvido barulho, ou pensado que a água parecia agitada quando eles foram lá. Mas ninguém nos disse que aqueles garotos *viram* alguma coisa... Inclusive os corpos. Ninguém nos disse que *alguém* viu os corpos antes que a polícia os tirasse da água, e isso aconteceu pelo menos três dias depois. É tempo suficiente para fingir um monte de mordidas de dinossauro.

Ela me olha fixamente.

– Acha que o *Reggie* é capaz disso?

– Não sei, mas muita gente é. Não se esqueça de que houve mais dois assassinatos na mesma semana. E ninguém está sugerindo que *estes* foram por ataque de animais.

— Mas se quem matou Chris Jr. e o padre Podominick tinha uma arma e sabia atirar, por que não... quer dizer, como pôde fazer isso? Com duas crianças?

— Não sei. Talvez uma pessoa tenha matado os garotos e outra, pensando que Chris Jr. e o padre Podominick fossem os responsáveis, matou *estes dois*.

— Quer dizer que alguém pensou que Chris Jr. tivesse matado sua própria filha?

— Quem sabe? Talvez o atirador nem estivesse mirando em Chris Jr.

— O que quer dizer?

— Ninguém parece saber o que Chris Jr. e o padre Podominick estavam fazendo ali naquela noite. Então, quantas pessoas poderiam saber onde encontrá-los? E segundo Reggie, que certamente não é a fonte mais confiável do mundo, o padre foi baleado na cabeça e Chris Jr., no peito. Então alguém com uma mira telescópica teve tempo suficiente para dar um tiro letal no padre Podominick, e depois preparar o segundo tiro o mais rápido possível, pois o segundo alvo saberia que ele viria. Por isso o assassino baleou o peito: é mais fácil e mais rápido. Talvez o assassino nem tivesse visto o rosto de Chris Jr.

Ou as roupas.

A ideia começava a me parecer idiota: quem assassina duas pessoas com mira telescópica e não se incomoda de identificar os dois alvos?

— Quem *é* você? — diz Violet.

— O que quer dizer com isso? — digo.

Mas sei o que ela quer dizer. Ela parece apavorada.

— Como é que sabe sobre atirar na cabeça das pessoas com uma mira telescópica? Ou mutilar corpos com... o que disse mesmo? *Uma armadilha para ursos?*

— Violet...

– Por que não tem medo quando as pessoas apontam *armas* para você? – diz Violet.

– Eu tive medo.

– Você estava *sorrindo*. E depois se recusou a ligar para a polícia. Por que assaltou o consultório de McQuillen?

– Ah, sem essa...

– Você é mesmo médico?

Meu Deus. Antigamente só meus pacientes me faziam essa pergunta. Agora todo mundo faz.

– Sim. Sou.

– E também trabalha pra polícia?

– Não.

– Algum tipo de criminoso?

– Não. – Não no presente momento.

– Já esteve na prisão?

– Não. – Nove meses na cadeia esperando julgamento por duplo homicídio, talvez, mas prisão? Nunca.

Verdadeiro mas falso: não é só uma atitude. É um estilo de vida.

– Você é quem Bill Rec pensa que é? – diz Violet.

Mas que merda de pergunta inteligente, eu quase digo a ela.

– Sim. Acho que sim.

– O que isso quer dizer?

– Bill Rec pediu a Baboo Marmoset... Sabe quem é?

– Sei.

– Bill Rec pediu a ele que recomendasse alguém que tivesse formação científica, mas também fosse capaz de proteger você se alguma coisa desse errado.

– Proteger *a mim*?

– Eu sei: não tenho feito meu trabalho muito bem.

– Peraí. *Quem* queria me proteger?

– Bill Rec.

– *Bill* Rec queria que você me protegesse?

— Ele queria que eu, pelo menos, fosse capaz, se necessário.
— Puta merda — diz ela.
Ela se esqueceu de minhas tendências criminosas. Ela se esqueceu das fotos dos adolescentes mortos.
É difícil não ver o que isso significa.
— Você e Bill Rec... — começo a dizer.
— O quê? — diz ela, distraída.
— Bill Rec é *o cara*? O seminamorado?
Eu a trago de volta.
— Não.
— Então por que ficou vermelha desse jeito?
Ela vira a cara.
— Vá se foder. Não fiquei.
— É ele!
— Não quero falar nesse assunto.
— Então é melhor acabarmos logo com isso.
— Não é nada da sua conta.
— Que você esteja trepando com o chefe que também é meu?
— *Como é?*
Pelo menos agora eu tenho toda a atenção dela de novo.
— Tudo bem — diz ela. — (A) Não estou trepando com ele. (B) Não estou trepando com você também, então desde quando isso é da sua conta? Você e eu nos beijamos. *Uma vez.*
— Foi a única vez que a vi sóbria depois do pôr do sol.
— Vá tomar no *cu*! — Ela se levanta. Afasta-se de mim, depois se afasta das fotos *e* de mim. — Isso é *papo furado*. E é presunçoso. Talvez não inteiramente presunçoso, mas é presunçoso. E é uma grosseria do caralho. E qual é *seu* problema? Porque não vou acreditar se você me disser que não dorme com bêbadas.
— Tá. Quando *eu* também estou bêbado.
— Ai! — diz Violet. — Esqueça o que perguntei. Isso é tão típico! Você acha que Bill Rec me quer, e de repente você quer transar

comigo ou uma bobagem dessas. E eu nem sei se ele me quer *mesmo*. Não sei o que *nenhum dos dois* está pensando. Nunca sei.
— Nunca?
— Bill Rec não é assim tão acessível. E você não responde a pergunta nenhuma.
— Bom, pelo menos sou acessível.
— Vá se foder. *Não* tente me fazer rir. Não é engraçado ficar com você. Você faz *parecer* divertido, mas não é. É de dar medo. Porque nem sei quem você é. É sério: quem é você, porra? E o que quer de mim? Um caso numa viagem de negócios? Que fiquemos *amigos* sem que eu saiba nada de você? O que é?
Droga.
Não errado ou imerecido, mas droga. É incrível que tanta coisa que estive pensando dela de repente pareça ridícula.* E o tanto que eu disse a ela.
— Não sei — digo.
— Que ótimo. Me informe quando decidir. Nesse meio-tempo, você quer o quarto?
— Não.
— Ai. Simplesmente... ai. E leve as merdas de suas fotos, por favor.
Acho que isso quer dizer que vou embora.

---

* Particularmente a fantasia que andei tendo, em que Violet e eu estávamos sentados em espreguiçadeiras no que costumava ser a sacada do nono andar, mas agora é um patamar sobre o que se tornou uma baía privativa porque as águas subiram e o mundo acabou, e ela e eu — também há um papagaio por perto, eu poderia dizer — estamos jogando gin rummy com um baralho amassado e bebendo drinques tropicais. Depois disso entramos, e eu posso perseguir suas marcas de bronzeamento por nossos lençóis misteriosamente frios.

20

Acampamento Fawn See, Ford Lake, Minnesota
Ainda sábado, 15 de setembro

Dou uma volta pela marina. Subo até a área dos equipamentos. Volto à marina. Ao estacionamento para esconder o envelope de fotos no carro. Ao bosque entre o hotel e a cidade de Ford.

O bosque tem trilhas resplandecentes entre as árvores. Não são recentes – tenho de voltar das duas primeiras que tento –, mas em uma escala que deixa claro que alguém, em algum momento, pensou ser boa ideia que as pessoas pudessem ir a pé de Ford ao CFS. Acho que estou na metade do caminho quando ouço vozes a minha frente e paro.

São Debbie e seus rapazes, vindo em minha direção. Para o CFS.

O fato de Debbie, que anda de mãos fechadas como se marchasse para uma briga de bar, estar de jeans e um colete de fleece não deixa de ser um pouco engraçado diante de todos os rapazes com suas roupas de camuflagem e a cara pintada. Mas só um pouco, pois todos os rapazes têm armas.

Corro de volta ao hotel e bato à porta da Cabana Dez.

– Quem é? – diz Violet.
– Sou eu.
– Vá se foder.
– Não posso. Debbie está vindo para cá pelo bosque com o bando dela e preciso que você comece a levar todo mundo para o alto do morro enquanto eu ligo para o xerife Albin.

Há uma pausa.
– É sério?
– Juro por Deus.

>∩∩(

– Oi, Debbie – digo quando ela chega ao ponto do gramado onde estou parado.
– Que diabos está fazendo aqui? – diz ela. Seu regimento verifica os espaços entre as cabanas, no estilo militar.
– Eu estava me perguntando a mesma coisa. Olá, imbecil armado.

O rapaz de aparência mais velha, com a Colt Commander, aproxima-se de mim apontando a arma para minha cara.
– Você realmente quer virar presunto, né?
– Se quisesse, não estaria falando com você. Esqueceu de puxar a trava de novo.

Ele olha a pistola.
– É por segurança – diz, sem me convencer.
– Então pare de apontar isso para mim.
– Onde está todo mundo? – diz Debbie.
– No alto do morro, a maioria. Você e Reggie têm sorte: todos os outros hóspedes de Reggie estão fora, fazendo sua merda de turismo. Pode ir embora agora, antes que o xerife Albin chegue, e ninguém vai saber que aconteceu alguma coisa. Mas deve fazer isso logo. Sabe Del e Miguel?
– Claro que sei quem são esses idiotas.
– Então deve saber que esses idiotas têm armas e que eles estão nos vigiando agora de binóculo. Estou achando que eles não vão gostar muito de seus rapazes se metendo com a merda deles.

Os rapazes começaram a chutar as portas das cabanas e olhar seu interior.

– Não vim aqui para roubar nada – diz Debbie.
– E *por que* veio aqui?
– Para falar com Reggie.
– Sobre o quê?
– O que você tem com isso?
– Não vim ao Minnesota para ver um dinossauro, Debbie. Vim entender o que Reggie está aprontando.
– Seja o que for, o que ele vai ganhar com isso é dinheiro de sangue.
– Do qual calculo que você queira uma parte.
Ela avança para mim.
– Cuidado. Ele matou meu filho. Não tenho de deixar que ele lucre com isso também.
– Entendido. Soube de seu filho. Eu lamento.
– Claro que lamenta.
– Lamento de verdade. É horrível. Mas não precisamos falar disso.
– Deus, obrigada.
– O que temos de fazer é pensar em como tirar você daqui. Quando Reggie ligou para Albin, Albin já estava na 53 a oeste de Ely.
– Muito a oeste?
– Não sei.
– Por que devo acreditar em você?
– Não sei se há uma resposta para isso.
– E por que você ia querer me ajudar?
– Sou médico. Meu trabalho é tentar ajudar as pessoas. – Até a mim isso soava cômico. – E nem você nem esses garotos precisam ir para a cadeia por uma coisa tão idiota.
Olho um de seus minibandidos.
– O que é isso, um rifle de assalto?
– Não vou embora antes de falar com Reggie.

– Tudo bem. Então, fique e fale. Mas mande seus rapazes para casa. Ou pelo menos mande alguns deles para casa, com as armas, e diga aos outros que limpem essa pintura ridícula da cara.

Debbie pensa no assunto. Afasta-se e fala com o imbecil da Colt. Ele fecha a cara para mim enquanto se volta para os outros.

Debbie volta com o canto do colete de fleece erguido para me mostrar seu coldre na cintura e a Glock que está nele.

– Esta aqui eu tenho licença para usar oculta. Eu faço o que você diz, e, se não der certo, você será o responsável.

– Muito justo. – Espero um momento. – Posso lhe fazer uma pergunta?

Ela me olha com cautela.

– O que a faz pensar que Reggie foi responsável pela morte de Benjy?

Ela ri sombriamente.

– *Você* está aqui, não está? E um monte de gente rica. Reggie está conseguindo o que ele sempre quis.

– Acha que foi ele que atirou em Chris Jr. e no padre Podominick?

– Quer me dizer de novo que você não é da polícia?

– Não sou.

– Tanto faz. Mas sim. Eu acho.

– Por quê?

– Pelo mesmo motivo.

– Então deduzo que *você* não teve nada a ver com isso.

Debbie meneia a cabeça.

– Sabe, não tenho motivos para falar com você, mas vou falar. Eu não atirei em Chris Jr. e no padre Podominick. Eu não encomendei a morte deles nem contribuí de nenhuma maneira para isso.

– Você não culpa Chris Jr. e o padre Podominick por planejarem a fraude do monstro?

– Queridinho, esses dois não podiam ter planejado nem uma bola de boliche caindo do telhado. Não sei qual deles era mais burro.
– Acha que Reggie os estava manipulando?
– Nisso ele é bom. Ele está fazendo isso com você agora mesmo. Não posso dizer que ela esteja de todo errada.
– Viu Dylan Arntz recentemente? – pergunto.
– Não sei de quem está falando.

˿⚈⚈(

– Mas isso *devia* ser ilegal.
– Bem, pelo menos por enquanto não é – diz o xerife Albin.
– Quanto ele está pagando a *você*, chefe Hogg?
– Debbie, não vou me dignar a responder a isso.
– Vou chamar os policiais *de verdade*.
– Sabe, você *tem* o direito de ficar calada.

Paro de ouvir. Eles estão nisso há uma meia hora, o xerife Albin demonstrando sua capacidade de transformar de imediato qualquer situação numa chatice. Aliás, pensando bem, é por isso que as pessoas chamam a polícia, antes de mais nada.

Ouço algo: hélices distantes de helicóptero.

Reggie, com um ar preocupado, vem trotando de onde esteve dando um telefonema na frente da cabana da recepção.

– Tenho uns VIPs chegando – diz ele.

O xerife Albin deixa passar um segundo antes de dizer:
– Tudo bem.
– Estão chegando *agora*. Não sei o que Debbie veio fazer aqui, mas retiro todas as acusações se você puder tirá-la daqui.
– Não pode dizer isso na minha cara, seu assassino de crianças? – diz Debbie.
– Debbie, quando isso acabar, ficarei feliz em discutir o que você quiser. Mas não neste momento.

– Por que a pressa? – diz Albin.

– É toda a história do sigilo. Eles não vão pousar o helicóptero sem que todos aqui embaixo assinem termos de confidencialidade.

O helicóptero em questão entra ruidosamente no campo de visão e voa baixo sobre a extremidade do lago. É gigantesco – um Sikorsky Sea King ou algo do gênero. Do tipo com portinholas, como o do presidente.

– Por quê? Quem está nele? – diz o xerife Albin.

Reggie se encolhe.

– Alguma chance de você assinar um acordo de confidencialidade?

– Eu sou um agente da lei, Reggie.

Ver Reggie levar a mão ruim ao lado bom da boca para roer as unhas não é nada agradável.

– Xerife, isto é muito importante. E pelo que sei, não estou infringindo lei alguma.

Albin olha o helicóptero dar a volta ao lago. Por fim fala:

– Você estará aqui amanhã? Digamos à uma e meia da tarde?

– Sim, senhor.

– Não terá de sair a essa hora?

– Não, senhor.

– Eu levo Debbie para casa agora, você ficará aqui?

– Sim, senhor.

– Não vou a lugar nenhum – diz Debbie. – Desobediência civil.

– A gente então dá um pé na sua bunda, desobediência civil – diz Miguel, que veio ajudar.

– Calma, pessoal – diz Albin, tão lentamente que acaba por conseguir.

A Reggie, ele diz:

– Às 15h tenho de estar em Soudan. Então eu precisaria terminar aqui lá pelas 14:30. E por "terminar" eu quero dizer que

vou precisar de você. Eu tenho de me sentar, e você precisa me contar tudo o que planejou para esta situação. E me convencer de que não é algo que possa me preocupar.
– Sim, senhor.
– Pelo modo como vejo a coisa, estou lhe fazendo um tremendo favor agindo assim. É como você vê?
– Sim, senhor.
– Muito bem, então. – Albin abre a porta do carona de sua viatura. – Sra. Schneke? Na frente ou atrás?
Eu fico confuso.
No lugar de onde eu venho, a polícia falando de favores e de que você precisa convencê-los das merdas só quer dizer que você deve pagar a eles. Mas eu não tenho a sensação de que é o que acontece aqui. Pelo que posso dizer, Albin e Reggie só marcaram um compromisso para amanhã à tarde.
Mas, se o helicóptero significa que o árbitro está chegando agora, não vamos todos partir de manhã? E, se formos, e Reggie estiver planejando dar bolo em Albin, Reggie está *tão* desesperado assim? Albin parece sensato, mas ele é a lei, e é burrice foder com ele.
O helicóptero descreve um círculo largo, preparando-se para pousar no estacionamento da loja de equipamentos, e então todos começamos a ir em sua direção. Tento seguir para o lado de Violet, mas ela me lança um olhar tão "sai pra lá" que eu a deixo em paz.

Os rotores levam uma eternidade para parar de girar. Pode-se sentir a poeira mover-se pelo couro cabeludo e o calor do combustível de jato sair das turbinas.
O estacionamento foi esvaziado, e um desvio com cones de trânsito foi colocado na entrada da via expressa. Guardando

o perímetro, há uns vinte jovens de aparência séria e saudável da variedade Davey e Jane. O restante dos funcionários da loja de equipamentos foi mandado para casa.

Por fim, a escada do passadiço do helicóptero se desdobra. Três armários saem. Ternos pretos e óculos espelhados, com fones de ouvido de fio em espiral descendo por trás da gola. Eles andam pelo que evidentemente é uma grade de segurança improvisada, movendo a cabeça roboticamente e de vez em quando falando com seus pulsos. Faz a gente se perguntar por que agentes do Serviço Secreto – ou pessoas que querem se parecer com eles, ou com o que esses caras são – ainda usam fones de ouvido de fio em espiral. Existem dispositivos eletrônicos muito menores.

Um deles se aproxima e fala com Reggie. Depois no pulso. Um quarto armário sai do helicóptero e fica perto da escada.

Dois garotos de uns 20 anos, mas de terno, descem e também ficam por perto. Estagiários, assistentes ou coisa que o valha. Depois deles vem Tom Marvell, o mágico de palco de Las Vegas.

Eu poderia reconhecer Marvell sempre, como o primeiro artista negro a dirigir permanentemente um cassino. Mas também ouvi uma história interessante sobre ele uma vez, de um contato que tenho no Departamento de Justiça.* Quando Dominique Strauss-Kahn foi preso em Nova York em maio de 2011 e enfrentava sete acusações de crime doloso, uma firma de advocacia francesa supostamente tentou contratar Marvell para tirar Strauss-Kahn do país, e a melhor oportunidade seria durante a transferência de Strauss-Kahn da ilha Rikers para uma prisão domiciliar. "Marvell devia transformá-lo em uns pombos ou coisa assim", foi o que eu soube.

---

* Pode parecer estranho que um ex-criminoso que largou o programa de proteção a testemunhas federal ainda tenha contatos no Departamento de Justiça. Mas, quando entrei pela primeira vez no programa, alguém de dentro do escritório da Procuradoria Federal deu a dica a David Locano, que depois matou minha namorada. E eu adoraria descobrir quem foi essa pessoa.

Marvell foi uma escolha inteligente como árbitro. Ele pode não ter nada a ver com o governo federal, como a carta de Reggie prometia, mas é glamouroso o bastante para que as pessoas deixem isso passar. Em tese, ele é qualificado o suficiente para localizar uma fraude onde houver. E pelo ângulo de Las Vegas, que estou achando que é de onde vem a parte dos caras do pseudosserviço secreto, não faz mal algum.

Ele roda pela escada, porém, enquanto aparece mais gente.

Primeiro, um cara alto de terno cinza com uma camisa aberta no colarinho, que parece um modelo de anúncio de relógio. Estranho, mas de jeito nenhum ele parece o árbitro: cara de tédio demais.

Em seguida, uma garota com seus 14 anos, tão desajeitada que um adulto magro desse jeito seria levado às pressas a um hospital.

Outro cara que parece ser do Serviço Secreto sai do helicóptero.

Por fim, Sarah Palin desce a escada.

21

Acampamento Fawn See, Ford Lake, Minnesota
Ainda sábado, 15 de setembro

Você deve estar querendo saber até que ponto ela, pessoalmente, é uma coroa comível, ou uma coroa republicana comível, essas coisas.

Olhando assim de perto, até que é bonita. Mais baixa do que se imagina e mais prognata. Maquiada demais, o que não é novidade. Estranho é ver sua nuca.

No entanto, só o que sinto depois que ela sai do helicóptero é depressão. Eu sabia que meu tempo com Violet Hurst era curto, mas não pensava que seria *tão* curto. Nem no inferno Bill Rec vai apostar 2 milhões de dólares com base na opinião de alguém tão famosa pela desinformação como Sarah Palin. E que, só para constar, não tem mais relação com o governo federal do que Tom Marvell.

Considerando a mulher em si, eu quase não sinto curiosidade nenhuma – algo de que ela é acusada o tempo todo, mas tenho uma desculpa: estou cheio das merdas dela. Deus pode estar presente na companhia dos justos, e Zeus na dos cisnes e da chuva, mas Palin está *em toda parte*, caralho, e isso há anos.*

---

* Quando digo que quase não tenho curiosidade com relação a ela, é claro que dispenso a questão de como Palin pôde citar Westbrook Pegler em seu

Embora meu interesse por ela aumentasse um pouco quando, na fila de recepção que se formava antes do jantar para apresentá-la e a sua comitiva aos hóspedes e funcionários, ela pressionou minha mão, fez um vago contato visual, passou a Del, depois percebeu minha tatuagem no ombro direito e parou, olhando para ela.*

A tatuagem é de um caduceu alado com duas serpentes entrelaçadas. Quando fiz, pensei ser o símbolo de Esculápio, o deus da medicina, mas este teria de ser um caduceu sem asas com uma serpente. Um caduceu com asas e duas serpentes por acaso era o símbolo de Hermes, o deus que conduz as almas ao Inferno.

Palin estende a mão e a toca.

– John, venha ver isso – diz ela.

A mim, diz:

– Por que fez isso?

– Era para ser o símbolo de Esculápio, o deus da medicina.

– Mas é o símbolo de Hermes.

Que ótimo. Até quem não sabe o nome dos três países da América do Norte sabe disso.

Pergunto-me se Violet já percebeu que é o símbolo errado. Se percebeu mas não me disse porque não queria ferir meus senti-

---

discurso de 2008 de aceitação da indicação como candidata republicana a vice-presidente. (Pegler, um racista tão louco que foi expulso da Sociedade John Birch, escreveu, entre outras coisas, que é "claramente um dever sagrado de todos os americanos inteligentes proclamar e praticar a intolerância" e – em 1965 – que "algum patriota branco do Sul espalhará um monte de miolos [de Robert F. Kennedy] em público antes que a neve acabe".) Mas como Palin disse que não tinha redigido o discurso, que ela proferiu seis dias após conhecer John McCain pessoalmente (e, segundo algumas fontes, apenas umas 48 horas depois de McCain escolhê-la como sua vice), e como Palin não parece ter citado ou mencionado Pegler em nenhuma outra ocasião, as questões suscitadas por seu aparecimento no discurso dela – ela sabia o que estava dizendo? Alguém sabia? Se sabiam, o que pretendiam com isso e que público esperavam que entendesse o seu significado? – não são exatamente pessoais.

* Que foi? Estava calor, e minhas mangas eram justas. Não, eu não estava de camiseta por baixo.

mentos, eu devia confrontá-la. Pode compensar o fato de eu não ter dito a ela que a rabanada era congelada. E isso pelo menos já seria alguma coisa.

– O que foi, Sarah? – diz o cara alto e bonito, aproximando-se.
– Veja isso.

Ele olha, com aquele olhar oblíquo dos californianos. Coloca as mãos em meus ombros para tentar me virar e ver o outro braço.

– Meu nome é Lionel Azimuth.

Ele sorri com uma complacência aflitiva.

– Desculpe. Reverendo John 3:16 Hawke.
– Como?
– É o meu nome. – Ele se vira de lado para ver a tatuagem em meu outro ombro sem me tocar.

A estrela de Davi.

– Ah – diz ele.

Palin dá a volta para ver. O reverendo sai de seu caminho, o que a obriga a se apertar sem jeito nele.

– Ah, meu Deus – diz ela.
– Estamos perto, Sarah. Muito perto.

Ele a puxa para trás, e eles continuam pela fila. Violet, como todos os outros, está olhando. Eu dou de ombros e procuro sustentar seu olhar, mas ela vira o rosto.

No jantar, Palin fica estranhamente recurvada sobre a comida, com o cenho franzido de concentração enquanto ouve o que o reverendo John 3:16 Hawke lhe diz ao ouvido. Sentada do outro lado, está a menina de 14 anos, uma parente distante de Palin, por acaso chamada Sanskrit ou algo assim. No presente momento, a menina está vermelha e calada, possivelmente porque estava de frente para Tyson Grody.

Há um estranho silêncio na sala. As pessoas ficam se referindo a Palin como "governadora", mas aos sussurros, como se não quisessem distraí-la. Os Ficks, que por algum instinto pararam ao sair da cidade para saber se o árbitro seria alguém digno de sua volta, descobrindo que ela tranquilamente era, estão radiantes na presença vindicativa de Palin.

Eu falo o mínimo possível e nada com Tom Marvell, que está à minha mesa. Marvell parece bem: antes, no gramado, fez um truque de mágica para Stuart Teng que envolvia um cartão de apresentação explodindo em chamas, e depois o repetiu umas 15 vezes enquanto Stuart chorava de rir e a parente jovem de Palin, mortificada, tentava não parecer parte da plateia atenta de Marvell. E eu adoraria saber qual é a relação dele com Palin – onde eles se conheceram, na convenção de Westbrook Pegler? Mas ninguém que more em Las Vegas e tenha inteligência suficiente para ser ao mesmo tempo negro e um sucesso contínuo no parque temático da Máfia é alguém que eu queira que dê por minha presença.

Violet está na mesa dos adultos, ao lado de Grody. Não fico com ciúme. Seria como um Doberman transando com um Chihuahua. Mas é irritante que ele possa falar com ela.

Depois do jantar, quando ela e Teng falam de voltar ao cassino e a ideia se espalha por todo o grupo, penso em ir com eles só para tentar ter algum tempo com ela. Decido não ir. Não preciso conhecer melhor nenhuma dessas pessoas. E isso inclui Violet.

Volto então ao escritório na cabana da recepção e faço o que posso para não olhar a foto da família Semmel enquanto verifico meus e-mails. Já tenho uma resposta de Bill Rec à mensagem que enviei a ele antes do jantar, sobre o árbitro ser Sarah Palin. Como sei que ele me dirá que devo voltar para casa, deixo isso para depois.

Em vez disso, leio o e-mail de Robby, o garoto australiano que está me dando cobertura no navio. Ele diz simplesmente: "vomitando o tempo todo." Sem maiúsculas nem nada.

Peço detalhes e desejo-lhe uma rápida recuperação, se é ele que está vomitando. Depois abro a mensagem de Bill Rec.

"*Aprovo Palin como árbitro. Prossiga como planejado.*"

Mas nem pelo caralho.

Embora eu esteja grato por ficar aqui com Violet, em particular, se ela começar a falar comigo de novo, estou atordoado. Perder 2 milhões de dólares é repelente, por mais rico que você seja. Pelo menos na Idade de Ouro eles cagavam ouro.

Mas Bill Rec aborda outras questões. Parece que realmente existe uma agência de investigação chamada Desert Eagle em Phoenix, Arizona, empregando – e sendo de propriedade de – um cara chamado Michael Bennett, que combina com a descrição do cara que estava aqui. E, ao que parece, Christine Semmel, mãe de Autumn, agora mora em San Diego e tem telefone.

Ainda me perguntando por que Bill Rec precisa tanto que o Monstro do White Lake exista, eu ligo para ela.

– *Sim?* – diz ela. Sua voz é um sussurro.

– Sra. Semmel?

– *Sim?*

– Meu nome é Lionel Azimuth. Sou médico. Estou auxiliando de certa forma uma investigação em uma possível atividade criminosa no Minnesota.

Nada.

– É uma longa história, mas ficaria feliz em lhe dar os detalhes.

– *É o Reggie?* – diz ela.

– Não.

– *Você está ligando do CFS Hotel.*

– Sim. Estou hospedado aqui. Mas gostaria de dizer...

– *Ele matou mais alguém?*

Tá legal, então.
- Mais alguém além de quem?
Depois de um momento, ela fala.
- *Ele matou meu marido e minha filha.*
Espero que diga mais alguma coisa, mas ela não fala.
- O que a faz pensar assim?
- *Eu sei disso.*
- Posso perguntar como?
Mais uma pausa.
- *Reggie queria fingir que havia um monstro no White Lake. Ele matou minha filha para fazer parecer que realmente havia. Depois matou meu marido para ficar com o hotel.*
- A fraude foi ideia de Reggie?
- *É claro que sim. Chris nunca teria pensado em algo desse gênero. Ele não era assim. Não era... diabólico. O padre Podominick também não. Reggie os fez guardar segredo para que as pessoas não desconfiassem quando ele tomasse tudo. Virou tanto a cabeça dos dois, que Chris pensou que ele e Reggie iam pegar o monstro e vendê-lo.*

Christine Semmel agora chora baixinho. Bom trabalho, dr. Azimuth.
- Sra. Semmel, podemos parar de falar nisso, se preferir.
- *Não importa.*
Ela parece sincera, e então digo:
- Pode então me falar de como eles pegariam o monstro e o venderiam?
- *Logo depois da morte de Chris, todos aqueles ganchos e redes e coisas que ele encomendou foram entregues no hotel.*
- Reggie me falou disso.
- *Depois encontrei uma lista de telefones com a caligrafia de Chris. Liguei para os números. Os que quiseram falar comigo disseram que eram negociantes de animais raros. Disseram que nunca ouviram falar de Chris, mas eu não acreditei neles.*

– Ainda tem essa lista?
– *Eu a entreguei à polícia.*
– Fez uma cópia?
– *Não.*
É compreensível: sua família tinha acabado de ser eliminada. Mas isso significa que a polícia ou investigou esse ângulo ou decidiu não investigar, e de qualquer forma não há nada a fazer com isso.
– Existe outra... – prova, é o que quero dizer, mas sinto que parecerá que não acredito nela. – Existe algo mais que possa me contar?
Há uma pausa, só o silvo na linha. Estou prestes a repetir a pergunta quando ela fala:
– *Reggie, eu sei que é você.*
Ela diz isso sem raiva, só com cansaço e tristeza. É de dar nos nervos.
– Não sou o Reggie. Eu lhe garanto. Se quiser, posso ligar mais tarde, com uma mulher.
– *Pouco me importa. Se você é o Reggie, vá pro inferno* – diz ela, ao desligar.

22

Acampamento Fawn See, Ford Lake, Minnesota
Sábado, 15 de setembro – domingo, 16 de setembro

Enquanto olho o telefone sem pensar em nada de produtivo, ouço a porta da cabana se abrir. Curvo-me para trás para olhar.
    É um dos caras do Serviço Secreto de Sarah Palin. Chove forte há cerca de uma hora, e ele veste uma capa de chuva com boné, sem os óculos escuros, o que o faz parecer uma pessoa diferente. Por um segundo, tenho vontade de tocá-lo para fora.
    Acho que supus que Palin fosse ao cassino com os outros, embora faça sentido que ela não vá, se estiver tentando evitar que as pessoas saibam que ela está em Ford.
    – E aí? – digo.
    Ele grunhe de um jeito que parece que devia vir acompanhado de um vaivém pélvico. Não sei por que não veio, uma vez que estamos só nós dois aqui e quem iria acreditar em mim se o cara sacudiu a pélvis? Mas ele olha em volta, inclusive atrás da mesa e dentro do escritório, e diz no pulso:
    – Ele está no prédio da recepção. Tudo liberado. Janela verde, janela vermelha. Saindo.
    Pelo que posso dizer, as duas janelas estão fechadas e desimpedidas.
    – O que quer dizer "janela verde, janela vermelha"? – digo.
    Ele sai.

Espero um ou dois minutos, mas não acontece nada, e então me levanto e vou olhar os livros na prateleira "LEVE-ME EMPRESTADO". Eu voltaria para minha cabana, mas Violet e eu não discutimos isso desde essa tarde e não sei se *é* minha cabana.

Levo uma brochura mais ou menos ao acaso ao sofá e me deito para ler. Quando estou na segunda ou terceira página, a porta se abre e Sarah Palin e sua jovem parente entram.

– Dr. Lazarus! Soubemos que poderia estar aqui.

– Não sei por quem. Mas é Azimuth.

Ela está sorrindo. Como antes, é estranho ficar perto dela. Como provavelmente seria com alguém que se vê mecanicamente reproduzido muitas vezes.

– Posso lhe pedir um grande favor? – diz ela.

Eles ainda se demoram na porta. Eu me sento.

– Claro.

– A Sandisk aqui precisa terminar o dever de casa de química. Meu pai era professor de ciências, mas acho que não herdei esses genes dele. Então pensamos que *talvez*, sabe, sendo o senhor um *médico* e tudo... Talvez possa ajudar Sandisk com seu dever de casa.

Fico surpreso. Pelo fato de o pai dela ter sido professor de ciências e por ela acreditar na genética.

Talvez eu tenha julgado mal a mulher.

– Será um prazer tentar – digo. – Em que está trabalhando?

A menina olha para o chão, infeliz.

– É só Química Um. Eu não preciso de ajuda nisso.

– Não precisa *ainda* – diz Palin.

Sentindo a dor de Sandisk, eu lhe digo:

– Quer se sentar no outro sofá e fazer o dever e se precisar de alguma coisa, pode me dizer?

– Tudo bem – diz Sandisk.

Palin pega uma poltrona que fica virada para nós dois de lado. Isso me distrai. Depois de um tempo, quando fica evidente que

Sandisk está se saindo bem com seu fichário e seu grande livro com tabelas coloridas, finjo voltar à leitura, virando as páginas de vez em quando para parecer realista.

– Sabe, eu sou uma forte defensora de Israel – diz Palin, provocando-me um sobressalto.

– Hum?

– De fato, uma forte defensora.

– Ah.*

– Porque você tem essa tatuagem – diz ela.

– Sei – digo. – Por que a senhora e o reverendo ficaram *tão* interessados nas minhas tatuagens?

– Era só... que parece muito significativo quando alguém faz um símbolo desses no corpo em caráter definitivo.

– Como a estrela de Davi, ou o caduceu de Hermes?

– Os dois. – Ela abre um sorriso que já vi nela antes, embora pessoalmente seja como ver a Fox News em alguma nova forma de tecnologia de imersão. É presunçoso e irônico, mas, de certo modo, parece mais defensivo que qualquer outra coisa. Como se eu não gostasse do que ela estava dizendo, e ela só estivesse brincando. É meio distante, como uma casa em Bensonhurst.

– Significativo em que sentido?

Agora ela ruboriza.

– Bem... sabe como é.

– Não. É sério. O que é?

– Eu esperava que talvez pudesse perguntar a *você* sobre elas.

– Pergunte.

---

* A propósito, é daí que vem ser judeu. Todo o mundo que você conhece ou acredita no mito de que Israel é um Estado *apartheid* construído em terra roubada dos palestinos e entregue aos judeus europeus pelos EUA e pelo Reino Unido para compensar o Holocausto, e quer que seja destruído, ou acredita nisso, mas quer que Israel dure o suficiente para combater o Apocalipse zumbi. Nenhuma das duas é desprezível.

Posso ver o suor na linha de seu couro cabeludo.

– O que digo faz algum sentido? – diz ela. – Pelo menos sabe do que estou falando?

– Não. Desculpe, não sei.

Sandisk mexe a cabeça, resignada, enquanto faz seu dever de casa. Se está exasperada comigo ou com Palin, não sei.

– O reverendo John *pensou* que você saberia – diz Palin. – Só queria perguntar a você. Caso soubesse. Às vezes, eu fico impaciente. Desculpe.

Ela se levanta da poltrona.

– Espere – digo. – Está tudo bem. Diga-me do que está falando.

– Eu não devia dizer nada.

– Por quê? Quem *é* o reverendo John?

– Ele é meu pastor.

– O que ele está fazendo aqui?

– Disso *definitivamente* eu não devo falar. Sandisk, querida? Está pronta?

– Acabamos de chegar aqui – diz Sandisk.

– Pode terminar na cabana, pode mandar torpedos para seus amigos pelo telefone por satélite.

Sandisk para por um momento numa frustração vaga e depois começa a recolher livros e papéis.

– Não vai me dizer o que está havendo? – digo.

Palin hesita. Espera um momento quando Sandisk está distraída guardando suas coisas, depois se curva rapidamente. Por um segundo, penso que ela vai me dar um beijo.

– *Isaías 27:1* – sussurra ela. Depois coloca a ponta do dedo nos meus lábios e endireita o corpo.

– Que tem isso? – digo. Supondo que não seja só o nome de alguém.

– Devia dar uma olhada.

– Não pode me dizer o que diz lá?

– Sandisk? O que o reverendo John sempre diz sobre contar às pessoas o que está na Bíblia?

– Ele diz assim: "Vá olhar você mesmo" – diz Sandisk.

– Ele diz que sempre que você pode mandar alguém ao texto real é uma bênção para você e uma bênção para a pessoa.

– Mais parece uma forma de ele evitar ter de se lembrar das Escrituras, mas tanto faz.

Sandisk se levanta, vacilando sob a bolsa. Palin a conduz para a porta.

– Não pode citar? – digo.

– Melhor não – diz Palin. – Dê boa-noite ao dr. Lazarus.

– Boa-noite – diz Sandisk.

Elas saem, e um dos caras do Serviço Secreto de Palin entra para bloquear a porta depois de elas passarem. Talvez o mesmo que vi antes, talvez não.

– Porra – digo.

ฦ🌑🌑(

Porra, *está bem*. Procuro na internet:

> Naquele dia o Senhor ferirá, com sua espada pesada, grande e forte, Leviatã, a serpente fugidia, Leviatã, a serpente tortuosa; e matará o dragão que está no mar.

Porque já não bastavam as merdas malucas que tenho por aqui.

ฦ🌑🌑(

Quando o grupo do cassino volta, saio na direção das luzes e do barulho. A chuva parou. Passa um pouco das três da manhã.

Eu terminei o livro. Gostei: era velho, do tempo em que todos os best-sellers eram como *Dinastia* pornô. A certa altura, a heroína pediu ao bandido "arbitrageur" que batesse uma carreira de pó em sua coxa, na esperança de que ele a cortasse com a gilete.

Perto da água, Palin está conversando furiosa em seu telefone por satélite, com três de seus homens isolando-a do resto de nós.

Violet se aproxima de mim.

– Alguma notícia de Bill Rec?

– Sim. Ele quer que fiquemos.

– Como é?

– É. – Procuro algum sinal de que é boa notícia para ela, mas talvez ela só esteja cansada demais.

– O que está havendo? Por que vocês demoraram tanto?

Ela meneia a cabeça.

– Você não vai acreditar nessa merda.

PROVA G

Cassino de Chippewa River
Reserva Ojíbua, Minnesota
*Domingo, 16 de setembro**

Celia se pergunta se a umidade pode encolher seus jeans. Se pode, talvez ela esteja encrencada. Um mosquito pode picá-la através do tecido. Estourá-lo feito um balão.

Há uma cortina de chuva caindo a pouca distância de seu rosto, vindo do beiral do telhado. Ela precisa manter as costas na parede de tijolos de concreto para continuar seca.

Mesmo assim, é um bom lugar. As paredes são bem iluminadas, mas não têm janela alguma, e nesta época do ano não há ninguém estacionado deste lado do cassino, exceto os funcionários e pessoas que procuram problemas. A iluminação facilita um pouco para os homens verem-na sem que ela seja capaz de vê-los, mas alguns caras ficam excitados com isso, ou precisam de um tempo de baixa pressão para se decidirem.

Ela ouve passos. Um homem descendo o espaço estreito entre a água e a parede. Bem-vestido, de boa postura, um sobretudo caro. Sapato brogue. Celia sempre nota um brogue, pois sua avó uma vez lhe disse que esses sapatos são feitos para durar, por isso os homens que os usam são sovinas. Celia não sabe de alguém nascido depois de 1940 que saiba disso, mas ainda assim...

---

* **Como sei disso**: Pelo *Ely Daily Clarion*, comunicações pessoais diversas.

— Com licença. Você trabalha aqui? – diz o homem. Sorrindo. Não procura seu carro.

— Estou trabalhando neste exato momento – diz Celia.

— É bom saber disso.

Ele está com as mãos para baixo, não perto demais, como se tentasse não assustá-la. Isso faz com que suas costas se arrepiem.

Celia se lembra de Lara, que ensinou a ela como fazer tudo isso, dizendo-lhe: *Se algo parecer errado, é errado mesmo. Dê o fora de lá.*

Como se Celia pudesse ter esse luxo.

Pelo menos o homem é elegante demais para ser um policial. Um policial honesto, pelo menos.

— Por quê? – diz ela. – Precisa que lhe façam algum trabalho?

— Eu estava pensando nisso. – Ele se vira para olhar a chuva. – Tem algum lugar aonde possamos ir?

— Tenho um furgão bem ali. É limpo. É bonito. Que tipo de serviço tem em mente?

— Ah, não sei – diz o homem. – Nada estranho demais.

Celia queria que só um desses esquisitos dissesse que o que quer *é* estranho demais. Provavelmente envolveria alienígenas ou coisa assim.

O sujeito continua.

— Sabe como é: você me paga um boquete, eu como você por trás, talvez com um pouco de asfixia, pode me chamar de John, eu a chamarei de Sarah. Não precisa falar como uma índia.

— Tem sorte, John. Meu nome *é* Sarah. – Celia conta nos dedos. – Quer que chupe seu pau, quer trepar no estilo cachorrinho e quer me asfixiar, e eu guardo o papo de índio para mim.

Os olhos dele se estreitam, sem saber se ela está curtindo com a cara dele.

— É bom saber do que você gosta – diz ela, para tranquilizá-lo.

— Estamos falando de sexo anal?

– Sim, duplo. Quanto cobraria por algo assim?
– Por duplo sexo anal com asfixia? Duzentos e sessenta. Sem barganha. Eu tenho um filho.
– Duzentos e *sessenta*?
– Adiantado, queridinho. Não posso aceitar promessas na frente de um cassino.
– Tudo bem. – O homem coloca a mão dentro do sobretudo.
– Aqui não. Não queremos levar um flagra.

Ela dá as costas para ele e corre até o furgão, segurando a gola alta contra a chuva. Está com sapatos de puta, e os jeans são ridículos, mas dar as costas ao homem a inspira a se movimentar com a maior rapidez possível. No furgão, ela olha em volta. Diz:
– Tudo bem. Mostre.

O homem se curva para manter a carteira de estilo europeu seca ao contar as notas e para evitar que ela veja quanto tem ali.
– Duzentos e quarenta?
– Duzentos e sessenta.

As notas são novas e farinhentas, estalam como se tivessem acabado de sair de um caixa eletrônico. Celia as conta e as abre em leque na luz. A chuva faz com que elas brilhem. Ela as mete no bolso.
– É melhor irmos – diz ela. – Mas precisamos ter cuidado. Está bem?
– Sim. Vamos.
– Sabe que isso é contra a lei, não sabe?
– É cl... – O homem se detém. – Por que pergunta isso? – diz ele.
– Você sabe que é contra a lei – diz ela, sem rodeios.

Por um momento, Celia pensa que o cara vai bater nela. Mas, em vez disso, ele se vira e corre, espadanando pelas poças até a frente do cassino.
– Pare! Departamento de Assuntos Indígenas! – diz ela, pegando o distintivo e a arma nos bolsos do casaco. – Está preso por aliciamento em propriedade patrulhada por agentes federais!

Ele não para. Pouco importa. A porta dos fundos do furgão já está aberta, e Jim e Kiko – os dois hispânicos, como Celia – jogaram futebol americano na faculdade.

Ela os olha derrubar o esquisito de cara para o asfalto. Não vê motivo para se aproximar e ajudar na prisão.

Jim e Kiko estão de tênis Asics e moletom. Mas com *esses* sapatos e calças?

Negro, *por favor*.

23

Área de Canoagem das Boundary Waters, Minnesota
Domingo, 16 de setembro – Quarta-feira, 19 de setembro

Começamos meio atrasados.

Pouco antes das quatro da manhã, Palin faz um discurso na frente de uma das cabanas dizendo que a adversidade é sei lá o quê, que o reverendo John queria não sei o quê, que aquilo é uma provação por que estamos passando e coisa e tal. Na verdade, é meio inspirador, principalmente por pressupor que alguém além de Palin dê a mínima para o fato de o reverendo John 3:16 por Aliciamento, como Del e Miguel passaram a chamá-lo, vir conosco ou não.

Depois disso todos estão estranhamente eufóricos, mas não muito animados em ter de acordar dali a duas horas para fazer canoagem. Então acaba que só partimos para Ford Lake por volta do meio-dia – uns noventa minutos antes da suposta reunião de Reggie com o xerife Albin. Alguém tem um problema, e não sou eu.

A flotilha é de onze canoas gigantes de fundo chato, com um guia de vinte e poucos anos na frente e atrás de cada embarcação. Onde Reggie arruma esses garotos que parecem saber o que estão fazendo, apesar de serem de lugares como Santa Fé, ainda é um mistério. Nós, os passageiros, sentamo-nos dois por bote no meio, de frente um para o outro e as costas apoiadas em pilhas de tralhas de acampamento cobertas por uma lona.

Nem uma vez em três dias eu acabei dividindo esse espaço interbagagem com Violet. A cadela de Del estava conosco, embora Del e Miguel tivessem ficado no CFS para cuidar dos equipamentos, e ela, Violet e a jovem parente de Palin, Samsung, formassem um grupo no primeiro dia. Violet e eu dormimos na mesma barraca pequena, e então tive de passar seis horas toda noite de pau duro e sentindo o cheiro dela, mas, quando montamos a barraca pela primeira vez, ela me disse:

– Podemos só, talvez, agir como profissionais?
– Que tipo de profissionais? – digo. Porque, ao que parece, até com piadinhas de merda eu respondo a sentimentos que me apunhalam o peito.*
– Não sei. Profissionais tipo os Hardy Boys?

O que só piora as coisas.

As montagens e desmontagens são complicadas.† Não sei por que pensei que entrar no mato exigiria menos equipamento de alta tecnologia do que, digamos, jogar golfe ou projetar carros de corrida, mas eu estava enganado. E este é um cruzeiro de luxo: os guias de Reggie estão cozinhando três refeições quentes por dia em fogões a nafta. Pratos liofilizados de sacos Mylar, talvez, mas ultimamente pode-se liofilizar até bisque de lagosta.

Os guias, com os pelos do braço louros do sol, também fazem toda a portagem. A certa altura, preciso ajeitar um de seus ombros deslocados. Os hóspedes nem deviam remar, embora uma vez os guias tenham decidido que podiam confiar em nós pelo menos para não atrasar o caminho e nos deixaram remar para combater o tédio.

Por mim, tudo bem. Talvez haja outras nove pessoas nesta excursão, cujo trabalho seja prestar atenção, mas sem um cro-

---

* Se eu um dia tiver um ataque cardíaco, provavelmente farei duas horas de material.
† Estou me referindo às tralhas de acampamento, evidentemente.

nograma organizado – que nem mesmo os seguranças de Palin têm, porque é difícil demais dormir em canoas – ter tantos olhos só lhe dá um senso de complacência. O que começa rápido: os seguranças de Palin nem sequer acham o acampamento de metanfetamina por que passamos na tarde do primeiro dia. Violet, Samsung e Bark acham.

É pequeno, mas fica perto da trilha, e os seguranças de Palin não deviam deixar passar. Ao lado de uma barraca moderna e octogonal, há uma mesa de piquenique tosca de madeira com uma ponta em um toco de árvore e um jogo de química orgânica por cima. Alguém teve muito trabalho para lavar sua vidraria. Por outro lado, eles conseguiram prender uma lona por cima e instalar um ventilador industrial ali. O ventilador, encostado numa árvore, não está ligado a nada, mas gira lentamente com o vento, com garrafas de Coca Zero presas às lâminas.

Dentro da barraca em si – além do fedor corporal, três sacos de dormir e todo um monte de embalagens de comida – há uma caixa de balas, de papelão, com a etiqueta "7.62 X 39". Como se usava numa AK-47.

Nada nesta instalação diz que foi evacuada por qualquer outro motivo além de esperar até que fôssemos embora. Os seguranças de Palin são a favor de quebrar todo o equipamento de preparo para estimular os donos a ir para outro lugar, mas sinto que devemos viver e deixar viver, porque irritar um bando de junkies que talvez estejam nos vendo agora mesmo parece uma má ideia. Os seguranças de Grody concordam comigo. É como uma convenção de seguranças essa clareira.

Acabamos por deixar o acampamento de metanfetamina intacto, possivelmente porque os seguranças de Palin ficam constrangidos por não o terem encontrado eles mesmos.

Todo o incidente me lembra de Dylan e me faz desejar que ele tenha se esforçado muito para descobrir o que houve com ele antes de sairmos de Ford.

Não estou dizendo que a excursão não seja pitoresca. No início do terceiro dia, duas lontras de verdade se aproximam do barco em que estou, contorcendo-se para ficar de costas e sorrindo para mim como um perdão divino. Do alto de alguns morros, podemos ver árvores e água no horizonte para todo lado. Alguns lagos são grandes o bastante para ter crista de espuma, e estar neles numa neblina lembra fazer parte de uma invasão viking de Avalon. Aqui uma fogueira sob um céu estrelado. Lá um campo de flores. Ali mais algumas pedras e árvores de merda.

Para ser justo, provavelmente há um aspecto das Boundary Waters que você não capta quando está num grupo de 44 pessoas. Sempre há um polegar na sua lente, por assim dizer.

Palin parece tão interessada em me evitar durante a excursão como eu estou em evitá-la, mas ela também parece legitimamente gostar de ficar ao ar livre, e leva bem na esportiva as privações incrivelmente menores por que passamos. Tyson Grody também. Ele saltita por todo lugar.

Quase todo o mundo parece estar de bom humor. As pessoas que vi fazendo curativos em suas bolhas, como a sra. Fick, ou porque nós dois fingíamos urinar no bosque enquanto marcávamos locais no GPS portátil que não devíamos ter, como Wayne Teng, com quem acabei me sentando por uma parte ou mais da viagem. Numa barricada do monte de bagagem, cara a cara com ninguém mais com quem conversar, não se pode deixar de aprender muito sobre uma pessoa.*

A sra. Fick me conta uma história que ela insiste em dizer que não devia – por bons motivos, pelo que se vê –, mas que eu gosto

---

* A não ser que a pessoa seja eu.

de ouvir. Um dos seguranças de Palin me diz que ele e os outros usam fones de ouvido de fio em espiral porque os fios conduzem o som de fora, e por isso não bloqueiam o ouvido. Depois ele me diz que há um dispositivo novo que se prende *atrás* da orelha e transmite som diretamente pelo osso temporal, e assim se evita que o canal auditivo fique constantemente eczematoso pelo uso do plástico do fio, mas é tão caro que só os agentes *verdadeiros* do Serviço Secreto conseguem usá-lo. O que esses caras não são. Ele até me conta a história de como ele saiu de uma categoria para entrar em outra, outra coisa que fico feliz em ouvir.

Mas a história que mais me afeta – e aquela em que gastei até agora o maior número de horas analisando, na esperança de deduzir que merda nos estava acontecendo – é a que Wayne Teng me conta de manhã, com as lontras.

PROVA H

Rua Xinjiekou, Universidade de Pequim
Pequim
Quarta-feira, 17 de maio de 1989*

"Wild Thing" – a versão dos Troggs. Teng Wenshu o coloca no toca-discos e aumenta o volume quando Link Wray chega ao fim. "Wild Thing" é uma música irritante de se tocar, porque dois minutos e trinta e quatro segundos depois você tem de tocar outra coisa, mas parece adequada. O mundo enlouqueceu.

Teng tem o *Diário do Povo* de hoje aberto na mesa de mixagem, que, a não ser que esteja sonhando, está repleto de fotos dos manifestantes da praça Tiananmen. Ele olha a matéria de duas páginas dos estudantes da Academia Central erguendo uma estátua da Deusa da Liberdade de 12 metros na frente do retrato de Mao na ponte Jinshui.

Emoldurando as fotos – que invadem toda a edição gigantesca – estão artigos sobre o idiota do mal que Mao era. O que Teng pode ver, sobre o Grande Salto, tem a frase "30 milhões mortos de fome".

Para Teng, cujos pais eram atores de teatro em Pequim antes da Revolução Cultural e tiveram a sorte de ganhar a subsistência

---

* **Como sei disso**: Conversas com Teng Wenshu (ocidentalizado como "Wayne Teng"), vários livros de referência.

como trabalhadores em uma fábrica de televisores em Xiaoqiang depois disso, o fato de que Mao era um idiota do mal não é novidade. Nem o fato de que esses estudantes em Pequim estivessem protestando, ou que o restante da cidade os apoiasse. A Praça Tiananmen fica 6 quilômetros ao sul dali. Seus colegas de quarto vão para lá todo dia.

Mas o *Diário do Povo* admitir uma merda dessas? O *Diário* é o jornal oficial do Partido Comunista Chinês. Está nos lares de 650 cidades só na China, e em provavelmente metade desse número pelo mundo. E ontem mesmo você podia ler todo ele sem ter ideia de que os protestos – ou os últimos quarenta anos – sequer aconteceram. Ou que Mao era algo além de um deus.

Além de tudo, o Movimento pela Democracia não tomou posse do *Diário do Povo*. Esta edição é o jornal que o PCC permite ser. O que quer dizer que o PCC pensa que já perdeu. E significa que perdeu mesmo.

Isso suscita algumas possibilidades interessantes.

Até agora, Teng manteve-se o mais afastado possível da Tiananmen. Uma coisa é seus colegas de quarto, cujos pais eram todos membros do partido, irem e voltarem delirantes de empolgação e das pessoas lhes levando comida, de dormir lado a lado com revolucionárias em barracas de cachecol de seda, falar dos Portões Celestiais.*

A possibilidade de que Teng um dia venha a se tornar advogado e membro do partido é a única esperança de sua família. Seus pais em Xiaoqiang estão destruídos. Seu irmão mais velho, tendo nascido enquanto a central de eletricidade apodrecida da cidade ainda largava carvão nas ruas como neve, tem o intelecto de um menino de 8 anos. Teng, nascido dois anos e meio depois – e um ano e meio depois de entrar em operação a Hidroelétrica

---

* "Tiananmen" significa "Portões da Paz Celestial". Risos da claque.

Popular de Sanjiangyuan, quando de repente havia muito menos bebês em Xiaoqiang que pareciam seu irmão – *deve* a eles.

E ele nem precisa assumir riscos. Há um ano, ele passa duas horas toda manhã tocando música vagamente evocativa do movimento dos direitos civis americanos numa estação de rádio que ele mesmo remontou. Claro que a era do movimento dos direitos civis americanos também era de Mao, e Teng tende a tocar a música mais inofensiva e chata da época que consegue encontrar. Também é claro que trocar as válvulas de um Transmissor Padrão RCA 1-K não foi um grande desafio para alguém literalmente nascido em uma fábrica comunitária de televisores – dado que eles nasceram depois que a Hidroelétrica Popular de Sanjiangyuan entrou em operação. Mas as pessoas terminaram em listas negras por muito menos.

E a Tiananmen é um clássico, com um passado cruel. O lugar foi construído pelo imperador *Yongle*, pelo amor de Deus.* Até Deng Xiaoping foi preso ali em seus tempos de estudante.

Ainda assim, há uma imagem se formando na mente de Teng que ele não consegue expulsar.

A estação de rádio de Teng, embora tenha o tamanho de um armário grande e seja sufocante do calor das válvulas – outros motivos, provavelmente, para que a universidade tenha deixado de usá-la –, tem duas linhas telefônicas que funcionam. E, mesmo que Teng nunca tenha feito nada com ela além de anunciar

---

* O prestígio de Yongle como símbolo da crueldade na China parece vir em parte de ter sentenciado o historiador Fang Xiaoru ao "extermínio dos dez agnatos". Um "agnato" é uma geração, e por isso sentenciar alguém ao, por exemplo, extermínio de *três* agnatos envolveria matá-los e a todos os parentes de sua geração, a geração dos pais e a dos netos. Como precisamente isto funcionava para dez agnatos não está claro, uma vez que não deve ser fácil executar o tataravô de alguém, e, se o condenado deixa quatro ou cinco gerações de descendentes, parece que alguém não andou fazendo seu trabalho. Mas aparentemente o recorde anterior era de nove.

títulos de músicas, *há* um microfone ali: um PB-44A de 1933, pesado como um ferro.

Ele podia colocar no ar. Conseguir notícias por telefone da praça, ou de outro lugar onde a revolução estava começando. Transmitir com alguma coisa dos Doors ao fundo. Tornar-se a voz do movimento estudantil, influenciando, se não as chances de vitória – é tarde demais para isso –, então a forma do que vier a seguir.

O quanto isso seria arriscado? Quais são as chances de haver sanções *agora*? Como isso se daria? Segundo o *Diário*, até a polícia de Pequim agora está ao lado dos estudantes. O PCC teria de mandar o Exército – o Exército *do Povo*, que teria de abrir caminho armado pelos arredores da cidade, com os cidadãos a se deitar na rua e a virar ônibus para deter seus tanques e transportes.

E para que fim? Para continuar a fazer da China, além de quatro cidades favorecidas, uma fábrica-estado? Para manter os pobres condenados e os membros do partido livres para fazer o que quiserem, a quem eles quiserem, enquanto fixam preços para o que eles querem comprar ou vender? Quem lutaria por isso?

Muita gente, lembrou ele a si mesmo. A corrupção só incomoda pessoas que ficam de fora dela. E ela não inclui todo mundo.

Teng se obriga a imaginar as consequências de ele se unir ao movimento e *não* terem sucesso. Se *houver* sanções e esta reação vencer.

Digamos que ele passe as três semanas seguintes ali em seu estúdio, constantemente retransmitindo informações. Ele estaria rouco e alucinando de calor e privação de sono a essa altura, mas provavelmente também em êxtase. E digamos que o PCC, então, mande o Exército – e que o mundo, por seus próprios motivos corruptos, deixe que assim façam. Teng provavelmente ouviria primeiro os disparos pelas linhas telefônicas, duvidando de que fossem reais. Depois os ouviria nas ruas enquanto fugisse.

Teng faz o que pode para se imaginar escondido na casa de um amigo nos subúrbios do noroeste, sem saber se o que o mantém desperto apesar do cansaço é que o colégio ao lado está sendo usado para arrancar confissões, e os gritos continuam por toda a noite, ou que a recompensa por ele agora é de 100 mil iuans e o amigo não foi tão bom assim.

Ele tenta se imaginar entrando sorrateiro em uma "ala de confissão" para pessoas cujos crimes foram menos graves que os dele – algo que em si lhe garantiria a ruína – só para ter o passaporte carimbado e poder comprar uma passagem de trem. Assim ele pode voltar para casa, um completo fracasso, para sua família arrasada em Xiaoqiang.

O que aconteceria então? Ele ficaria permanentemente não empregável, mesmo pela fábrica de televisores. Teria de trabalhar com tecnologia de mercado negro, que exigiria habilidades inteiramente novas. Mas provavelmente habilidades de computação, uma vez que fazer manutenção ilegal em redes de computadores – outra coisa que podia lhe granjear a ruína – podia ser a única maneira de ganhar o bastante para comer.

É claro que, se *isto* acontecesse, por mais absurdo que se considere, e Teng de algum modo *sobrevivesse*, é verdade que ele podia acabar com algumas habilidades que seriam únicas. A capacidade de projetar e fabricar roteadores de internet multiprotocolo, digamos. Ou, quando o estado da arte melhorasse um pouco, os de protocolo único.

Se as coisas saíssem bem, ele podia até terminar com habilidades tão singulares, que sua utilidade – primeiro para os membros do partido local, depois para os membros do partido em Pequim, e por fim para toda a China – começaria a sobrepujar seus crimes. Quem sabe? Um dia ele talvez fosse capaz de operar abertamente, como o diretor-executivo de sua própria empresa. Chamada, digamos, Industrial Cao Ni Ma. E tornar-se tão absurdamente rico, que – 25 anos depois da Praça Tiananmen – daria um passeio na Estação Espacial Internacional, não por causa do dinheiro que os russos pedem, mas porque seu irmão tem medo de altura. Ou aceitar, com a mesma despreocupação, um convite para caçar monstros do lago no Minnesota no único Ano do Dragão de Água que cairá durante a vida dele e de seu irmão.

Em sua emissora de rádio, com o isolamento acústico de algodão fragmentado e empoeirado, Teng zomba de si mesmo por ser tímido. Nada disso um dia vai acontecer. O *Diário do Povo* o disse.

"Wild Thing" está acabando. Em segundos, o braço da agulha vai pular, encerrado.

Em vez de colocar outra música, Teng puxa as chaves dos dois toca-discos. Ergue o microfone do alto do gabinete Ampliphase. Liga o botão "on" para testar e o ouve estalar em seus fones.

E, com a mesma simplicidade, une-se à rebelião.

24

Lake Garner/White Lake
Área de Canoagem das Boundary Waters, Minnesota
Ainda quarta-feira, 19 de setembro

Assim que aportamos na margem nordeste do Lake Garner, eu levo minha mochila para o canto do bosque no White Lake. A noite cai rapidamente – são duas horas mais tarde do que quando armamos acampamento ontem e no dia anterior –, e eu não quero ninguém me importunando. Nem mesmo Violet. Não quero pensar no que estou prestes a fazer mais do que tenho de fazer.

Passando pela faixa de terra que separa o canto nordeste do Lake Garner da extremidade sul do White Lake, chego ao começo da praia estreita e rochosa que segue ao norte pela margem oeste do White Lake. Baixo minha mochila ali.

Tudo já está profundamente cinza e sombrio. O terreno arborizado ao lado da praia se ergue íngreme ao seguir para o norte, deixando o White Lake no fundo do que essencialmente é uma greta de granito em zigue-zague. Como prometido, o lugar é desolado.

Eu tinha acabado de colocar meu traje de mergulho quando Samwise, a jovem parente de Palin, aparece de um canto.

– Vai nadar? – diz ela, surpresa.
– Vou – digo.
– No White Lake?
– É.
– Por quê?

Roubo uma frase de Violet Hurst.

– É ali que os monstros estão.

Ela assente, confusa.

– Viu a Bark?

– Não. Algum problema?

– Ela estava no bote comigo e com Violet, e quando estávamos chegando à faixa de terra ela saltou e correu para o bosque, meio como você fez.

– Quer dizer que ela veio para cá?

– Não. Achamos que ela foi direto para o morro.

O que quer dizer paralelamente ao White Lake, mas pelo alto do penhasco, em vez de no sopé, onde estávamos.

– Eu não me preocuparia com ela – digo. – Tenho certeza de que vai voltar. Os cães são burros, mas ela parece gostar de vocês.

Samwise ainda parece preocupada.

– Vai ficar de olho nela?

– Claro que sim.

– Obrigada.

Ela sai, e eu pego meus pés de pato e minha lanterna.

A água é fria pra burro e pela máscara de mergulho, no facho de luz da lanterna, parece uma sopa de legumes. Partículas imóveis em toda parte. Fora do facho da lanterna, não se consegue ver nada além de preto.

Eu devia sair da água e me vestir antes que a jovem parente de Palin, Samwise, conte a alguém que estou aqui. Eu já começava a chutar coisas que por acaso não estavam ali quando lancei a luz da lanterna a meus pés. A trilha sonora de filme de terror de minha respiração pelo snorkel não ajudava em nada.

Mas há uma coisa que quero ver primeiro. Coloquei a cabeça para fora da água e nadei até a faixa de terra.

Desde que Charlie Brisson se revelara indigno de confiança com relação à sua perna, estive me perguntando com que precisão ele descreveu essa faixa de terra. Com muita, estou surpreso em descobrir quando chego lá. O lugar não passa de um amontoado de raízes podres, com terra e grama por cima como um corte à escovinha. Com a máscara para trás, posso ver que as raízes continuam a se espalhar enquanto afundam cada vez mais na água, presumivelmente atingindo o fundo em algum lugar abaixo de mim, ou mesmo atrás, entrando pelo White Lake.

Transfiro a lanterna para a mão esquerda e vou para a extremidade da faixa, usando a mão direita para me impulsionar pela parede de raízes como se fosse uma escada horizontal submersa.

Peixinhos brilham prateados no facho da lanterna, comendo o musgo tão fino que parece névoa verde. Porém, nenhum deles ultrapassa a estrutura protetora das raízes. Pergunto-me se é possível eles nadarem até o Lake Garner.

E então a lanterna capta algo brilhante e grande à minha frente.

É uma parede de granito laranja avermelhado. Confuso, eu subo e avanço pela água.

Nadei por toda a extensão do White Lake, até o penhasco do outro lado. Passei pela ponta da faixa 20 metros atrás – ou o que parecia a ponta, enquanto eu estava em terra. Sob a superfície, ela continua por todo o lago.

Volto por baixo. Há cerca de 15 centímetros de água entre a parte submersa da faixa de terra e a superfície. Ela é tão larga aqui como na praia.

O que significa que embora o White Lake e o Lake Garner compartilhem a mesma água, eles na realidade são lagos separados. Não para peixinhos miúdos que podem atravessar a barricada, talvez, mas certamente para qualquer coisa com tamanho suficiente para devorar um ser humano. Para algo assim, estar nesta ponta do White Lake será como ficar preso em um cesto de vime.

Horripilante. Mas pelo menos agora posso sair daqui. Enquanto volto nadando ao ponto de partida, evito o máximo possível ficar de olho nos meus pés com a lanterna.

Mesmo assim, ainda faço isso, e uma vez, quando faço, vejo uma grande nadadeira cinza cintilar na luz, a mais ou menos 30 centímetros de meu tornozelo. A pele da coisa é opaca como camurça, mas ainda parece escorregadia.

Minha máscara sumiu. Meu snorkel também. Minha lanterna se foi. Fico nadando como se despencasse de um prédio, sem nem sequer respirar, tentando decidir se atravesso a faixa de terra à unha enquanto ainda estou na parte submersa ou espero por terra de verdade.

E então estou no declive da faixa – a faixa verdadeira, a parte acima da água, sem pés de pato, subindo às pressas pela escada de raízes, plenamente consciente de que se perder o ímpeto ou errar um passo vou cair num monte de espinhos. Mesmo assim estou feliz por estar fora da água. Chego à relva. Um tronco de árvore. Agarro-me a ele e o impulsiono para um ponto de parada.

Cara a cara com Violet, que vinha andando pela faixa de terra para me alcançar.

– Lionel... O que houve?

Viro-me para a água. Nada. Ainda há luz suficiente para ver a superfície, mas não há nada acontecendo ali que possa justificar meus vinte metros de nado livre no pânico.

– Você viu? – digo.

– Vi o quê?

Não respondo. Estou dando uma busca pela superfície.

– Ah, *merda* – diz ela.

25

Lake Garner/White Lake
Área de Canoagem das Boundary Waters, Minnesota
Ainda quarta-feira, 19 de setembro

– Toc toc – diz alguém.

Estou recostado a uma árvore a que não me lembro de ter recostado. Sem o calção, vestido, e supostamente ajudando a procurar Bark, mas na realidade aproveitando a chance de me afastar de todos. Em particular de Violet, que está chateada comigo por não contar a ela que eu ia ao lago, e porque ela pensa que estou escondendo o que vi.

Tentei explicar: só porque vi uma coisa, não quer dizer que estivesse ali.

– E como *você* está? Estive procurando por você.

Naturalmente, é Sarah Palin. De olhos vidrados e febril, com um sorriso que se acende e apaga. Um de seus seguranças, de costas para nós, passa a um ponto perto da margem do Lake Garner.

– Estou bem, obrigado.

– Soube que você viu.

– Eu não vi nada.

– Como era? Era assustador?

– Como eu disse...

– Ele falou?

Eu a olho fixamente. Qualquer esperança que eu tivesse de Palin fazer com que eu me sentisse racional, pelo menos por comparação, está desbotando rapidamente.

– Não. Decerto que não falou. Por que falaria?

– Mas você deu de cara com ele.

Eu quase ri.

– O que quer que tenha acontecido lá embaixo, não dei de cara com nada. Estava é fugindo de alguma coisa. Provavelmente de nada.

– Ora essa, tenha dó. Não seja tão duro consigo mesmo. A coisa é *maligna*. Não deve parecer boa.

– Sra. Palin, se há alguma coisa que esteja tentando me dizer, *pode* seguir em frente e falar.

– Me chame de Sarah. Ou governadora. Não sou desse tipo de feminista.

– Sarah, então. Do que está falando?

– Você ainda não entende?

– Não. Não entendo.

Ela mordisca o lábio.

– Não sei o quanto o reverendo John ia querer que eu lhe dissesse.

O cara que não distingue uma agente federal de uma prostituta de rua? Eu sei que o que estou a ponto de dizer é manipulativo, mas estou de mau humor.

– Sarah, talvez haja um *motivo* para o reverendo John não estar conosco agora.

Ela faz que sim com um lento movimento da cabeça, virando-se. Por fim fala:

– Você leu a passagem?

– Aquela de Isaías? Sim.

– E entendeu?

– Não sei bem. É a ideia de que há uma espécie de serpente do mar no White Lake?

Ela assente.

– E que quem escreveu Isaías de algum modo sabia disso?
– E quem escreveu o Apocalipse. E o Gênesis. Quer dizer, *seu* povo sabe do Gênesis.

Meu povo também sabe do Apocalipse, ora essa... Não vemos filmes de terror? Mas tanto faz.

– Está falando de Jonas e da baleia? – pergunto.

Ela parece confusa.

– Estou falando do Gênesis.

Acho que Jonas não está nesse.

– Sabe Adão e Eva? – diz ela. – A Serpente?

– Está me dizendo que o Monstro do White Lake é a cobra do Jardim do Éden?

– Não. – Ela olha em volta. Baixa a voz a um sussurro. – Estou dizendo que é a *Serpente*. Bem, normalmente eu deixo esse tipo de coisa passar. Concordo e me retiro. Mas neste momento tenho a estranha necessidade de coisas que façam sentido.

– Tenho certeza de que "serpente" e "cobra" significam a mesma coisa – digo.

– A ciência é que *quis* que significassem a mesma coisa. Mas na Bíblia a Serpente é a Serpente. Ela dá a Eva o fruto proibido, e Deus a transforma *em* cobra. Deus diz: "Rastejarás no pó." O que só pode acontecer *depois* que Adão e Eva saem do Jardim do Éden, pois, se assim não fosse, por que haveria pó? O mesmo acontece com o fruto proibido: todo mundo pensa que é uma maçã, mas a *Bíblia* jamais diz que é uma maçã. E a Bíblia *fala* de maçãs. Assim como todo mundo pensa que a Bíblia diz que havia três sábios...

– Entendi – digo. – Então, se a Serpente não era uma cobra, o que era?

– *Exatamente.* O que era?

– A pergunta é minha.

– Não sei. Só o que temos são pistas. Já ouviu falar do Número da Besta?

– O 666? – digo.

Acho que posso fugir fisicamente.

– Bom, *parece* 666.

Mas dizem que ela pratica corrida.

– Na realidade é 999?

Palin ri e me dá um soquinho.

– Não. Fale sério. – Ela olha em volta de novo, depois estende a mão e torce um galho verde de uma árvore, como nossos guias jovens de Reggie ficaram quatro dias falando que não fizéssemos. Usa para desenhar três 6 em uma linha diagonal descendente, da direita para a esquerda, com um traçado contínuo. Parece uma espiral.

– O que é isso? – diz ela.

– Um pelo pubiano?

– Dr. Lazarus!

– Não sei. O que é?

– Que tal um filamento de DNA?

Olho para ele.

– Bom, normalmente o DNA é desenhado com dois filamentos, mas nessa escala pode parecer apenas um. Mas ele não se estende numa linha. Também existe DNA de filamento único, eu acho...

Ela bate palmas.

– Que foi?

– Você *sabe*! – diz ela. – Pode *pensar* que não, mas você sabe! – Ela me imita: "*O DNA em geral é desenhado com dois filamentos. Talvez seja um DNA de filamento único*". – Não é agradável. – Mas e se for só um filamento de um DNA de *dupla* fita?

– Não sei – digo. – Falta um?

– *Exatamente*. Aquele que se encaixa. Sabe o que significa o "H" de Jesus H. Cristo?

– Não.*

– Sabe o que quer dizer "haploide"?

– Você se refere a ter apenas um conjunto de cromossomos?

– Sim. Como um espermatozoide ou um óvulo.

– Ah – digo. – Está dizendo que Jesus só tinha um conjunto de cromossomos.

Ela me pega pelo braço.

– *Sim!* Porque ele é metade Maria, metade Deus. E Deus não *tem* cromossomos. Por isso Jesus é o elo entre o mundo dos humanos e o Paraíso. E por isso ele precisou ter uma alma temporária quando esteve na Terra, que chamamos de Espírito Santo. *Mas veja só uma coisa.*

Fico esperando, com uma sensação não de todo desagradável que pode ser qualquer coisa. Até uma galinha de borracha.

– *Onde está a outra parte do DNA? O filamento que combina com este?*

– Não sei.

– É seu *oposto*.

– Tudo bem.

– E quem é ele?

– Ainda não sei.

– O *Outro*.

– O Outro?

– Por isso ele é chamado de *Anti*cristo. Sabe de quem estou falando.

– O Diabo?

– A *Serpente*. – Ela aponta para a espiral que desenhou. – Está vendo? Por que acha que tem essa aparência?

– Quer dizer, de uma cobra?

---

* É um *eta*, letra grega que soa como um "E" longo e fechado. "Jesus" é abreviado para "IHS" na Bíblia grega.

– Quase chegamos ao ponto em que as pessoas podem se recriar por clonagem. O que significa que elas só vão *precisar* de um filamento de DNA, em vez de um de cada genitor. O que elas *acham* que vai torná-las imortais. Mas é uma imortalidade errada, pois significa que ninguém entra no Reino dos Céus. Porque a Árvore do Conhecimento não *devia* ser a Árvore da Vida.

– Clonagem? – digo.

– Mas *não vamos deixar que isso aconteça*. E sabe o que mais? Nós estamos *preparados para isso*.

Olho para ela. O "nós" dá uma nova conotação a tudo.

– Preparados para o quê? – digo.

– Para matar.

– Matar um pedaço de DNA?

– Matar a *Serpente*.

Ela se ergue sobre os dedos dos pés, coloca as mãos em meu rosto e me beija. Fria e nada sensual, como brigões de bar se cumprimentando em um país europeu que você nunca visitou.

– Não tenha medo – diz ela.

Quando ela recua, vê algo em sua visão periférica e se afasta.

É Violet Hurst, nos encarando. O segurança de Palin atrás dela fica todo encabulado.

Palin lança as mãos ao rosto e corre para o acampamento, trinando:

– Não é o que parece! Não é o que parece!

– Não ligo! Não ligo! – grita Violet para ela.

– Não é mesmo – digo eu.

– Não dou a mínima. Sério. Só vim procurá-lo para perguntar se você achou a Bark. Acho que não encontrou. Obrigada por procurar.

26

Lake Garner/White Lake
Área de Canoagem das Boundary Waters, Minnesota
Quinta-feira, 20 de setembro

Às três e meia da madrugada, fiquei enjoado do calor suarento de meu saco de dormir e decidi me levantar. Violet ainda estava de costas para mim.

Do lado de fora, ao luar de TV em preto e branco, há uma névoa baixa no chão, do tipo que pensei que só aparecesse nas discotecas e filmes de vampiro. Cobre todo o acampamento e entra pela superfície do Lake Garner, exalada pela terra e pela água quentes. A lua está em quarto crescente de novo, como no dia em que Reggie e eu conversamos na varanda dele, embora eu suponha que agora esteja dando para outro lado, se é assim que a lua funciona.

Ouço vozes baixas e vejo uma brasa vermelha do outro lado do acampamento. Por diversão, passo de mansinho por Reggie e por um dos seguranças de Palin enquanto eles discutem por que ursos de outras cores são chamados de ursos-pardos.

– O atum peixe é o único animal que se chama atum – diz o segurança.

– Tem razão, filho – diz Reggie. – Não seria assim se houvesse um atum pássaro. – Só para constar, eu não vejo realmente o segurança dar um tapa no baseado de Reggie.

Pouco antes de eu entrar no bosque, percebo mais alguém e quase o derrubo, mas é só um dos seguranças de Wayne Teng, olhando-me sem fazer comentários.

⁂

Começa uma chuva fina enquanto estou na base da faixa de terra, que se estende como um braço na neblina que sai dos dois lagos. Não tenho certeza de que tipo de exercício idiota "enfrente seus medos" isto devia ser, mas, desde que não exija pegar traje de mergulho, por mim tudo bem. Não consigo enxergar nem mesmo a superfície da água. E, se as nuvens conseguirem cobrir a lua, não poderei ver nada.

Mas ouço alguma coisa.

É um zumbido. Sutil – não passa de uma mudança de pressão nos canais auditivos, como acontece quando a geladeira arma no apartamento ao lado.

Mas tenho certeza de que não é isso. Sigo a praia ao norte da borda da ravina que se amplia e contém o White Lake. A praia é estreita e irregular, mas fácil de seguir mesmo na névoa: há uma muralha de granito ao lado dela.

O zumbido fica mais alto. Depois de um tempo, chego ao ponto onde o paredão do penhasco e toda a ravina entortam para a direita, revelando um novo trecho de água. Nele algo que deve ser um barco: cintilando de metal pela neblina flutuante, e um fraco brilho verde.

Deixei o binóculo e a mira noturna na barraca, é claro.

O zumbido para. O barco só está à deriva.

⁂

– O que está fazendo? – diz Violet, enquanto vasculho minha mochila. – Achou a Bark?

– Psiu. Não. Tem um barco no White Lake.
– O quê? – Ela se senta apoiada nos cotovelos. – Por quê?
– Não sei. Não consegui ver direito.
– Vai voltar?
– Vou.
– Por que não me acordou?
– Eu acordei.
– Eu quis dizer intencionalmente.
– Porque pode ser outra oportunidade de levar um tiro.
Violet começa a tatear em busca das roupas.
– Eu vou.
– Está chovendo.
– Quem liga pra isso?
– Temos de correr.
– Tudo bem. Vou tomar um banho de chuva em vez de banheira. Qual é o seu problema?
Alguma coisa. Vejo-a abrir o zíper do saco de dormir e, ainda deitada, vestir os jeans pelas coxas arrepiadas. Eles esbarram por um momento em seu monte de Vênus. Ela tem de puxar para soltá-los e subir até a barriga despida.
Quando olho seu rosto, ela está me vendo olhá-la. Não criticamente, mas está.
Não há muito que se possa dizer numa hora dessas.
Abro o zíper da barraca. Agora a chuva é forte.

ˀ❤❤ (

O barco é um Zodiac grande, de mais ou menos 20 pés, com um pedestal fixo no meio para o remo de leme e suportes de pesca de metal que sobem e se projetam pelas laterais como guinchos de obra. Mesmo com o binóculo, é difícil ver mais detalhes que isso através da neblina. Minha câmera digital, que também trouxe, é inútil.

– Olhe – diz Violet, entregando-me a mira noturna. A chuva é tão barulhenta que ninguém se preocupa em falar baixo. – Ele ainda está cavando com a pá e jogando na água.

A primeira coisa que faço com a mira noturna é olhar a praia atrás de nós. Obrigo Violet a segurar minha mão enquanto saímos sorrateiros do acampamento, para que quem nos vir pense que saímos para trepar. Mas, como Violet apontou, algumas pessoas não considerariam isso um impedimento.

De qualquer modo, ter de falar com alguém segurando minha mão não faz com que me sinta um anormal ou um menino de 6 anos.

Uso a mira para olhar o lago. Pelo aguaceiro e pela neblina, fica mais opaco sob o infravermelho, mas posso ver que o barco tem um pneu achatado e muito rodado erguido na frente como a figura de proa de um navio, e pneus erguidos idênticos nos dois cantos. Perto do pneu da frente, há algo que parece muito um arpão carregado. Na popa, há um motor grande saindo da água e um muito menor com a hélice ainda abaixada. Este deve ser o elétrico.

– É anfíbio – digo.

– É. Desculpe, pensei que pudesse ver isso pelo binóculo. O que ele está fazendo?

– Não estou vendo.

Há uma nuvem de brilho acima da estrutura do leme, possivelmente de um display de sonar, mas só vejo o cara quando ele se ergue de onde estava agachado, entre o leme e o que parece um isopor grande embutido na traseira. Ele segura algo com uma das mãos, como um arremessador de peso.

– Agora eu vejo – digo.

– Dá para ver a cara dele?

– Não. Ele está do outro lado do barco, de costas para nós. – Além disso, como Violet, eu e provavelmente todos os que estão acordados ao ar livre a essa hora em Minnesota, ele está com um anorak de capuz. Pelo menos podemos adivinhar o que ele ouve: o barulho das gotas de chuva no Goretex.

Passo a mira noturna pela praia de novo e a entrego a Violet.

– Agora ele coloca alguma coisa num gancho grande que tem uma linha naquela coisa que corre pela lateral – diz ela, depois de um minuto. – Acho que é carne.

Alguns instantes depois ouço o guincho do motor, mesmo com o temporal. É mais alto que o motor elétrico de popa.

As mãos de Violet voltam à mira, e vejo o homem se endireitar e se virar para nós.

Onde deveria estar a cara dele, há uma luz dolorosa.

– Merda! – digo, encostando a ponta da mira no casaco. Tarde demais, porém, eu sei.

– Que foi?

Sem a mira, não há nada além de escuridão. A luz que sai do rosto do sujeito é invisível.

– Ele está com óculos infravermelhos ativos – digo. – A mesma tecnologia que estamos usando. Ele pode ver a luz de nossa mira.

– Mas ele pode...?

– Pode. Deve estar olhando para nós agora. – Volto a mira para o olho.

Ele nos está encarando, o rosto ainda brilhando como um farol. Agora, porém, ele também porta um rifle.

Classic Remington 700, com uma grande mira e proteção antichuva. Não estou dizendo que foi a arma usada para matar Chris Jr. e o padre Podominick, mas as duas combinariam.

Assim, ao que parece, esta é a parte onde levamos um tiro de novo. Se o rifle tiver visão noturna, será uma longa correria louca de volta ao bosque em silhueta contra as face exposta do penhasco. Provavelmente fará mais sentido que nós mergulhemos no lago e tentemos nadar para longe do barco.

Mas o homem não aponta o rifle. Ele só o segura baixo, atravessado no corpo, como se me mostrasse ou tentasse se decidir. Depois o joga na frente do barco e vai para o outro lado, virar o motor grande na água.

– O que ele está fazendo? – diz Violet.

Eu lhe entrego a mira.

– Dando o fora daqui.

Na estreiteza do cânion, o motor a gasolina ronca como uma Harley. Ruídos de *blat-blat* graves que continuam mesmo enquanto outros, mais agudos, se formam acima deles. Depois o barco dá uma guinada e se retrai para o White Lake, arrastando a linha com o gancho.

Sai de vista ao fazer a curva seguinte antes que os fachos de lanterna das pessoas que se encaminham para a praia nos alcancem.

– Mas o que foi isso? – diz Reggie.

– Tem um barco no lago – diz Violet.

Sua esteira ainda provoca marolas em nossos sapatos.

27

Lake Garner/White Lake
Área de Canoagem das Boundary Waters, Minnesota
Ainda quinta-feira, 20 de setembro

– Mas que besteira – diz Violet.
– Foi exatamente o que aconteceu. Estamos em nossos sacos de dormir, deitados de costas. Acabo de contar a ela sobre minha conversa com Palin.
– Ela é totalmente biruta – diz Violet.
– Por quê? Só porque ela pensa que ter um conjunto de cromossomos é o mesmo que ter um DNA de filamento único, embora o pai dela tenha sido professor de ciências?
– O pai dela costumava esperar que as focas subissem para tomar ar antes de lhes meter uma bala na cabeça.
– Talvez ele pensasse que elas fossem o Anticristo. E como sabe disso?
– E como você sabe de Westwood sei lá o quê? – diz ela.
– Westbrook Pegler. Ele era famoso antigamente.
– E ela é famosa *agora*. E rica. Se houver um Anticristo, deve ser ela. Ela é uma oportunista de quatro costados.
– Mas acho que ela acredita *mesmo* nisso.
– Deve acreditar. O problema do mundo não são as pessoas irracionais. São as pessoas que ligam ou desligam sua racionalidade dependendo do que podem conseguir com isso.
– Talvez, mas o que ela pode conseguir acreditando nisso?

– Além do que Reggie está pagando a ela? Não subestime o atrativo de pensar que você é o centro das atenções de Deus. Os bebês fazem isso há anos. Merda. Eu queria *poder* ser igual a ela.

Eu rio.

– Não queria, não.

– Claro que queria. Ser seletivamente iludida é *demais*. Por que acha que adoro ficar bêbada?

– Ficar bêbada dissipa.

– É esse o problema. – Ela vê que a olho. – Sério. Eu *odeio* a realidade. Todo mundo odeia. As pessoas hoje adoram dizer "Cuidado com os presentes de grego", mas, quando Laocoonte disse isso na verdadeira Guerra de Troia e foi dilacerado pelas cobras, eles se mijaram de rir. O mesmo com Cassandra.

– É outra coisa do cavalo de Troia?

– É.

– Então talvez seja uma má ideia ser racional sobre o cavalo de Troia.

– E talvez um dia eu vá entender por que me dou ao trabalho de falar com você.

– Até parece que você faz isso com muita frequência.

– Que bom pra mim.

Ela se vira.

– Chicken Little é outro. – Eu finalmente penso nisso.

– O que houve com *ele*?

– Não sei. Mas ele, sem dúvida, era chamado de galinho.*

Ela se vira, apoiando-se nos cotovelos.

– Sabe qual é o seu problema?

– Diga.

– Você não só faz com que o perigo pareça divertido, como também ter informações parece divertido com você. Que é outra coisa que não é verdade.

---

* Depois devorado por uma raposa. Eu pesquisei.

– Obrigado.
– Não é um elogio. Boa-noite.
Alguns minutos depois, ela se vira de novo.
– Como foi o beijo? – pergunta.
– Não vou contar nunca. Mas foi divertido ver você com ciúme.
– Não era ciúme. Não estou interessada em beijar Sarah Palin. Nem estava antes de ver você fazer isso. Pareceu assustador.
– E foi.
Lá fora, um passarinho começa a tagarelar uma coisa ou outra. O amanhecer não deve demorar.
Violet fala:
– Como você sabe, Bill Rec e eu só passamos uma noite juntos.
– Não precisa me contar isso.
– Nem trepamos. Ficamos acordados a noite toda, conversando. E só fomos nos beijar quando o sol nasceu.
– Eu disse que você *não* precisa me contar isso.
– Foda-se. Estávamos em Tsarabanjina.
– É mesmo? Eu adoro Tsarabanjina.
– Fala sério?
– Claro que não. Onde fica essa porra?
– *Quem* você disse que estava com ciúme mesmo?
– Você. Onde fica?
– É uma ilhota perto da costa de Madagascar. Fomos lá seis meses atrás. Bill Rec queria que eu fizesse uma análise de rochas de um fóssil que ele pensava em comprar.
– Aquele no saguão do prédio dele?
– Bem...
– Que foi? – digo.
– Não é o fóssil real. Mas... não é importante.
Não é *importante*? Isso está parecendo papinho de autoajuda por telefone.
– O que quer dizer com não é o fóssil real?

– Aquele no saguão é de gesso, como os usados em museus.
– Não usam fósseis de verdade nos museus?
– Não para montar os esqueletos. Seria necessário furá-los e eles são pesados demais. Os fósseis de verdade são rochas sólidas dentro de outras rochas. Mas pode me ouvir, por favor? Era o lugar mais romântico da Terra. Tínhamos aquelas sacadas dando para o mar e podíamos nos ver de cada uma delas, e então ele me convidou para entrar. Bebemos e ficamos conversando.

Que ótimo. Minha fantasia da Violet Hurst pós-apocalíptica já se realizou. Para Bill Rec.

– De manhã, namoramos um pouco, depois eu voltei a meu quarto e dormi. E não aconteceu mais nada desde então.

– Ok – digo. Mesmo neutro soa amargurado, mas o que devo fazer: cumprimentá-la com um "toca aqui"?

– Desde então, eu mal o vi. Saímos para jantar algumas vezes, e foi totalmente estranho. Ele me convida para eventos da fundação, mas, se eu vou, ele mal fala comigo.

– Que amável.

– Depois ele me manda um torpedo quando chega em casa, e conversamos por umas duas horas.

– Por torpedos?

– É.

– E daí? Talvez você devesse cobrar dele.

– Tudo bem: pare de pensar sacanagem, por favor.

– Eu quis dizer pela terapia.

– Não importa. Conversamos sobre o que ele estiver pensando. Artigos que ele me mandava no trabalho. Antigamente eu os lia realmente para o caso de ele estar me mandando algum tipo de mensagem, mas acho que ele só quer se comunicar com alguém.

– Tem certeza de que é ele mesmo na outra ponta da linha?

– Você devia trabalhar com paranoicos, sabia? Seria muito tranquilizador.

– Então determinamos que ele fundamenta as conversas que tem com você. Ele está namorando outra?

– Não que ele tenha mencionado. Mas eu nem sequer acho que posso perguntar a ele.

– Por que *motivo* tolera isso?

– Porque nem sei se eu *quero* ter um relacionamento com Bill Rec. Naquela noite, realmente parecia haver alguma coisa ali, mas talvez eu tenha imaginado. Talvez eu *esteja* deslumbrada com a riqueza dele.

– Humm. Você não me parece particularmente materialista, mas posso entender por que se prender a um homem que compraria um dinossauro para uma mulher. Ele é um ser humano decente?

– Acho que sim.

– Só não é com você.

– Não é assim *tão* ruim.

– Pode-se dizer que ele deixa você na "lista de espera".

– Pelo menos não me demitiu. *Isso* é muito generoso.

– Não acredito nisso.

Violet estende a mão por cima de mim para pegar o cantil em sua mochila. Não me afeta – eu tive uma ereção desde que voltamos para a barraca.

– Não estou dizendo que sou uma merda de paleontóloga – diz ela. – Mas o projeto em que ele me colocou é uma porcaria total. Qualquer um, exceto Bill Rec, teria encerrado meses atrás.

– E foi ideia sua?

– Não, foi dele. Mas eu tenho mais condições de julgar isso do que ele.

– Você mente para ele sobre isso?

– Não. Digo que é ridículo e que ele devia dar por encerrado o projeto.

– E lá vem você. – Acrescento despreocupadamente: – Qual é o projeto?

Ela se detém para que eu entenda que está falando comigo porque quer e não por minha astúcia.

– Chama-se Projeto Poultroleum. A ideia é que, como os americanos matam 22 milhões de frangos por dia, e os frangos descendem dos dinossauros, devíamos usar seus ossos para fazer petróleo bruto. Não, eu não estou brincando.

– Claro que está.

– Não, não estou – diz ela. – É isso mesmo. É isso que eu faço: coordeno o Projeto Poultroleum para Bill Rec.

– Mas isso é mesmo possível?

– Claro que não. O petróleo não vem dos dinossauros, antes de tudo. Vem das algas e dos zooplânctons. Que você tem de esmagar sob pressões e temperaturas ultra-altas por milhões de anos em condições anóxicas, usando uma quantidade imensa de energia.

– E Bill Rec sabe disso?

– Mas é claro. É o que digo a ele desde que ele me contratou.

– Porra – digo. – Ele é mesmo apaixonado por você.

– Não penso assim.

– Então por que ele *não* demitiu você?

– Ele disse que não liga se o projeto vai dar certo ou não, porque vale a pena ter alguém de dentro que possa se tornar a mais avançada especialista no mundo em formação de petróleo.

– Faz sentido.

– Não, não faz. Não sou a pessoa certa para esse trabalho. A formação de petróleo tem sido uma subespecialidade muito bem paga da geologia há cem anos... É assim que sabemos onde perfurar. Existem 10 mil pessoas por aí que já são melhores nisso do que eu um dia serei. Nem estou interessada nisso. Acho que o petróleo só fez mal a este planeta. Para mim, toda tecnologia é um parasita em evolução da raça humana.

– E ele é um bilionário da tecnologia. Como eu digo, só pode ser por amor.

Violet ignora essa.

– Ele também diz que gosta de ter pesquisadores com raciocínio anticonvencional, porque ele só está interessado em planos de longo prazo. O que faz com que eu sinta que o estou explorando ainda mais. Quantas descobertas científicas importantes são resultado de alguém trabalhando sozinho, fora do meio acadêmico?

– Não sei... Penicilina? Relatividade?

– Nenhuma delas envolveu tecnologia. E as duas aconteceram há muito tempo. A tecnologia tem progressão logarítmica... Mesmo no mundo do petróleo, ela passa do ponto em que qualquer pessoa consiga acompanhá-la.

Ela bebe e me entrega o cantil. Eu o pego, estupidamente comovido.

– De qualquer modo – diz ela –, a premissa subjacente é de merda: a síntese exotérmica líquida do petróleo é uma máquina de moto contínuo. E, mesmo que você *possa* inventar uma nova forma de fazer petróleo, isso só levaria ao desastre ecológico antes da extinção do petróleo, em vez do contrário.

– Talvez ele queira alguém com essa atitude para o trabalho. *Eu* ia querer.

– Você não está entendendo. Não há trabalho. Eu não faço nada. Não há nada para fazer. Tenho um não emprego ridículo que provavelmente ainda existe porque o chefe ou está a fim de mim, ou se sente culpado por agir como agiu seis meses antes.

– Pensei que ele fosse o homem mais muquirana que existe.

– Eu não sou assim tão cara.

– E, se só está empregando você porque está a fim, ele não parece fazer grande coisa nesse sentido.

– Não, ele não faz, obrigada por observar. Mas a questão não é essa.

– E qual é a questão?

– É que eu não devia ter entrado em pânico por você ser... o que você é. Um "segurança assassino médico", sei lá. É totalmente hipócrita de minha parte agir como se eu fosse melhor que isso. Melhor que você, quero dizer. Eu *não* sou melhor que você, de maneira nenhuma. Se tanto, sou pior. Nós dois trabalhamos para Bill Rec. E o que você está fazendo para ele é muito menos vergonhoso do que o que eu faço.
– É *essa* a questão?
– É.
– Violet, você *é* melhor que eu.
– Não sou.
– Você é, sim. Obrigado por dizer isso, mas você é. Só está sendo severa consigo mesma porque pensa que devia estar lá fora tentando impedir a raça humana de se exterminar, mas você ainda nem sabe como fazer isso.

Ela me olha.

– Agora *você* está brincando, né?
– Não.
– É como Keanu: tão raso que parece fundo.
– Ei, pelo menos *parece* fundo.
– Cada vez menos, pensando bem. Você pode precisar recalibrar suas técnicas de avaliação de caráter, meu amigo. A única coisa que *eu* quero é aprender a relaxar e deixar que o mundo se foda sozinho.
– Sei.
– Foda-se o seu "sei". E, de qualquer forma, quem é *você* para falar desse tipo de merda? Você ainda nem me disse qual é o *seu* negócio. Que foi, você era da tropa de elite da Marinha? Trabalhou como segurança particular no Afeganistão? O que é?

É burrice minha ficar tão surpreso com essa pergunta como fiquei. Para disfarçar, eu me espreguiço enquanto bocejo.

– Diga-me – diz ela.

– Não é nada disso.
– Então... o que é?
Eu me afasto dela.
– Conto outra hora.
– Que tal agora?
– Não posso.
– Por quê?
– Preciso que você ainda fale comigo.
– Você não está preocupado que eu pare de falar com você porque você é irritante de tão evasivo?

Aproveito a deixa:
– Agora que falou no assunto...
– E agora está fingindo que vai *dormir*?
– Não estou fingindo. O monstro de manhã.
– Deve estar brincando comigo.
– Durma bem.
– Você *sabe* que só vou imaginar coisas que são piores do que pode me dizer.
– Vou correr o risco.
– E a primeira coisa que vou imaginar é que você *não* tem segredo algum, que seu único prazer é frustrar as pessoas.
– Hummm.
– Credo. Você é uma mula empacada. – Ouço-a virar-se também. – Falar com você é como falar sozinha.
– Também sinto o mesmo.
– Isso porque você é um narcisista. Boa-noite, dr. Azimuth.
– Boa-noite, dra. Hurst.

28

Lake Garner/White Lake
Área de Canoagem das Boundary Waters, Minnesota
Ainda quinta-feira, 20 de setembro

Sete e meia, meia hora depois do sol nascer, e a única coisa que ele fez até agora foi iluminar a neblina. Há neblina por todo canto. Até o Lake Garner parece estar dentro de uma nuvem. O White Lake parece o Cânion Esquecido pelo Tempo.

Reggie está distribuindo o café, como fez durante os quatro dias, acho que porque ele não tem muito que fazer. Seus guias sérios e esbeltos são eficientes demais. Assim como todos os outros, ele parece nervoso com o fato de que Bark ainda não apareceu.

– Você está bem? – pergunto.

– Quer dizer se estou preocupado com a porcaria da cadela de Del? Não. Ela deve ter se juntado a um bando de alces. – No entanto, ele lança um olhar culpado para Violet e a jovem parente de Palin, Frodo, que está sentada num rochedo com ar de desolada. – Eu estou bem. Excursões de canoa e monstros do lago não são minha praia, nem os excêntricos com barcos anfíbios, mas pelo menos já percorremos metade da parte da canoagem. A única coisa que preciso fazer é o caminho de volta.

– Reggie, o que aconteceu com todo o equipamento de caça que Chris Jr. encomendou e foi entregue depois de ele morrer? Como ganchos e outras coisas...

Ele dá de ombros.

– Devolvidos. Nunca pensei que viria aqui para usá-la.

Levo duas canecas de café para Violet e Frodo, mas Frodo já está tomando um chocolate quente; então fico com uma e me sento ao lado de Violet. Ela se curva para mim, se conscientemente ou não não sei dizer, mas quando foi a última vez que você se curvou inconscientemente para alguém?* Seja como for, é ótimo.

Os guias de Reggie preparam panquecas enquanto todos nós esperamos que a névoa se dissipe, se consuma, ou sei lá o que deve fazer. Ninguém fala acima de sussurros. Há um silêncio úmido no acampamento que, por uma hora, só é interrompido esporadicamente pelo canto dos pássaros.

Passada essa uma hora, porém, um barulho vindo do White Lake nos atravessa como se estivéssemos dentro da goela de Godzilla em THX.

Naturalmente, todo mundo pira, dispersando-se em um borrão de pânico que, por algum motivo, é difícil de olhar. Em vez de tentar, eu me pergunto sobre a escolha do momento. Supondo que o ruído foi provocado por um ser humano – buzina de neblina? Laptop conectado a um amplificador Marshall? –, então por que fazer isso agora? Por que não nos dar um ou dois dias para fuçarmos o White Lake, permitindo, assim, um pouco de verossimilhança? Ou, por outra, por que não acabar logo com tudo na noite passada?

Viro-me para pedir a opinião de Violet, mas ela e Frodo sumiram. Não só saíram da rocha: sumiram de vista, embora não pareça ter passado tempo suficiente para isso ter acontecido. Mas eu não tenho certeza se meu cérebro está funcionando direito. Um homem com o que parece um rifle na caixa passa por mim, e eu levo tanto tempo para processar seu rosto que ele some antes de eu perceber que era Fick. Ou que ele estava correndo.

---

* Uma vez que você não possa se lembrar conscientemente, suponho.

Depois todo o *conceito* de tempo começa a parecer completamente fodido. Por que as lembranças são de qualidade tão baixa que lembrar-se de Violet sentada a meu lado não vale nada se comparo com a experiência vivida no momento? Quer dizer, é claro que a carne não é o meio de gravação ideal. Mas a carne, antes de tudo, parece fazer todos os remendos certos das sensações.

Violet, porém. Sinto falta dessa mulher. Na realidade, estou tendo o mais estranho sentimento por ela. Como se tivéssemos passado 5 mil anos como estátuas de cada lado da mesma porta do antigo Egito, desejando poder entrar na pirâmide e trepar.

Alguém grita: "Rapazes, *parem*!" É Reggie – surpreendentemente, posso identificar *vozes* com precisão. Teng e seus homens passam, mas sem parecerem tridimensionais. Mais parecem Colorforms animados metidos em diferentes camadas de vidro, as árvores atrás deles como fontes em câmera lenta. O que eu suponho que sejam.

Muito bem, penso. *Já chega disso.*

No bolso do casaco, pego uma seringa descartável e um dos dois frascos de Anduril – quatro doses no total – que roubei do armário de medicamentos do dr. McQuillen.

O Anduril é um antipsicótico dos anos 1960. Dizem que bate como um martelo, mas funciona, e com efeitos colaterais metabólicos menores do que a merda que dão aos loucos agora. Também dizem que interrompe o efeito do LSD.

Mas ele pode travar os músculos, e é por isso que você precisa tomar com um antiparkinsoniano. Deste roubei também dois frascos.

Eu devia ter preparado a mistura antes. Preparar tudo agora leva um tempo seriamente longo. Não sei por que não o fiz. Ou por que não roubei todo o Andirol que McQuillen tinha. Eu preciso aprender a confiar mais em meus instintos.

Finalmente a seringa está pronta com a mistura. Como, neste momento, coordenar uma injeção em meu ombro parece mais difícil do que trabalhar num escritório por cinquenta anos, cravo a agulha no alto da coxa através dos jeans.

Apertar o êmbolo faz com que a agulha volte como uma mola para dentro da seringa. *Por isso* eu não misturei antes – agulha com autorretração! Incrivelmente brilhante, um projeto de seringa moderno. Como o Unabomber costumava dizer: a tecnologia um dia nos matará, mas cada pequeno exemplo dela será encantador.*

– Reggie! – grito, enquanto preparo outra seringa. – Mas que *merda* você fez?

Ninguém responde.

Ninguém por perto.

Porém, ouço vozes no White Lake.

Ando trôpego pelas árvores até a faixa de terra. Três das canoas estão na água, lado a lado, vindo para mim na névoa. Os guias remam com força, todos os outros estão de pé. Sem bagagem, três barcos são suficientes para todo o grupo.

E suas armas.

Reggie está gritando:

– Baixem as porcarias das armas!

Corro pela praia até chegar às canoas. Olho duro para Reggie ao passar por ele.

De frente, a situação é ainda pior. Só a *variedade* de armas é impressionante. Fick, a sra. Fick e Teng têm variações sobre os rifles de caça de cervos, embora o de Teng seja de aço inox. Os seguranças de Teng portam uns TEC-9. Não pensei que ainda *fizessem* TEC-9. Os seguranças de Tyson Grody têm pistolas variadas – duas cada um –, embora Grody esteja tentando pular

---

* Pessoalmente, eu não acho a tecnologia assim tão ruim. Se os dispositivos digitais realmente diminuíssem a probabilidade de as crianças desenvolverem as habilidades e a concentração para fazer coisas como projetar mais dispositivos digitais, como *isso* poderia ser um problema autolimitante?

e fazer com que baixem as armas. Os seguranças de Palin têm submetralhadoras Skorpion de aparência cruel.

A própria Palin tem uma *espada*.

Reggie Trager está seguindo a armada pela praia, aproximando-se de mim enquanto pula e acena, gritando:

– Parem!

Não vejo Violet em lugar nenhum. Nem Frodo. Escolhi as duas e o irmão de Wayne Teng para receber as outras três doses de antipsicótico, Violet porque é Violet, Frodo porque é nova e o irmão de Teng porque já passou por merda suficiente. Neste momento, o irmão está ajoelhado num dos barcos, olhando para frente com a cara frouxa.

Depois um dos seguranças de Teng aponta e grita algo que *tem* de significar "Olhem! Lá está!"

Porque olhem: lá está. Mesmo com o LSD começando a diminuir.

William, o Monstro do White Lake.

Ou, como parece de meu ângulo e pela névoa, três corcovas de tubos de ventilação de plástico preto ondulado, de mais ou menos 50 centímetros de largura, ondulando sem esforço e sendo movido pelo lago por meios que não dá para ver, mas podemos adivinhar pelas bolhas que sobem pela água.

– ESPEREM! – diz Reggie. – NÃO...

– Não! – grita Tyson Grody.

Todos os que podem abrem fogo. É mais alto que a buzina de neblina, ou o que quer que tenha sido.

As duas corcovas traseiras saem voando, abertas e agitadas. Duas mãos com luva disparam da água em um gesto de rendição, depois afundam de repente quando um dedo é baleado.

Os turistas e seus variados protetores pagos continuam a atirar – até os que estão atrás, que não têm uma linha de fogo clara entre as pessoas à frente deles. Grody grita e acena diante das pessoas em sua canoa, o que é de uma coragem do caralho, mas ele tem senso suficiente para se abaixar para realmente impedir alguém.

As pessoas continuam a gritar mesmo depois que um bote a remo faz a curva com Miguel e alguns outros caras de pé como George Washington, apontando armas para os turistas. A certa altura, Palin arremessa a espada, ao comprido. A mulher não tem um braço ruim.

– MAS QUE DROGA, MIGUEL – grita Reggie a meu lado, pouco antes de Miguel e companhia soltarem uma saraivada de balas. O que, dependendo do relato em que você acreditar depois, mira ou a cabeça das pessoas ou acima dela, dos que atiram no que fingia ser o monstro.

Desce um silêncio. A não ser por um latido de cão: certamente Bark está nadando para o barco de Miguel. Intermitentemente visível pelo nevoeiro, ela parece muito mais um monstro do lago do que a tubulação parecia. Não sei por que as pessoas nas canoas não abrem fogo.

Por um momento, todos, exceto Grody, que está agachado e chorando, continuam de pé. Depois Wayne Teng se curva abruptamente à altura da cintura e entra de cabeça no lago, e o balanço que provoca vira todos os outros na outra ponta de sua canoa.

Eu mergulho na água. O frio me deixa mais sóbrio de imediato. Pelo nível da superfície, mal consigo enxergar através da névoa. Quando alcanço Teng, seus seguranças estão lutando para manter o rosto acima da água. Penso em tentar colocá-lo em uma das canoas, mas isso seria quase impossível – viraríamos outro barco. Mostro o polegar para a praia e começo a puxar Teng comigo.

– Chamem o socorro aéreo! Não deixem ninguém se afogar! – grito, como se houvesse alguém que fosse ouvir isso e agir.

Procuro descobrir onde Teng foi baleado. Não é difícil: o sangue está bombeando de sua pélvis esquerda inferior como um jato de Jacuzzi, com força suficiente para irromper pela superfície do lago. Se vem da artéria ilíaca, e provavelmente vem, ele praticamente não tem chances. A artéria é elástica, e as pontas cortadas que você tem de reunir provavelmente se retraíram em seu peito e na panturrilha agora.

Pressiono a ferida com o punho, usando a outra mão para escorar seu peso. Enquanto nado para a praia, procuro ignorar o fato de que, quando a água entra pela boca de Teng, ele não engasga nem pisca.

Depois, quando estamos a uns 6 metros da água, o verdadeiro Monstro do White Lake ataca Teng, vindo de trás de mim, e o arranca de meus braços.

TERCEIRA TEORIA:
O MONSTRO

29

White Lake/Lake Garner
Área de Canoagem das Boundary Waters, Minnesota
Ainda quinta-feira, 20 de setembro

Karl Weick, psicólogo organizacional:

> Um *episódio cosmológico* ocorre quando as pessoas sentem repentina e profundamente que o universo já não é um sistema racional e ordenado. O que torna tal episódio tão perturbador é que a compreensão do que está ocorrendo e os meios para refazer essa compreensão entram em colapso juntos (...). [De tal forma que as pessoas pensam.] Nunca vi isso antes. Não sei onde estou. Não sei quem pode me ajudar.

Creio que Violet Hurst descreveu isso como alguém cagando em sua estrutura conceitual.

A criatura que passa batendo em mim no White Lake, golpeando-me com sua pele coriácea escorregadia enquanto puxa Teng para baixo da água e sai de vista, depois com algo que parece uma porra de cauda grande, faz exatamente isso. Vira-me pelo avesso, e assim o pesadelo está agora do lado de fora.

Mas eis aqui a questão: nos pesadelos, eu nunca desmorono, porque a coisa medonha que estou olhando parece normal. É só na vida real que acordo gritando e tenho crises de pânico que beiram as convulsões.

Agora essa vida real *é* o mundo do pesadelo, eu me vejo calmamente andando na água. Olhando na direção de onde o corpo de Teng foi carregado, pensando: *Se essa coisa quiser me comer, vai comer. Não há muito que eu possa fazer a respeito.* Ou talvez seja o antipsicótico.

– Teng Wenshu! Teng Wenshu! – os seguranças de Teng chamam. Depois de um tempo: – *Teng Shusen*!

O irmão de Teng responde perto da praia. Os guias de Reggie triunfaram de novo, mantendo todos os que acabaram no lago vivos e conduzindo-os de volta à faixa de terra. Todos nós chegamos às pedras juntos, como se evoluíssemos do mar, escorrendo água de nossas roupas pesadas.

O frio é cortante.

– Ei! – grito. – Reggie deu LSD a todos. Se alguém não bebeu o café, ou não se sente mal, cuide de quem estiver com você. Quem estiver molhado precisa se secar assim que for possível. Se alguém tiver benzodiazepínicos, agora é a hora de partilhar.

Reggie está para além na praia, ajudando a colocar o barco de Miguel em terra com Del nele, Bark sacudindo a água do pelo. Reggie olha para mim e vira a cara. Eu perguntaria se tenho razão sobre o café, mas não confio em mais nenhuma resposta que ele me der.

– Tem um telefone por satélite? – digo.

– Estou cuidando disso – grita em resposta um dos seguranças de Palin, com o telefone no ouvido. A canoa dele ainda está a caminho da praia. Palin está ajoelhada na proa, vomitando.

Preparo uma injeção de Anduril para Teng Shusen, mas decido na última hora dá-la a um dos seguranças dele. Teng Shusen não está pirando, só olhando em volta, confuso, e talvez seja melhor que alguém seja capaz de cuidar dele com o raciocínio claro.

As outras duas canoas chegam à margem. Violet e Froghat não estão nelas, e tenho certeza de que elas não estavam naquela que virou, e então corro ao acampamento chamando seus nomes. Elas estão espremidas na barraca que eu dividia com Violet.

O LSD no chocolate quente também. Que legal, Reggie.

Dou uma injeção nas duas. Volto ao barco do motor de popa para dar uma olhada em Del.

Del está com a mão direita sob o braço esquerdo. Não só porque ele perdeu um dedo por bala, como percebo quando puxo seu braço, mas porque uma bala raspou seu lado esquerdo, abrindo o Neoprene, a pele e a gordura brilhante e amarela. O sangue escorre pelo lado de seu traje de mergulho em um jorro rosa. É um milagre que ele não estivesse mais ferido.

Miguel me passa uma toalha sem que eu peça, e depois a segura no lugar para mim enquanto reposiciono Del para manter os dois ferimentos mais altos que o coração.

– Encontre mais destas – digo, referindo-me às toalhas.

– Dê o fora, Bark – diz Del, as primeiras palavras que ouvi dele. A cadela fica lambendo seu rosto como se quisesse acordá-lo.

Quando me levanto, meus músculos parecem areia por causa do Anduril.

– Eu sei – diz Reggie, erguendo as mãos, na defensiva.

– Você não tem a mais remota ideia.

˒❁❁❁(

Sarah Palin não se despediu. Mal pus os olhos nela antes de ela ir embora. Um dos seguranças a colocou em sua barraca e se postou na frente, enquanto os outros dois cortaram três galhos com suas facas táticas como o druida de Asterix. Eles basicamente parecem ter enlouquecido, mas por fim montam os galhos numa grade unida por algemas plásticas, e, quando o Sikorsky de Palin pousa no Lake Garner, usa a grade como rampa para atingir a margem.

Será que os seguranças de Palin pediram sua evacuação antes de chamarem os paramédicos? Só o que sei é que Palin e seu grupo, que de algum modo passou a incluir Grody e o grupo *dele*, e até a porra dos *Ficks* – como se os Ficks não só fossem ricos amargurados que gostam de roupas da Costco e coisas que atiram, mas também hospedassem ricos em seu castelo para arrecadar fundos – foram embora antes que o Seawolf de resgate do Parques e Jardins aparecesse no céu. Sem mencionar o Piper Cub com o xerife Albin dentro dele.

Não tento mantê-los aqui. Não sei como faria, e de qualquer forma acreditei neles quando disseram que não era nada. Estava um nevoeiro danado e todos eram bananas.

Albin não fica satisfeito com isso, porém. Na realidade, ele tem uma atitude como se ele, ou Violet e eu, devesse ter feito mais, ou pelo menos alguma coisa, para evitar que tudo isso acontecesse.

Nos filmes, os policiais sempre o colocam na traseira de uma ambulância depois de uma merda dessas, com lençóis e café para fazer uma tomada da grua. Albin manda todos *os outros* para variadas cadeias e hospitais, mas mantém Violet e a mim – e Bark, que de algum modo passou a ser responsabilidade nossa – por perto, gritando perguntas para nós entre suas chamadas por rádio a Bemidji. Não teremos uma carona via aérea até Ely por horas, e mesmo depois há um subdelegado nos encontrando nas docas e se certificando de que nos registramos no Ely Lakeside Hotel para ficar disponíveis depois.

Após a partida do subdelegado, suborno o motorista da van de cortesia do Lakeside para nos levar ao CFS e pegarmos nosso carro.

– Não quer simplesmente esperar? – diz Violet.

– Primeiro quero levar Bark de volta ao CFS.

Neste momento, a cadela está amarrada no *putting green*, e sei que soltá-la vai abrandar Violet.

– E depois disso?

Talvez *seja* possível me conhecer.

– Supostamente os ojíbuas sabiam dessa criatura no White Lake havia anos – digo. – Eles a pintaram e deram um nome a ela: Wendigo. Então quero falar com a merda de um ojíbua.

30

Reserva de Chippewa River
Ainda quinta-feira, 20 de setembro

– Deixe-me explicar por que isso é tão ofensivo – disse Virgil Burton, do Centro das Tribos Ojíbuas de North Lakes.

Estamos sentados de frente para ele em uma mesa de lanchonete baixa para crianças no refeitório do centro comunitário. Não me lembro de um dia ter sido pequeno o suficiente para caber numa mesa dessas.

– Não é pelo fato de os brancos dizerem que os povos das Primeiras Nações são de feitiçaria – diz Burton –, embora isso *seja* meio imbecil quando se vê o que aconteceu conosco. É que os brancos não *se incomodam* de ver o que aconteceu conosco. Eles preferem ver tendas indígenas. E os Wendigos.

Isso é constrangedor pra cacete.

– As Primeiras Nações tiveram *sociedades* – diz Virgil. – Não estou falando dos acampamentos de Robin Hood na floresta. Estou falando de *civilizações*. Antes de Colombo chegar aqui, um de cada quatro povos da Terra vivia no chamado Novo Mundo. Tenochtitlán era a maior cidade do planeta. Tínhamos livros, governos, tribunais e os melhores exércitos que existiam. Quando Hernández de Córdoba e Juan de Grijalva atacaram os maias, os maias os expulsaram a pontapés. Os astecas expulsaram Hernán Cortés em 1520. Um ano depois, a Flórida matou Ponce de León. Depois veio a varíola europeia, e morreram 95% da população indígena. Que os europeus elevaram a 97% pela escravidão e pelo extermínio.

"Depois *disso*, é claro, este lugar ficou escancarado. Safras e animais domesticados para onde quer que os europeus olhassem. Ouro que já havia sido minerado. Sabe quanto valia o primeiro carregamento de ouro roubado por Pizarro e levado à Europa?"

Meneamos a cabeça.

– Quatro vezes o valor do Banco da Inglaterra. Mas *os brancos*, se me permitem o termo, querem romantizar a forma como os sobreviventes viveram *depois* disso. Como se os povos das Primeiras Nações *quisessem* ser tribos errantes regidas por comandantes militares e vivendo na mata. Não *queremos* isso. Isso nos foi forçado pelos brancos. Aquela foi nossa *Idade das Trevas*. Mas vocês preferem falar de xamãs, guias espirituais e da nobreza da vida simples. É claro que a vida era simples: o mundo todo havia acabado.

Mudando de assunto, ele diz:

– Sabiam que Hitler tinha um quadro de Gerônimo em seu bunker?

– Não – diz Violet.

– Hitler *adorava* os povos das Primeiras Nações. Sabem o que os povos das Primeiras Nações pensavam de Hitler? Eles entraram para o *exército americano* para combatê-lo. As Primeiras Nações tinham uma *história* com o exército americano. Mas Hitler não ligava para isso. Ele continuou a nos adorar. E tem outra coisa: ele tinha sífilis. Tinha mesmo. Podem pesquisar. Ele tinha sífilis e culpava os judeus por isso. Há um capítulo inteiro em *Mein Kampf* chamado "Sífilis".

– Eu li *Mein Kampf* – digo, sem perceber como isso soou ao sair de minha boca.

– Sabem de onde vem a sífilis? – diz Burton. – É isso mesmo. Do Novo Mundo. Como as batatas. E o milho. E os tomates.

Mas *isso* fez com que Hitler nos odiasse? Não. Porque ele teria de olhar os fatos sobre nós para fazer isso. O que ele não queria fazer. Ele nos *amava*, mas não queria nos *ver*.

"E agora vocês vêm aqui para perguntar dos Wendigos. Vocês são *doutores*, cara. Perguntam sobre programas educacionais? Perguntam sobre o índice de diabetes, e se alguém está fazendo alguma coisa a respeito disso? Têm ideia de quantas pessoas temos aqui fazendo diálise? Vou lhes mostrar o centro, se quiserem. *Adolescentes* circulando por aí, porque, se não entraram em diálise ainda, vão entrar. Mostramos filmes. Temos Netflix. Temos senhoras vindo ajudar as pessoas a declarar seus impostos. Pessoas administrando o conselho tribal, elas fazem *campanha* no centro de diálise. Se um em quatro *brancos* tivesse diabetes, não *haveria* diabetes.

– Lamentamos incomodar o senhor – diz Violet.

– Não se lamente – diz Virgil. – Tenha a mente aberta. Sabe o que *é* um Wendigo?

Nós dois meneamos a cabeça.

– Um Wendigo é uma história para crianças. Crianças e brancos. É um cara que morre de fome no inverno, e por isso come a própria família. Como castigo, seu espírito é amaldiçoado e condenado a viver naquele lugar para sempre. Sempre com fome. Sempre tentando matar as pessoas para comê-las, mas tão fraco que tem de fazer isso afogando-as. Entendem o que quero dizer com isso? É mais uma merda de *Road Warrior*. Você tem um povo com tanto medo de morrer de fome, que eles precisam dizer a seus filhos que não se devorem. É disso que trata toda a história do Wendigo: *não comam uns aos outros*. Permaneçam humanos, por piores que as coisas estejam. Agora, o que os *europeus* ouvem é o contrário: os povos das Primeiras Nações são feiticeiros e sabem falar com o Pé Grande. Mas, se o Pé Grande fosse real, teria morrido de varíola há muito tempo.

"O White Lake é um lugar perigoso. *Qualquer lugar* que as crianças procurem para brincar é perigoso... em particular crianças brancas. Se há uma coisa acontecendo por lá, por favor, não ponham a culpa em nós."

✶

No carro, no final de um caminho lamacento, olhando um lago cujo nome não sabemos, a chuva batendo no para-brisa, o dia todo parece pesar sobre nós. Violet começa a chorar. Se eu não fosse tão anorgásmico para essas merdas há anos, provavelmente também choraria.

– Teng parecia tão *legal*... – diz ela.
– É.
– Ele era bom com o irmão dele.
– É.
– E agora está *morto*? E ninguém sabe *por quê*?

Procuro pensar em algo para dizer que não seja "É", mas não consigo.

– Parece que estou enlouquecendo.
– Não está – digo. – Ou pelo menos, se estiver, eu também estou. E muita gente mais. Ainda temos algumas drogas pesadas em nosso organismo.
– Não é isso. É Teng. E o fato de que há alguma coisa vivendo no White Lake. O que contraria tudo o que sabemos.

Ou sabíamos.

– Eu nem sinto que posso confiar em nada *aqui* – diz Violet. Ela vira a face molhada para a minha. Sinto o cheiro de suas lágrimas. Seus lábios parecem lisos e macios.

É demais.

– Violet – digo. – Tem uma coisa que preciso dizer a você.

Seus olhos se arregalaram, e ela balança a cabeça quase imperceptivelmente. Ela não quer ouvir.

Azar. Por nós dois. Uma das coisas que deixaram de fazer sentido nas últimas oito horas é continuar mentindo para Violet Hurst.

– Meu nome não é Lionel Azimuth – digo a ela. – É Pietro Brnwa. Fui criado em Nova Jersey. Fiz faculdade de medicina na Califórnia. Antes disso, trabalhei como assassino profissional para as máfias siciliana e russa.

Ela simplesmente me olha. Examinando meu rosto por algum sinal de que estou brincando.

– Como é? – diz ela.

– Eu matei gente.

– Não acredito em você.

– Mesmo assim, é a verdade. A única verdade que eu já lhe contei.

– Sério?

– É.

– Você era... o quê?

– Um assassino. Por dinheiro. Para a Máfia.

– É mesmo? – Ela parece confusa. – E Bill Rec sabe disso?

Uma pergunta que eu mereço.

– Não sei. Acho que não.

Então, de repente, a ficha dela cai.

– Ah, meu *Deus*, caralho.

Ela sai repentinamente do carro.

Eu saio do meu lado. Está chovendo.

– Violet... volte. Vou deixar você em algum lugar.

– Fique longe de mim!

– Então pelo menos fique com o carro. É longe demais para ir a pé.

– Vá se foder!

Eu me afasto do carro.

– A chave está na ignição.

Ela para, assustada e confusa.
– Você *matou* gente?
– Sim.
– Quantas pessoas?
– Não sei. Umas vinte.
– Você não *sabe*?
– Houve situações em que algumas podem ter sobrevivido.
– Então você é um assassino serial.
– Tecnicamente, sim.
– *Tecnicamente?* Ah, *merda*.

Há medo brilhando em seus olhos, e repulsa. Mas o que eu devia dizer? Que nunca matei ninguém igual a *ela*? Que eu uma vez passei oito anos inteiros de minha vida adulta *sem* matar ninguém? Que estou quase há três?

Continuo pela estrada. Procuro me distanciar o bastante do carro para que ela possa correr sem se preocupar com que eu vá atacá-la.

ว●●●(

Eu chapinho pela rodovia até chegar à loja de equipamentos do CFS. Levo cerca de uma hora e meia.

Agora que a chuva parou, um garoto que não reconheço está refazendo a barreira na estrada do hotel, desta vez com cavaletes de serrador em vez de cones de trânsito.

– Posso ajudá-lo, senhor? – diz. Ele olha para mim como se não fosse muita gente que chegasse naquele lugar a pé. Ou ensopado.

– Sou Lionel Azimuth. Eu estava na excursão de Reggie. Uma mulher veio para cá nas últimas duas horas?

– A paleontóloga?

– É.

– Ela seguiu lá para o hotel. O senhor é o médico?
– Sim. Ela deixou recado para mim?
– Ela não. Mas um cara índio estava procurando pelo senhor.
– Que índio?
– Ele entrou na loja de equipamentos.
– Quando?
– Há cerca de uma hora.
– E onde ele está agora?
– Não sei. Deve ter ido embora. Eu disse a ele que o senhor não estava no hotel.
– Ele deu nome?

O garoto se coça, com culpa.

– Pode ter dado.
– Era Virgil Burton?
– Não me lembro. Desculpe.
– Como ele era?

Ele dá de ombros.

– Mais velho que o senhor, eu acho. Tinha cabelo grisalho, mas não parecia *tão* velho.

Parece Virgil Burton.

– Preciso de uma carona – digo. – Ou pegar seu carro emprestado.

ϽᎾᎾᎾ(

Está chovendo forte de um céu branco e luminoso, e o centro comunitário está fechado e trancado. Henry, o garoto que me trouxe aqui, fica em seu Subaru enquanto eu olho pelas janelas do centro comunitário. Sinalizo "um minuto" para ele com o dedo e atravesso correndo um campo de beisebol e uma valeta até a primeira casa que vejo. Tábuas limpas de madeira. Ninguém atende a porta.

Continuo em movimento. Algumas casas depois, uma mulher de uns trinta e poucos anos atende. Tem cerca da minha idade, o que é estranho ver em alguém que tão claramente tem uma vida.

– Sim? – diz ela. Desconfiada, mas, graças a Deus, não parece ter medo.

– Conhece Virgil Burton?

– Por que pergunta?

Ouço barulho de pneus atrás de mim. Suponho que seja Henry, que esteve rodando atrás de mim mais ou menos no mesmo ritmo.

Mas não é. É Virgil Burton, saindo de sua picape. Quando olho para trás, a mulher está fechando a porta.

– O que está havendo, moço? – diz Virgil.

– Soube que estava procurando por mim.

– Como? Por sinais de fumaça? – Ele vê meu rosto e para de se aproximar. – Olhe, cara, você está bem? – Ele aponta para Henry, estacionado na rua. – É amigo seu?

– Você não disse a ele que estava procurando por mim?

– Não. Garanto.

– Desculpe. Eu não...

– Não precisa se desculpar – diz ele. – Consiga alguma ajuda. Cuide-se.

Não há mais nada para dizer. Eu subo no banco do carona do carro de Henry.

– Era esse o cara que estava procurando por mim?

Henry parece surpreso.

– Não. Eu não disse que era um índio das Primeiras Nações. Disse que era um como da Índia, um indiano.

31

CFS Hotel, Ford Lake, Minnesota
Ainda quinta-feira, 20 de setembro

O professor Marmoset – cuja família, sim, era de Uttar Pradesh, e cujo cabelo de Al Pacino dificulta um pouco adivinhar sua idade – está em um dos sofás da cabana da recepção. De pernas para cima, Violet ao lado dele do mesmo jeito, Bark, a cadela, entre os dois. Marmoset e Violet tombam a cabeça na minha direção quando eu entro. Violet vira a cara.

– Ishmael – diz o professor Marmoset. – Você parece péssimo.

– Eu estou péssimo – digo. Toda a cabana tem o cheiro do pelo molhado de Bark. – O que está fazendo aqui?

– Bill Rec me ligou. Soube que Sarah Palin fez um discurso surpresa na Associação Americana de Processadores de Crômio em Omaha esta manhã e se perguntou se tinha acontecido algo que exigisse que ela arrumasse um álibi.

– Hoje de *manhã*? – Pela janela, o sol acabava de se pôr.

– No final da manhã, antes do almoço. Ainda assim, alguém tem um agente muito bom.

– Não brinca. – Eu estou quase tão impressionado com a reviravolta de Palin como estou pelo fato de Bill Rec ter conseguido falar com o professor Marmoset por telefone.

Como se pudesse ler minha mente, o professor Marmoset olha o relógio.

– Há quanto tempo está aqui? – digo.

– Não muito. Estou a caminho da Mayo. Estou com um dos aviões de Bill Rec no Aeroporto Municipal de Ely. Posso dar uma carona aos dois para Minneapolis se quiserem.

– Violet pode ir. Eu preciso devolver o carro.

Ele aponta para a poltrona.

– Então, sente-se. Pelo menos preciso ouvir a *sua* versão desta história.

Eu conto. Ele não me interrompe muito. No fim, ele fala.

– Você pode fazer um infravermelho *passivo* com uma câmera digital.

Eu simplesmente o olho.

– Caso um dia precise de um.

– Pode-se fazer um infravermelho passivo com um ativo e um pedaço de fita adesiva – digo.

– Por três vezes o preço.

– Estou na conta de representação. Alguma ideia sobre o *monstro do lago*?

Marmoset boceja.

– O que *você* depreendeu?

– Que tem alguma coisa lá embaixo.

– Tudo bem.

– E, se for mecânica, é a melhor peça de engenharia de que já ouvi falar.

– Concordo.

– O que significa que provavelmente não é mecânica. O que significa que deve ser a merda de uma criatura de verdade.

Ele franze a testa.

– Por "merda de uma criatura de verdade" quer dizer um animal considerado inexistente?

– Sim.
– Isso me parece implausível.
– É claro que parece implausível. Parece insanidade. Mas eu vi.
– Você viu?
– Senti. O suficiente para poder dizer que não era outra coisa.
– Então...
– Então acho que é como diz Sherlock Holmes. Qualquer coisa é possível se não houver outra explicação.
Violet me olha, surpresa.
Marmoset fala.
– Uma idiotice completa isso que Holmes disse. Você e eu discutimos isso uma vez no ônibus do Hospital da Misericórdia. Isso e como Houdini fez o truque do polegar removível para Arthur Conan Doyle e Doyle pensou que fosse mágica de verdade. De qualquer forma, está errado: sempre há outra explicação.
Violet não sorri, só fica olhando para mim. É pior.
– E haverá uma explicação para isto – diz Marmoset. – Na realidade, nós até sabemos como vamos chegar a ela.
Viro-me para ele.
– Sabemos?
– Claro. Por que alguém fica tão convencido de que o monstro é real, que se sente compelido a persegui-lo num barco anfíbio? À noite, em segredo? *Reggie* não parece ter acreditado no monstro. Debbie lhe disse que *ela* não acreditava. Os amigos da dra. Hurst no bar disseram que sim, mas nenhum deles parece ter o suficiente em jogo para tender fortemente a um ou outro lado. Então, o que fez a pessoa no barco ter tanta certeza? O que eles sabem que não sabemos?
– Não sei. – digo. – O que é?
Ele ergue as palmas das mãos.
– Não faço ideia. Não temos informações suficientes para dizer com certeza se a pessoa no barco atirou em Chris Jr. e no

padre Podominick. Mas acho que descobrindo essa pessoa, ou mesmo identificando-a, vamos obter as respostas para todas as perguntas que temos.

– Tem razão – digo. – Vou fazer isso.

Marmoset olha incisivamente para mim.

– Eu não quis dizer literalmente, Ishmael. Quis dizer a polícia.

– A polícia teve dois anos para resolver isso.

– Sim, e imagino que eles vão considerar sua maior prioridade agora.

– É verdade. A não ser que a morte de Teng seja acobertada.

Marmoset parece cético.

– Para proteger Palin?

– Ou Tyson Grody – digo. – Ou os Ficks, seja lá quem for... Ou até Teng, ou a empresa de Teng, ou sua reputação, o que for. Ou todos eles.

Marmoset torce o nariz.

– Acho isso improvável. E, mesmo que alguém *consiga* guardar segredo, esta situação já não é de nossa responsabilidade. Eu não teria envolvido você, antes de tudo, se soubesse que haveria mortes de verdade no White Lake.

– E não está preocupado com que haja outras?

– Acho que podemos confiar no Parques e Jardins para colocar uma placa de "Proibido Nadar".

– Que tal uma placa de "Proibido ser Baleado por um Rifle de Caça"?

– Ishmael – diz Marmoset, em voz baixa. – Acha realmente que sua permanência aqui vai *diminuir* a probabilidade de as pessoas serem mortas?

Ah, *rapidinho*.

– A polícia descobrirá a pessoa que estava no barco – diz ele. – Não pode haver muitas empresas que *façam* barcos anfíbios, e essas empresas não podem vender tantos assim.

Mas não estou disposto a deixar a questão de lado.

– Quanto quer apostar que vão descobrir que o barco foi vendido a Chris Jr.? Com as redes e arpões que parece que ninguém queria?

Marmoset assente.

– É uma possibilidade que já considerei.

– Vou voltar ao White Lake. Vou descobrir o cara do barco e obrigá-lo a me dizer o que está havendo. *Agora* é que ele estará lá.

– Assim como a polícia.

– Pode haver alguns policiais, mas não tanto como quando começarem a dragar o lago. Para não falar do que vai acontecer quando se *espalhar* que Palin esteve aqui. Só os jornalistas vão alugar cada canoa que Reggie possua. Sabemos disso, e o cara do barco também sabe, e então é agora que ele vai tentar de novo. Ele nem pôde ficar afastado quando a excursão de Reggie estava por perto.

– Supondo que ele ou ela estivesse ciente disso.

– Por que não estaria? – digo. – Todo mundo estava. Sabe que o que digo está certo.

– Em alguns aspectos, mas...

– Irei sozinho. Não haverá ninguém para se ferir.

– A não ser você, Ishmael. Você também conta, sabe disso. Há outras coisas mais importantes de que é capaz.

– Não – diz Violet.

Nós dois a olhamos.

– Sozinho, não. Eu irei com você. Seja lá qual for a merda do seu nome.

Eu a olho.

– Esqueça. De jeito nenhum.

– Você me deve essa. Começamos isso juntos e vamos terminar juntos. E você vai responder a algumas perguntas no caminho.

– É perigoso demais.

– Ou nós dois, ou ninguém.

– Não pode me impedir.

– E você não pode *me* impedir também – diz ela. – Sou muito melhor em canoagem que você.

– Mas...

Por que ela *quer* ir?

Viro-me dela para Marmoset.

– O que andou dizendo a esta mulher?

Marmoset meneia a cabeça com uma expressão que vi nele mil vezes. Desânimo sem surpresa.

– Nada de que agora não me arrependa – diz ele.

32

Lake Garner/White Lake
Área de Canoagem das Boundary Waters, Minnesota
Sábado, 22 de setembro – domingo, 23 de setembro

Lá estão dois policiais – uma mulher e um homem – em espreguiçadeiras na praia do Lake Garner, ambos sem camisa. A certa altura, ela começa a chupá-lo contra uma árvore. O que não torna nada confortável esperar com Violet do outro lado do lago.

Com a ajuda de mapas desenhados por Henry, a excursão de volta levou menos de dois dias. Nossas instruções a ele: nos dê a rota direta, por mais complicadas que sejam as portagens. Vamos usar GPS e uma canoa de uns 14 quilos.

E agradeço a Deus por isso. Passei dois dias tendo uma série de diálogos que em toda a minha vida adulta tentara evitar.

Assim:

– Já matou alguém só para intimidar outra pessoa?

– Não que seu saiba.

– Alguém por acidente?

– Não. Bem, uma vez alguém que levei comigo num serviço matou alguém que eu não pretendia matar.

– Alguém inocente?

– Menor de idade.

– Uma criança?

– Mais ou menos da idade de Dylan Arntz.

– Mas não inocente?

– Como eu disse: menor de idade.

– O que você fez com o cara que matou esse menor?
– No fim? Eu matei *o cara*.
– Por causa disso?
– Não pude evitar.
– E há alguém que você tenha ficado feliz em matar?
– Feliz por matar pessoalmente? Não. Quem dera eu nunca tivesse matado ninguém.
– Mas há pessoas que matou que você ficou feliz em ver mortas.
– Sim.
– Já matou alguém de quem não sabia nada?
– Sim. Tentei não matar, mas sim. Algumas pessoas eu matei só porque David Locano me pediu.
– Quantas?
– Me dê um minuto.
– Você mataria David Locano, se pudesse?
– Isso é me dar um minuto? Sim.
– Por causa de Magdalena? E por causa de seus avós?
– Sim.
– As duas coisas?
– Sim.
– Igualmente?
– Porra!*

A não ser pela barraca que Palin estava usando, que os seguranças levaram, o acampamento de Reggie ainda estava intacto, só agora com a fita de cena de crime adejando por ali. Quando os policiais voltaram de seu banho de sol, Violet e eu discutimos a possibilidade de que eles estejam dormindo aqui e de que vamos ter de passar remando por eles no escuro e ir até a faixa de terra na extremidade. Mas, exatamente às cinco da tarde, o hi-

---

* Para respostas mais longas a esta pergunta, ver *Sinuca de bico*, de "Josh Bazell", Rocco, 2010.

droavião do Parques e Jardins desliza para pegar os dois, usando a rampa que os seguranças de Palin deixaram na praia.

Violet e eu remamos pela extensão do Lake Garner, pulamos a fita e cruzamos a faixa de terra. Pegamos a praia por toda a extensão do White Lake, depois voltamos pela água.

Tentamos não falar enquanto remamos. Já é bem ruim que o som de cada golpe que dou volte a nós pelo paredão do cânion. E que eu provavelmente vá pirar como fiz quando fomos ao Omen Lake para olhar as pinturas nas pedras. Não tenho certeza de por que eu já não pirei.

Talvez seja a necessidade de concentração. Depois do segundo zigue-zague, estamos numa geografia que não vimos antes, e os penhascos são cheios de entalhes grandes o bastante para esconder um barco. Por que motivo isso consegue me distrair da ideia de um animal grande o bastante para *comer* um barco eu não sei. Mas estar de volta ao White Lake em um dia claro é um tanto mais fácil do que ter de pensar nisso antecipadamente.

Isso não quer dizer que, quando chegamos ao último e mais largo segmento do White Lake, onde os penhascos somem e há floresta dos três lados, eu não esteja coberto de suor que nada tem a ver com o esforço físico.

Ou que, quando vemos uma brecha na vegetação rasteira da margem que parece grande o suficiente para esconder nossa canoa, nós não saiamos nem tiremos o barco da água e entremos no mato o mais depressa possível.

ɔ ∩ ∩ ∩ (

O sol desce com a mesma rapidez de três dias atrás.

A lua está maior, porém, e por algumas horas ela brilha mais. Depois as nuvens deslizam sobre ela, e as coisas de repente ficam *escuras*. Tão escuras que os galhos diante de seus olhos são de um preto um pouco mais puro do que o espaço em volta deles e se pode ouvir o lago bem à frente, mas não vê-lo.

É uma situação interessante. Nossos sentidos estão ligados de expectativa e da fisicalidade de chegar aqui. E estamos invisíveis, o que até os antigos sabiam que era procurar problema.

Coisas que você pode fazer numa escuridão dessas:

Recostar um no outro para se aquecer.

Recostar um no outro, com a testa no ombro do outro, por tédio e para se aquecer.

Colocar as mãos entre as coxas do outro, para ter mais calor ainda.

Jogar o outro no chão e foder como Orfeu e Eurídice, Tarzan e Sheena, Watson e Holmes, tudo ao mesmo tempo, para conseguir o tipo de calor que permita que você leve um tempo para achar suas roupas depois, deixe sua barriga tremendo e sua boca ferida pelo atrito de pelos pubianos quentes e molhados.

Só estou dizendo: estas são algumas coisas que você pode fazer.

ꜟ⚫⚫⚫(

Pouco depois da meia-noite, ouvimos barulho entre as árvores, depois ruído de motor, em seguida o som de um Zodiac anfíbio no lago do outro lado de nossa posição. Coloco meus novos óculos de visão noturna do CFS e fecho seu ângulo estreito de visão no Zodiac. Suas rodas ainda estão fora da água quando ele passa por nós.

O filho da puta está pilotando de capuz de novo. Mas não acho que ele saiba que há alguém olhando, porque acende uma banana de dinamite enrolada em plástico e atira pela traseira do barco sem olhar muito em volta.

– Dinamite – digo.

– Eu vi. – Violet tem seus próprios óculos de visão noturna.

O barulho da explosão ainda assim nos faz pular.

O motivo para você poder pescar com dinamite, se tiver essa tendência, é que a água não é comprimível, ao passo que os peixes são. Para um peixe, particularmente um peixe de águas rasas, estar na água perto de uma explosão é como estar numa ponta de um berço de Newton feito de bolas de demolição. Tudo simplesmente transmite a força e permanece onde está. O peixe a absorve e se rompe. É o mesmo conceito de largar uma carga de profundidade perto de um submarino.

Todo aquele barulho faz com que pareça meio idiota o tempo que passamos treinando como recolocar em silêncio a canoa na água, mas seguimos o procedimento mesmo assim, e, enquanto nos movemos para a esteira do Zodiac, eu levo um tempo apreciando o quanto nossas remadas sequenciais melhoraram com o passar dos dias.

Depois levo um momento para apreciar como realmente eu devia ter me feito algumas perguntas básicas antes de entrar neste problema. Por exemplo, se esse cara está ou não usando sonar, e, se for assim, se ele pode pegar uma canoa que o segue.

O Zodiac de repente faz um retorno estreito o bastante para me fazer concluir que as respostas são *sim* e *sim*. Em especial porque o cara agora está andando para o arpão na frente do seu barco.

Violet e eu viramos a canoa de lado para deter seu movimento. Cobrimos as luzes infravermelhas com fita em nossos óculos para que o cara não consiga vê-las, mas ele parece estar se saindo bem sem isso. De qualquer modo, a luz ofuscante de seus próprios óculos nos mostra tudo o que *nós* precisamos ver. Que ele está apontando para nós. E dispara.

Eu grito:

– Segure-se!

Pergunto-me se o Kevlar tem alguma utilidade contra arpões. E só tenho tempo para isso.

33

White Lake
Ainda domingo, 23 de setembro

Minha cara perfura a superfície, eu sou tragado inteiro, as coisas ficam mais reais do que eram segundos atrás. Quando elas já eram muito reais, só não tão reais como estar em uma água fria e escura com algo medonho vivendo nela e um cara pouco acima da superfície de óculos de visão noturna, um rifle de caça e dinamite.

O ser humano, aliás, é ainda mais comprimível que um peixe.

– Violet! – grito, quando venho à tona.

Penso que o motivo para eu ter sido lançado tão longe e de forma tão desorientadora é que a canoa se deformou quando o arpão a atingiu e depois voltou parcialmente a sua forma original, lançando-me no espaço como uma flecha de um arco.

– Aqui! – diz ela.

Nado até Violet rapidamente, de cabeça baixa porque está escuro demais para enxergá-la, minhas roupas seguindo cada movimento com o ritmo errado. Eu deveria tirá-las, mas não quero perder tempo e ainda estou me enganando de que há alguma coisa nelas que poderei usar depois.

Uma das mãos de Violet bate na lateral de meu corpo. Pego-a e a levo à superfície. A maior parte dela está invisível, mas seus olhos e o cabelo brilham como o lago.

– Vamos descer de mãos dadas, nadar o máximo possível e voltar à superfície. Não diga nada até chegarmos à margem. Tudo bem? – digo a ela.

– Sim.

Beijamo-nos rapidamente, se é esse o tipo de coisa que você acredita que fizemos, e mergulhamos. No silêncio agudo da água, que parece estar esperando ou por uma explosão ou por uma criatura que quer arrancar sua cabeça a dentadas, o que aparecer primeiro.

Nadamos o que parece uma grande distância, na maior linha reta que podemos, e depois Violet aperta minha mão e subimos, ofegantes. Descemos novamente e desta vez nadamos até que nossas mãos tocam as pedras junto do fundo e sabemos que chegamos aos baixios. Levantamos a cabeça da água a tempo de ouvir o silvo de cascavel de um estopim.

Não acho que a dinamite tenha caído tão perto de nós. Não sinto os borrifos, nem quando ela bate na superfície ou quando explode. Só sinto a força me atravessar como algo me chutando o saco, retalhando meus músculos e quadruplicando minha pressão sanguínea ao mesmo tempo. Depois percebo que estou de novo embaixo da água, afogando-me.

Mas só por um momento. Não há tempo para relaxar. Violet e eu vamos para a margem. Depois arremetemos, incapazes de ficar de pé, no bosque escuro como breu.

Que parece um canal de parto ladeado de anões tentando nos fazer tropeçar. Enquanto cambaleamos cada vez mais mata adentro, fico batendo em coisas que são verticais ou horizontais, não sei dizer o quê, e ouvindo Violet fazer o mesmo. Quando estendo a mão para pegar a dela, uma das duas está escorregadia de sangue.

Parece que seguimos assim por cerca de uma hora, embora provavelmente se trate de pouco mais de dez minutos. Porque quanto tempo se consome para levar à terra um barco anfíbio, seguir duas pessoas que não conseguem enxergar nada pelo bosque e começar a atirar nelas com um rifle de caça?

A primeira bala estala numa árvore à nossa frente com o barulho de alguém rebatendo para um *home run*. A segunda cai perto o bastante para espirrar musgo em minha boca, e lascas no lado direito de meu rosto e no pescoço.

Convenientemente, Violet e eu tropeçamos nas coisas em volta e acabamos cara a cara.

– Isso não vai dar certo – digo, tentando não cuspir musgo nela. – Temos de nos dividir. Você vai para a esquerda, eu continuo em linha reta. Se ele seguir você em vez de mim, vou dar a volta e pegá-lo por trás.

– Farei o mesmo se ele seguir você.

– Não faça. É muito perigoso. Ele vai vê-la.

– E não vai ver você?

– Não. Vá.

Desta vez não há beijo, mesmo que você acredite que esse tipo de coisa *esteja* acontecendo, talvez por um reconhecimento compartilhado de que eu voltei a mentir para ela. Mas ela passa a mão pela minha face que está com as lascas.

Depois volto a disparar para frente, tirando o casaco para deixar um rastro, tateando-o antes de largá-lo, procurando objetos que possam me ajudar a matar esse filho da puta. Encontro só uma câmera digital em um saco de Neoprene. Se eu fosse o professor Marmoset, estaria feito.

Sendo alguém inteiramente diferente, dedico trinta segundos de semiconcentração a tentar entender como transformar aquela merda em uma mira noturna. Há algum filtro que se deve remover? Algum submenu de um submenu que deve ser reprogramado? Depois desisto dela. Por acaso não sou engenheiro elétrico.

O que sou é alguém que supostamente é bom em pegar maníacos na mata. E é verdade que estou ansiando por completar a curva para a direita que tentei fazer fora da visão periférica desse babaca. Pelo que sei, estou quase de volta ao ponto onde me separei de Violet.

E é por isso que o tiro seguinte do rifle faz meu sangue gelar.

Não vem de onde deveria. Não se ele estiver me seguindo, e não se estiver seguindo Violet. Vem de uma direção inteiramente diferente e muito de longe.

O que significa que ele *está* seguindo Violet, e eu não sei por onde estive andando. Nem tenho nenhuma chance de andar com rapidez suficiente ou longe o bastante para evitar que ele a mate.

Grito:

– EI! SEU FILHO DA PUTA!

Parto para o ponto de onde parece ter partido o tiro. Embaralho-me em uma teia de galhos. Ouço outro tiro de rifle.

É quando decido destruir a câmera. Não porque possa funcionar, mas porque não consigo pensar em *nada* que funcione. Ou talvez eu devesse jogar a câmera. Bater na cabeça daquele escroto pouco antes de ele atirar nela, por pura sorte.

Ao recuar o braço, porém, percebo que não há tempo para nenhuma dessas coisas.

Há tempo, sim, para eu repetir meu mantra. Que é o seguinte:

Eu sou um cabeça de merda burro e fodido.

Afasto de mim a parte de trás da câmera para não estourar minhas retinas, cubro a frente com a palma da mão e aperto o botão "on". Para minhas pupilas arregaladas, o brilho do monitor ilumina tudo em volta de mim.

É interessante. Nem estou no chão. Estive subindo por um emaranhado de galhos. Caio de volta à terra pelo primeiro buraco que vejo.

Depois disso, estou em movimento. Não consigo enxergar muita coisa à frente, mas posso *correr*. Posso me abaixar pelas árvores com que de outra forma eu teria dado de cara e posso localizar becos sem saída antes de entrar neles. Por fim até aprendo a colocar a câmera em modo de exibição para que ela não fique retraindo automaticamente a lente e desligando.

Ouço um disparo do rifle perto de mim e começo a me deslocar mais rápido. Contorno uma árvore e quase bato nas costas do atirador.

Fico chocado por ele se mover tão lentamente. Mais rápido do que eu quando não conseguia enxergar nada, porém muito lento. Ele só está perambulando por ali, sua cabeça de exterminador vasculhando preguiçosamente o lugar com os óculos de visão noturna enquanto mantém o rifle parado, como se estivesse acostumado a tudo aquilo e não quisesse se cansar.

Ele ainda não me ouviu nem percebeu a luz de minha câmera. Fico tentado a simplesmente matá-lo – um golpe certeiro na quinta vértebra, *Foi bom ser perseguido por você* –, mas, se Violet estiver morta, quero que ele responda por isso. E, se ela estiver viva, provavelmente tem umas perguntas a fazer também.

Pego o rifle do homem e uso minha mão com a câmera para tirar seus óculos de visão noturna e iluminar seu rosto.

– Ai, caralho – digo em voz alta.

É o dr. McQuillen.

No caminho de volta ao bote, com Violet na frente usando os óculos de McQuillen e eu na retaguarda ainda segurando a câmera, deixo que McQuillen bata a cabeça em um galho ou outro. Sinto frio e dor, e Violet estava banhada de sangue quando lhe entreguei o anorak de McQuillen. Eu teria dado a ela a camisa dele também, mas não sabia se alguém da idade dele sobreviveria ao frio, por melhor que seja sua forma física.

Caso eu precise me sentir pior, penso também em como vasculhei todo o consultório dele sem perceber que o scanner de tomografia não estava lá. Vendido, concluo então, para pagar o bote anfíbio.

Chegamos ao bote em questão.

Digo:

– Muito bem. O que há na água?

– Não sei.

Não pergunto novamente. Só agarro as costas de sua camisa e ando com ele no lago até ter a água na altura da coxa. Uso os dentes para abrir a faca que tirei de seu casaco e cortar seu ombro o suficiente para sangrar. Afundo-o na água.

Violet acende as luzes do barco atrás de nós. É estranho poder ver normalmente.

– O que é? – digo, quando o puxo de volta.

– Eu vou lhe contar! – grita ele. – Tire-me da água!

Eu tiro.

Ele conta.

PROVA I

De: Editor's Choice, Science, *12 de dezembro de 2008, 322:1718*

BIOLOGIA MARINHA
Carcharhinus? Você sequer nos conhece!

Pode ser que toda regra tenha sua exceção, mas o tubarão-de-cabeça-chata, o *Carcharhinus leucas*, pode alegar ser a exceção a pelo menos três delas. Há muito famoso entre ictiologistas por sua agressividade aterradora (os cabeças-chatas são parecidos com os grandes tubarões brancos, largos e curtos; pensa-se que os cinco ataques de tubarão a humanos que ocorreram na costa de Jersey entre 1º de julho e 12 de julho de 1916, e inspiraram o livro e filme *Tubarão*, agora foram obra de um único *C. leucas*), também é o único tubarão a reter a capacidade elasmobranquial de não só sobreviver mas também caçar e prosperar tanto em ambientes marinhos como fluviais. O *C. leucas* faz esse belo truque graças a um conjunto impressionante de adaptações, incluindo redução na produção de ureia pelo fígado, difusão da ureia pelas guelras, capacidade de aumentar a produção de urina em vinte vezes e capacidade de intercalar transferência ativa e passiva de eletrólitos, via Na^+K^+-ATPase, tanto nos túbulos distais como nas glândulas retais. A terceira distinção singular do C. *leucas* é sua distribuição: os cabeças-chatas foram encontrados muito ao norte, em Massachusetts, e muito ao sul, como no Cabo da Boa Esperança, em uma faixa que circunavega o globo.

Apesar de sua disseminação geográfica, porém, os tubarões-de-cabeça-chata individualmente são suficientemente raros para que no passado se pensasse que conformavam uma dezena de espécies diferentes. Espécimes de lugares diversos como os rios Ganges, Zambezi e Mississippi (cabeças-chatas foram encontrados até no Mississippi e em Illinois) foram incluídos em *C. leucas* apenas gradualmente, em geral com base em comparações anatômicas. Por exemplo, o tubarão do Lago Nicarágua, ou *Carcharhinus nicaraguensis*, foi declarado *C. leucas* por convenção taxonômica em 1961.

Um sobrevivente a este processo, devido à sua raridade e suposta fragilidade populacional, tem sido o tubarão de rio vietnamita, *Carcharhinus vietnamensis*. Gordon et al. agora usam o método de sequenciamento do DNA por interrupção controlada para comparar o genoma de amostras de *C. vietnamensis* encontrado no meio selvagem com o de *C. leucas*, e descobrem que os dois são idênticos. Os autores teorizam que o delta do Mekong pode ser a passagem mais ao norte disponível para os cabeças-chatas atravessarem o oceano Índico e o Pacífico.

Journ. Exp. Mar. Bio. and Eco., 356, 236 (2008)

34

White Lake
Ainda domingo, 23 de setembro

– Um *tubarão*? – digo. – É uma porra de *tubarão*? Você ouviu a história maluca de Reggie e colocou um *tubarão* no lago?

McQuillen cospe água.

– O que você quer? Um dragão?

– Não, um tubarão já é foda o bastante. É um tubarão! – grito para Violet.

Estou levemente eufórico da facilidade que tenho de pensar e dizer "tubarões". Depois vou tentar entender por que eu ficava deprimido*, mas no momento parece muito legal.

– Pode haver mais de um – diz McQuillen, evitando meus olhos. – Originalmente eram quatro.

– *Originalmente*? – diz Violet.

– Quando Chris Semmel Jr. os comprou.

– Quer dizer quando você disse a ele que os comprasse – digo.

– Não para que eles matassem alguém, se é o que está pensando. Autumn e Benjy foram um acidente. Os tubarões nunca deviam sobreviver ao primeiro inverno.

---

* Acho que é só isto: os tubarões que odeio e temo são aqueles que enfrentei com Magdalena Niemerover anos atrás. Eu os levo comigo, como levo Magdalena, e nenhum tubarão-de-cabeça-chata da vida real pode competir com isso. Duvido que uma mulher da vida real também possa, apesar de qualquer interlúdio miraculoso com Violet Hurst que eu possa ou não ter tido, e é improvável que eu vá ter a oportunidade de descobrir.

– Então que sentido eles tinham?
– Queríamos fazer um vídeo deles atacando alguma coisa. Um cachorro, ou um cervo. O ideal é que fosse um alce. Mas os tubarões deviam ser muito pequenos na época. Só conseguimos pegar um comendo um mergulhão.
– Eu diria que vocês conseguiram um pouco mais que isso.
– E as marcas de mordida? – diz Violet.
McQuillen responde a mim, não a ela.
– Eu já disse: Autumn e Benjy foram um acidente, foi um ano depois. Não achamos que ainda houvesse alguma coisa viva no lago.
– Marcas de mordida – digo.
Ele dá um pigarro.
– Era uma prancha. De dois por quatro com uns pregos na ponta. Eu só precisava modificar a frente das mordidas para parecer que viera de um *Liopleurodon ferox* em vez do *Carcharhinus leucas*.
– Foi você que recuperou os corpos? – digo.
– Não. Claro que não.
– Então como...
Agora eu percebo.
– Você era o legista do condado.
Ele assente.
– Você disse que eles foram mortos por um motor de barco e que depois alterou as mordidas para parecer que foram atacados por um dinossauro. Talvez fosse o máximo que podia fazer. Gente demais já vira os corpos para que você fizesse parecer que realmente passaram por um acidente. Mas pelo menos assim você teria alguma prova para sua fraude. E estabeleceria suas credenciais como um cético ao mesmo tempo.
Violet, ao mesmo tempo entristecida e enojada, falou:
– Você fez tudo isso para poder *enganar* as pessoas?

– Você não entenderia.

– Experimente – digo.

– Ford estava morrendo. As pessoas precisavam de uma saída. E isso era de minha responsabilidade.

– De que maneira? – diz ela.

– Eu era o *médico* delas.

– Você era o médico de Chris Jr. e do padre Podominick? – digo. – Porque tenho certeza de que conseguir que seus pacientes se encontrem numa doca à meia-noite e depois atirar neles porque são seus parceiros de conspiração numa fraude que já matou dois adolescentes não pertencem às diretrizes médicas atuais. Em particular, se você depois usa um dos pacientes que assassinou como laranja na compra de um barco.

– Chris Jr. concordou com que os tubarões precisavam ser abatidos. Todos nós concordamos.

– Mas Chris Jr. e o padre Podominick não queriam que a morte de Autumn e Benjy continuasse um segredo. Por isso você os matou. Você os manteve calados pelo tempo que pôde.

– Chris Jr. e o padre Podominick eram duas pessoas numa cidade de dois mil e quinhentos habitantes.

– Então valia a pena matar para salvar sua reputação?

– Minha *reputação*? – McQuillen ergue os olhos para mim com o que parece uma raiva genuína. – Eu não dou a *mínima* para minha reputação. Todo mundo que me conhece ou é alcoólatra ou drogado. Ou as duas coisas. Acha que vão se lembrar de mim? Ou me agradecer? E, antes que tenha qualquer ideia, eu não tenho medo da cadeia também. Tenho 78 anos. Não devo sobreviver a um julgamento.

– Você parece muito ativo para mim.

– *Eu tenho de ser*. Sou o único médico que Ford vai ver na vida. Eu não podia *desistir* de minha clínica. *Você* é um arremedo de médico... *Você* entende isso?

É mesmo uma pergunta de fazer pensar. Mas não nesta vida.

– Tem razão – digo. – Eu declino respeitosamente. Vamos sair daqui. O rádio funciona?

– Posso ver isso – diz Violet.

McQuillen fala.

– *Espere.*

Violet joga as pernas pela lateral do Zodiac para mexer no rádio.

– Pretende me entregar à polícia? – diz McQuillen. – Ter uma vingança pessoal?

– Mais ou menos – digo.

– E Ford?

– Não se preocupe, sei que quem nos pegar pode nos levar diretamente a Ely. Podemos deixar Ford de lado.

– Quero dizer *o que vai acontecer com Ford?*

– Não sei.

– Sim, sabe. Você esteve lá. Viu o que aquelas pessoas fazem consigo mesmas.

– É verdade... – digo.

– Ainda podemos ajudá-las.

– Levar você pra cadeia *é* ajudá-las, McQuillen.

– Que bobagem! Temos a oportunidade, *agora*, de tornar a fraude do White Lake *real*. Benjy e Autumn morreram. Foi uma tragédia que ninguém pretendia, e os boatos começaram a murchar. Depois o china morreu... Também não foi intencional, e em parte foi culpa sua: se vocês dois não tivessem me interrompido, eu podia ter pegado os tubarões naquela noite. Mas desta vez os boatos não vão murchar. Agora morreu gente duas vezes aqui. E sei que você viu as fotos da autópsia de Autumn e Benjy. Juntar isso é o bastante para tornar este lugar um destino turístico.

Eu o encaro.

– É uma piada, não é?

– Não acredito no humor. Tenho sonar e dinamite. Podemos eliminar os tubarões *esta noite*. Ninguém jamais saberá que eles existiram. Depois disso pode fazer o que quiser comigo.

– O que acha, dra. Hurst? – digo a Violet.

– Continuar com as mentiras e as mortes? – diz ela. – Não, obrigada. Mas, se ele chamar Teng Wenshu de "o china" de novo, eu posso mudar de ideia.

35

White Lake
Ainda domingo, 23 de setembro

Desta vez o xerife Albin nos leva de volta pessoalmente ao CFS.

No caminho, conto a ele quem realmente sou e lhe dou os nomes de algumas pessoas que, embora talvez não possam me localizar, pelo menos poderão responder a perguntas sobre mim que aparecerem no futuro. Deduzo que ele merece saber. E de qualquer forma ele pode vir a saber mesmo.

Mesmo deixando de lado o envolvimento do próprio Albin nisto, este caso será uma confusão. Corpo desaparecido, testemunhas desaparecidas, a causa da morte de Teng não esclarecida – tiro? tubarão? –, sem garantias de que um dia vá se esclarecer. O promotor do condado provavelmente vai desistir de processar Reggie por homicídio depois de um tempo e se contentar com acusações de fraude – e também não será fácil trabalhar com isso. *Alguma coisa* apareceu na excursão de Reggie, e seus hóspedes que levaram armas de fogo infringiram claramente as regras expressas, e ainda por cima ele nunca receberá nada. Por maior que seja sua porcentagem, Palin não certificará nenhum documento que a associe a Ford.*

---

* Os motivos de Reggie são outra questão. Eu fui indagado sobre eles várias vezes e tive oportunidade de discuti-los com o próprio Reggie. O que eu

Então Albin está meio estressado. Ele também é viciado na justiça o suficiente para culpar McQuillen e não Violet e a mim pelo que provavelmente será um ou dois anos difíceis, e ficar grato a nós por descobrirmos McQuillen, mesmo que não tivéssemos dito a ele que íamos fazer isso.

Ele nos leva à marina. Violet e eu entendemos que podemos nos despedir de Henry, Davey, Jane e todos os outros membros da excursão – inclusive Bark, a cadela, suponho – quando sairmos. Agora só queremos pegar nossas tralhas e ir embora.

O hotel em si está abandonado. O subdelegado estacionado ali pega a chave de nossa cabana, e nós quatro vamos até lá juntos.

No momento em que abro um pouco a porta da cabana, porém, sei que há alguma coisa errada. Conheço muito bem o cheiro daquele quarto, de ficar deitado no escuro, tentando sentir o cheiro da xoxota de Violet a quatro metros de mim. O cheiro mudou.

É de colônia. E não uma colônia qualquer: é a Canoe, de Dana. A loção pós-barba preferida de todo mafioso.

---

penso, e talvez nem tenha importância, é que eles não eram particularmente nefandos. Reggie queria morar na praia no Camboja, e talvez até levar Del e Miguel. Mas ele provavelmente podia ter feito isso com o dinheiro que acabou gastando na fraude – uma quantia que ele poupou antecipadamente, conseguindo ficar sem dívidas até receber os honorários advocatícios depois. Acredito nele quando diz que queria honrar o projeto de fraude de Chris e pensava que seria uma chance de descobrir quem ou o que tinha matado Autumn Semmel.

Com relação à sua infração da lei e desconsideração pelas possíveis consequências de seus atos, que colocaram pessoas em perigo mortal de uma forma que ele devia ter previsto, considero parte de seu caráter mais do que influência da ganância. Não sou psiquiatra, mas o que vejo em Reggie Trager é alguém que, aparentemente desde a Guerra do Vietnã, tem sido consumido por sentimentos de choque, tristeza e irrealidade segundo os quais os resultados que ele imaginava possíveis para seu esquema – tanto positivos como negativos, tanto para si como oara os outros – pareciam quase irrelevantes. Não acho que ele tenha agido por maldade. Penso que ele é só alguém que ficou perigoso quando jovem e permaneceu assim.

Também há uma armadilha na porta. A porta se encosta nela.

Eu paro de repente. Mas Violet, sem perceber o que está havendo, e sem querer me atropelar, vira de lado e passa por mim. Abre a porta mais alguns centímetros.

Não me lembro da explosão.

ˑ∩∩∩(

Lembro-me de acordar olhando o céu. Virando-me para ver Violet, imóvel, a meu lado e incapaz de ver Albin ou seu subdelegado. Lembro-me de querer rolar para Violet e verificar seu pulso, mas desmaiei de novo.

Quando acordei novamente, não consegui me mexer. Nem imaginei como tive energia e liberdade apesar da dor para virar a cabeça antes. Tento falar, mas não consigo.

Também não consigo entender por que ainda estou vivo.

Deixar uma bomba em nossa cabana – e outra em nosso carro, presumo – é estritamente material de Plano B. Se David Locano sabe que estou perto daqui, ele também tem um sentinela vigiando o hotel o tempo todo e uma equipe de atiradores a menos de dez minutos de distância.

Eles já devem estar aqui.

Que diabos os está retardando tanto?

PROVA J

Ford, Minnesota
*Uma Hora Antes**

– Caipirowski! – grita o sargento. – Pegue suas tralhas!

Dylan Arntz sabe que tem um jeito estranho de levar bronca. Ele o tem desde que viu *O resgate do soldado Ryan* na casa de um amigo quando criança.

Mas é ainda mais estranho do que se pensa. O sargento durão que ele imagina gritar com ele o tempo todo não se parece com ninguém do filme. Ele parece o pai de Dylan, pelo que Dylan se lembra dele.

– Segundo-tenente Pat Freudianismo – diria o sargento sobre isso. – Eu servi com esse filho da puta na Itália.

Agora o sargento está em cima de Dylan porque Dylan está recostado no muro de tijolos fedorento da passarela subterrânea da rodovia 53 em sua bicicleta, fumando um cigarro e pensando em como aquele lugar costumava ser a encruzilhada de sua vida.

Atrás dele, a cerca de um quilômetro e meio, fica o Colégio Walden L. Ainsworth. A sra. Peters, a professora de inglês, e o sr. Terbin, professor de história e treinador da equipe de xadrez. Atrás dele, a talvez 14 quilômetros, fica a casa de sua mãe e do padrasto. E uns 3 quilômetros à frente, na Rogers Avenue, o restaurante de Debbie.

O mapa maior mudou, porém. Não porque Debbie o tenha espancado, embora ninguém saiba onde *isso* teria dado se o Mé-

---
* **Como sei disso**: Ver Prova C.

dico das Cavernas não tivesse aparecido. Porque ela o mandou para Winnipeg.

Winnipeg encheu a cabeça de Dylan. Toda uma cidade que era como uma espécie de parque temático, cheia de gente que fazia merda, mas não intimidava. Prédios de banco gigantescos, mas também um calçadão na beira do rio.

Dylan tenta imaginar as pessoas em Ford construindo um calçadão na beira do lago.

– Qual é a graça, Clownarini? – O sargento quer saber.

Dylan quer ficar lá para sempre. Se não em Winnipeg, em um lugar parecido, nos Estados Unidos ou em qualquer outro país. Cada pessoa que ele conheceu em Winnipeg foi legal com ele, embora ele estivesse com Matt Wogum. Até a porra do *Wajid*, o cara que lhes vende pseudoefedrina, foi legal. Ele ficou meio eriçado e não deixou que passassem a noite em seu apartamento, mas isso não faz dele exatamente um Scarface.

A mesma coisa com as garotas no bar. É verdade que elas pediram drogas, mas o que disseram foi: "Sabe onde posso conseguir alguma?", e eram todas saudáveis e sorridentes, como se falassem sobre o sol. Dylan tem uma ereção só de pensar nelas. Dá para *existir* num lugar desses.

Você só teria de decidir como chegar lá. Se voltaria a Debbie – na esperança de ela lhe mandar a Winnipeg de novo em vez de matar você, abandonando-a quando chegasse lá – ou terminar o colégio e mudar-se para o Canadá como um cidadão decente. Talvez até entrar para o Exército canadense, supondo que eles tenham um.

Não o Exército, porém, agora que Dylan pensa nisso. A última coisa de que precisa é de *dois* sargentos.

Mas são dois caminhos. Uma grande decisão. Ele devia discutir isso com o dr. McQuillen.

À frente dele, dois SUVs pretos saem do retorno da rodovia e param no sinal da Rogers Avenue, um de frente para o outro.

Dylan os nota, mas não presta nenhuma atenção neles até que o sinal muda e eles não vão a lugar nenhum. E a essa altura, ainda na sombra da passarela, ele se inclina para vê-los melhor.

O motorista do primeiro SUV sai. Todo de preto, cabeça raspada, tatuagens. Parecendo uma versão menor do dr. Neandertal. O cara espera que o motorista do segundo carro baixe a janela. Pega um mapa e o examina. Volta a seu próprio carro e entra na Rogers Avenue.

Seja lá o que for que estejam aprontando, Dylan sabe que é ruim para Debbie. O que significa que ele tem muito pouco tempo para decidir o que fazer.

ʔ ♠ ♠ ♠ (

— O que quer, seu babaca? — diz o imbecil que pega o telefone.

Dylan está no telefone público na frente do Pizza Grinder, o restaurante que fechou as portas ao lado da saída da rodovia. Vinha aqui algumas vezes quando era criança.

— Brian, preciso falar com a Debbie. Agora mesmo, porra.

— Por que a pressa?

— É que se você não me passar o telefone para ela, quando ela descobrir por que estou ligando, vai matar você de porrada por deixá-la esperando.

— Ah, vai sim.

Mas Brian então parece pensar melhor, porque cinco segundos depois Debbie pega o fone.

— Dylan — diz ela. Mansamente, como se quisesse que ele voltasse. Para morrer ou ir para Winnipeg, não há como saber.

— Debbie, vi um bando de caras em SUVs indo para o seu lado.

— Quando?

— Agora mesmo. Saindo da rodovia.

— Federais?

— Não sei. Um deles tinha tatuagem no pescoço.

– Os sinaloenses?
– Acho que sim.
Depois de uma pausa:
– Obrigada, Dylan. Por favor, volte.
– Vou voltar.

Enquanto Dylan desliga, ele ouve Debbie gritar: "*Acordem, porra! Os sinaloenses estão chegando!*", ao fundo.

Ele tira a bicicleta da parede. Pergunta-se por que ele concordou com ela em que as pessoas que vira *eram* os sinaloenses.

Eles não eram nada parecidos com os sinaloenses que Dylan já vira. Os sinaloenses, em geral, são um pouco mais baixos e sempre dão a impressão de estar acordados há muito tempo.

Então por que ele disse que eram eles?

– Olhe para frente, Ambivalensky – alerta o sargento.

ʔ🐦🐦🐦(

Pedalando para o Debbie's na Rogers Avenue, Dylan vê as duas SUVs paradas lado a lado no estacionamento. Depois vê uma grande teia de rachaduras aparecer, como num passe de mágica, em uma das vitrines do restaurante. Enquanto o vidro cede e cai, Dylan de repente ouve disparos.

Ele derrapa no asfalto e para na valeta de cimento na ponta da rua.

Depois de um tempo, os tiros tornam-se menos frequentes. Lembram a Dylan pipoca acabando de estourar num micro-ondas: *bangbangbangbangbang*, depois só *bangbangbang*. Com períodos cada vez maiores de silêncio.

Quando o silêncio dura um minuto inteiro, Dylan atravessa correndo a rua, abaixado. Olha por cima do peitoril.

O caos. Caras mortos em duas mesas, esparramando-se no chão: os homens da SUV. Nenhum dos rapazes de Debbie, vivo ou morto, que Dylan possa ver.

– Olá? – chama pela janela.

Dentro, ele quase vomita por causa do fedor quente de poeira de reboco, fumaça de armas e sangue fresco. Quando recupera o controle da respiração, conta oito corpos. Um minuto atrás ele pensou que fosse o dobro desse número. A carnificina deve ter pregado peças à sua mente.

Mais de perto, com óculos de sol pendurados na cabeça, esses caras parecem ainda mais durões. Alguns têm armas nas mãos. Dylan abre aos chutes a jaqueta preta Carhartt do mais distante das mesas: MP5 em uma alça de náilon. Ao lado do cara está um cardápio.

Mas que merda é esta? Quem vem a um lugar por qualquer motivo que esses caras tenham tido – para roubar, matar Debbie ou só dar um susto – e primeiro pede o almoço? O mínimo que vai acontecer é alguém cuspir em sua entrada.

Dylan deduz como soltar a MP5 da alça e avança cautelosamente com ela até a porta da cozinha. Há trilhas de sangue passando por baixo. Buracos de bala no alumínio.

– Tá fazendo o quê, Burrovsky? – pergunta o sargento.

– Desligando a segurança – murmura Dylan.

– Não é o que eu...

– Olá? – diz Dylan, em voz alta.

Ele abre a porta com o quadril, apontando a MP5.

Meia dúzia de rapazes estão no chão em volta de Debbie. A maioria deles vivo, escorando-a. A própria Debbie está inconsciente ou morta, com o sangue escorrendo por todo o lado do corpo.

Os rapazes estão armados e apontam para ele.

"Sou eu! Eu voltei! Não atirem!", ele pensa em dizer.

Mas seu peito de repente se comprime com estática e a sala gira, e o chão o atinge com força em uma das bochechas.

Então talvez eles já tenham atirado.

36

Portland, Oregon
Terça-feira, 25 de setembro

– Podia ter me dito que você era um assassino de aluguel – diz Bill Rec.

– Não, não podia.

– Para não dizer um foragido.

– Não sou um foragido. Só tenho uns babacas tentando me matar.

– Já reparei. A pessoa que eles explodiram em vez de você era minha paleontóloga, que eu contratei para você proteger.

O que dizer diante disso?

Estávamos de volta a seu escritório envidraçado.

– Soube que a viu esta manhã – diz ele.

– É verdade.

– Como está ela?

– Melhor.

– Ela disse alguma coisa?

– Não muito.*

---

* Só:
  – Oi, estranho.
  – Como está?
  – Parece que tenho estilhaços nos peitos.
  – Ainda?
  – É. Meu cirurgião disse que causará mais danos tirá-los.
  – Faz sentido.

— Alguma coisa sobre mim? — diz Bill Rec.

— Não, mas é estranho ter me perguntado isso. Violet me disse que você e ela tiveram um relacionamento, mas que ela não entendia o que foi.

Ele me encara.

— Ela *disse* isso a você?

— Disse. Eu achei estranho. Quer dizer, eu passei a conhecê-la muito bem, e não vejo nada que pudesse *me* deter.

— Você saberia.
— Violet, eu sinto muito.
— Não foi você que fez isso comigo.
— Não diretamente.
— E, se você não tivesse me impedido de entrar naquela cabana, teria sido muito pior. Não vou dizer que valeu a pena, porque ainda não sei como meus peitos vão ficar. Mas não me arrependo.
— Como pode não se arrepender?
— Principalmente porque eles não tiraram o cateter de morfina do braço. Mas agora, afinal de contas, ver você parece uma coisa boa.
— Eles poderiam pelo menos *reduzir* a morfina.
— Vou ver você de novo?
— Provavelmente não. Espero que sim.
— Então trate de fazer com que aconteça. Vai embora?
— Sim.
— Vai se esconder?
— Não. Vou tentar convencer esses babacas a parar de me perseguir.
— Quer dizer, matá-los?
— Se for preciso.
— Não. Não quero que faça isso. Não quero que mate mais ninguém. Nem sequer as pessoas que tentaram nos explodir.
— Eu sei.
— E você indiretamente *me explodiu mesmo*, e por isso deve fazer o que eu digo.
— Sei disso também.
— Mas não vai obedecer.
— Não.
— Tem alguma coisa que eu possa dizer que o faça mudar de ideia?
— Não. Vamos, não chore.
— Vá se foder. Por que tem de ser tão babaca o tempo todo? Vai ter cuidado, pelo menos?
— Sim.
— Que bom. Procure lembrar, por mim, a merda que você é por se expor a ser morto.

Seu olhar fica desdenhoso.

– Obrigado pelo conselho sentimental. Foi só por isso que queria me ver?

– Não, tem outra coisa. Você fuma, Bill Rec?

– Não. Claro que não.

– Foi o que pensei. Importa-se se outra pessoa fumar aqui?

– Sim. É proibido fumar em todo o campus. Desculpe.

Espero um momento.

– Da última vez em que estive aqui, você tinha um cinzeiro na mesa.

– Não me lembro disso.

– Era pequeno. Rosa e dourado. Brega, como um suvenir de algum lugar. Tinha um cartão pessoal nele, virado para baixo.

– Então alguém deve ter me dado. Aonde quer chegar com isso? Está me pedindo um cinzeiro?

– Não, não preciso de um. Não conheço ninguém cujos cartões pessoais peguem fogo.

Isso o sobressalta.

– Esta pode ser uma boa hora para você ir embora – diz.

– Vai querer ouvir essa.

– Duvido.

– Tudo bem. – Começo a me levantar.

– Espere – diz ele. – Está me *acusando* de alguma coisa?

Sento-me de novo.

– Estou acusando você de contratar Tom Marvell para ir ao White Lake com o grupo de Palin.

– O quê? – diz ele. – *Por quê?*

– Provavelmente não para me dedurar para a Máfia, se foi Marvell que fez isso... o que deve ter feito, propositalmente ou não. *Alguém* descobriu que eu estava lá, e quase me matou e a Violet por causa disso, e Marvell é o suspeito mais provável.

– E acha que *eu* sou o motivo para Marvell ter ido ao Minnesota?

— Ele esteve aqui antes de ir para lá. Com seu cinzeiro de suvenir de Las Vegas... Quer dizer, que outro lugar ainda tem cinzeiros de suvenir? E o cartão pessoal em chamas.

— Isso é um chute e tanto.

— Pode desperdiçar meu tempo o quanto quiser.

Bill Rec me examina. Por fim, fala.

— Entrevistei Marvell para verificar o monstro do lago antes de entrevistar você. Não nos entendemos, e então fiquei com você e não com ele. Fiquei tão surpreso quanto qualquer outro quando ele apareceu em Ford. Mostrei a ele a carta e o vídeo em completa confiança.

— Está dizendo que ele foi ao White Lake por conta própria?

— Até onde sei. Se ele estivesse trabalhando para mim, por que eu não teria lhe contado?

— Por que não teria me contado que o entrevistou depois de eu lhe mandar um e-mail dizendo que ele estava lá? Por que não contou a Violet? Aliás, por que não mandou Violet ir buscá-lo no aeroporto?

— Eu tenho muitos funcionários. E muito em que pensar.

— Com Violet recaindo nas duas categorias.

A boca de Bill Rec se enrijece.

— Acabe com suas insinuações e dê o fora daqui.

— Tudo bem. Você tentou contratar Marvell quando ele esteve aqui neste escritório, mas não deu certo. Ou ele disse não, ou pediu dinheiro demais e *você* disse não. Então você contratou Michael Bennett da agência de investigações Desert Eagle para fazer o trabalho que havia pedido a Marvell... que na realidade *não* era o trabalho de investigar o monstro do lago. E, quando Violet e eu flagramos o sr. Bennett tentando tirar fotos nossas no que ele pensou ser a mesma cama, você voltou rastejando para Marvell e pagou o que ele queria. Você até pagou a Sarah Palin para dar uma carona a Marvell e um álibi... Algo que deve ter custado uma baba, o que implica que você já sabia que Palin seria o árbitro, mas preferiu não passar esta informação a mim ou a Violet. Porque, se tivesse contado, saberíamos que você não dava a mínima para quem fosse o árbitro, e portanto não daria a mínima se houvesse ou não um monstro no White Lake. Você tinha medo é de que seus 2 milhões de dólares fossem para Reggie Trager, mas, tirando isso, a fraude não significava nada para você. Você só queria alguém para espionar Violet Hurst. Enquanto a mandava para o bosque com alguém tão inteiramente diferente de você que se ela trepasse comigo provaria que ela não podia estar apaixonada por você.

A cara-dura de Bill Rec não é ruim. Mas também não é ótima.

– Isso é loucura – diz ele.

– Não é lá muito maduro, de qualquer forma. Mais parece o comportamento de um menino de 12 anos.

– Saia do meu escritório. Depois dê o fora do meu campus.

– Pare de chamar isso de campus. É a merda de um complexo comercial. Está ensinando literatura francesa aqui em algum lugar?

– Saia. E mais uma coisa. Se disser uma só palavra disso a Violet, eu acabo com você.

– Violet é minha amiga. Vou contar a verdade a ela.

– Está me *chantageando*?

– Não. Eu disse que vou contar a verdade a ela. O que vou fazer mesmo, independentemente do que você disser ou fizer.

Ele me olha com olhos frios que aos poucos se abrandam e se enchem de lágrimas. Se é teatro, é passável.

– Você não sabe como é – diz ele, por fim. – Como é difícil para mim confiar nas pessoas.

– Eu choraria um rio por você, mas deve ser mais rápido você comprar um.

– Preciso que me ajude com ela.

– Não, obrigado. Eu não tentaria colocá-la contra você, mas sei que não vou te ajudar a conquistá-la.

– Isso é... justo. – Ele ia dizer alguma coisa, mas se interrompe.

– Que foi?

– Você e ela...? Quando voltaram ao White Lake?

– Ah, pelo amor de Deus! – digo. – Pergunte *a ela*! Faça a ela a pergunta que quiser. Ela pode não responder, mas pelo menos você estará se comportando como um adulto.

– Tem razão. Eu sei. Desculpe.

Ele arria, encarando a mesa. Ou os pés. Com aqueles óculos dele, era difícil dizer.

– Você... quer mais dinheiro? – diz ele, por fim.

– Não. O que você me deve é suficiente. O que eu quero é ajuda para gastar.

EPÍLOGO

37

Gelin, Dakota do Norte
Oito Meses Depois

Estou na poltrona perto da janela, tentando entender o Image Challenge do *New England Journal*, quando a primeira bala atinge o vidro. A imagem é de duas mãos com chifres crescendo delas.* Graças à mudança de pressão sob a poltrona, as luzes são apagadas quando alcanço o chão.

O segundo tiro espalha um pouco de vidro na sala, o que significa que o atirador está usando algo mais pesado do que eu esperava – uma Steyr .50, talvez, como as que a Áustria vende ao Irã. Claro que por "vidro" eu quero dizer laminado Kavenex de 66 milímetros montado sobre amortecedores de choque.

A janela já era. Comigo, tudo bem. Já estou engatinhando rapidamente pela linha da fita de óxido de ferro luminescente que corre pelo chão da poltrona até o alçapão. E as balas só vêm em linha reta, já que o que parecem ser venezianas são, na verdade, frestas de aço ancoradas no chão e no teto. Pretendem forçar os atiradores a usar os anteparos que armei para eles nas escarpas de frente para a casa. Eles parecem estar fazendo isso.

Passo pelo alçapão e fecho a porta, que é de um cofre da Nationwide feito para suportar o impacto de um avião leve e dez horas de incêndio com combustível químico. Depois entro no carrinho.

O túnel de cimento que a construtora supostamente inidentificável de Bill Rec cavou para mim tem duzentos metros: cerca

---
* Ainda não sei qual o diagnóstico correto.

de trinta segundos de carrinho. O bunker na outra ponta é tão apertado que meu pôster de Gerônimo se estica do chão ao teto.

Fecho o segundo alçapão e ligo a série de monitores.

Os dois atiradores estão onde deveriam. Outros seis nerds paramilitares estão vindo em direção à casa, posicionados para ficar fora da linha de fogo de seus próprios atiradores o máximo possível. Pode haver mais, mas as empresas que treinam esses manés preferem grupos de oito, porque é o tamanho de uma "equipe de barco" típica dos SEAL da Marinha, e porque qualquer coisa mais que isso tende a atrapalhar. E a entrar em combate internamente. As pessoas se tornam atiradores por uma série de motivos – sociopatia verdadeira, treinamento militar acompanhado de uma disposição de fazer qualquer coisa por dinheiro, uma necessidade patológica de se sentir James Bond –, mas as habilidades sociais não estão no topo da lista.

Nos monitores de amplo espectro, vejo que eles estão usando luzes químicas infravermelhas em laços para se diferenciarem do alvo.* Tudo bem. Tenho um balde de luz química ao lado da lata de tinta spray UV-reflexiva que pensei que podia usar para marcar esses caras. Como eles não precisam, vou em frente e visto meu traje de assalto.

A melhor notícia, até agora, é o helicóptero. Ele se move para se posicionar bem acima da casa, e escapar do monitor, posicionado para ter a mim na mira se eu sair por uma das portas. Os helicópteros, e as pessoas que podem pilotá-los, são caros. E a casa está lotada de TATP suficiente para derrubá-lo.

Mas ainda é cedo demais para isso. Ou até para explodir as posições dos atiradores. Os nerds paramilitares ainda nem tropeçaram em nenhuma das minas antipessoais. Depois que tropeçarem, eu vou virar o restante dos comutadores com uma das mãos, e depois sair e perseguir os extraviados. Depois disso,

---

* No caso, eu.

naturalmente, fritar seus óculos de visão noturna com as várias lâmpadas de espectro exótico que coloquei nas árvores.

Provavelmente será um massacre, o que é uma infelicidade. Mas eu não pedi a ninguém que viesse aqui. A única coisa que fiz foi pedir uma licença de tabelião público com nome falso, mas com minhas digitais e este endereço, algo que os bandidos às vezes fazem para conseguir porte de arma. Na época, preocupei-me com se podia ser sutil demais.

Seriam justificadas as coisas que estou prestes a fazer? Quem sabe? Se contarmos Teng, o esquema de McQuillen matou cinco pessoas. Minha própria viagem ao Minnesota deixou Dylan Arntz, quatro rapazes de Debbie Schneke e oito caras enviados por Locano mortos – e quase matou Violet Hurst, o xerife Albin, a própria Debbie Schneke e o subdelegado de Albin. Minha culpa, sim, por me envolver, mas a única maneira de evitar que uma coisa dessas volte a acontecer é: ou continuar fugindo – o que significa nunca trabalhar como médico com nome nenhum, ficar fora da vista do público, não me associar com ninguém e esperar ter um pouco mais de sorte da próxima vez – ou revidar. Prejudicar tanto a Máfia que eles percebam que a vendeta de David Locano não vale a pena. Devo esperar até ser encurralado? Talvez já esteja. Isso costuma acontecer onde se imagina.

O argumento que vai *contra* o que vou fazer, eu sei – além do fato de que acabo de passar onze anos tentando *não* matar gente, em geral com sucesso, e compensar tê-lo feito no passado –, é como isso pode ser divertido. Como já é divertido.

As habilidades que estou prestes a usar são motivo de vergonha, e eu *estou* envergonhado delas. Também são divertidas pra caralho de usar, e fingir o contrário não mudará o que está prestes a acontecer.

Coloco a mão nos comutadores.

Quer dizer, por que mentir?

APÊNDICE

CANDIDATOS A PONTO SEM VOLTA NA MUDANÇA CLIMÁTICA e O QUE FAZER AGORA

Violet Hurst

Parte I. Candidatos a Ponto Sem Volta

Novembro de 2010. Os americanos que acreditam que seu problema mais premente é que os ricos e as grandes empresas não são livres o bastante para foder com eles elegem uma maioria republicana para a Câmara dos Representantes.*

Em dezembro, um mês antes de John Boehner tornar-se presidente da Câmara, seu porta-voz afirmou: "O Comitê Seleto sobre Aquecimento Global foi criado pelos democratas simplesmente para dar cobertura política à aprovação do seu imposto sobre consumo de energia. É desnecessário, e os contribuintes não terão de financiá-lo no 112º Congresso." Em fevereiro, os

---

* Eu sei: Obama se mostrou uma enorme decepção para qualquer progressista, e os democratas no Congresso não fizeram grande coisa para se destacar como honestos ou interessados no bem-estar público. Mas isso só explica a *apatia*. Não explica a *votação ativamente republicana*, dois anos depois de os republicanos causarem o colapso financeiro mundial. Escreva seu amor ao niilismo anarquista em seus Doc Martens, se quiser. Decepe a própria mão a tiros. Não vote nos *republicanos*, pelo amor de Deus.

republicanos apresentaram projeto de lei proibindo a Agência de Proteção Ambiental de tentar limitar os gases estufa. O deputado Darrell Issa, da Califórnia, suspeito de roubo de carro e incêndio criminoso e agora eminente presidente do conselho do Comitê de Supervisão da Câmara, já alegou que financiar a ciência do clima é um "tsunami* de opacidade, desperdício, fraude e abuso", prometendo ainda outra investigação do "Climagate", o falso escândalo que já foi desacreditado por cinco investigações anteriores.† Enquanto isso, a acidez dos oceanos se aproxima do nível em que os moluscos não seriam capazes de fazer conchas.

Esta data é importante e suscita a eterna questão de quais são os babacas que sabem muito bem que a mudança climática é real e estão vendo tudo para garantir quaisquer vantagens que possam auferir para si e suas famílias antes que tudo vá para o inferno, e quais são os suficientemente estúpidos ou cegos pelo medo para realmente não ver o que está acontecendo.

Mas é meio tarde demais para ser um combatente do ponto sem volta.

Janeiro de 2010. A Suprema Corte americana determina que as grandes empresas, apesar de nunca morrerem nem pegar cadeia, têm os mesmos direitos da Primeira Emenda que os seres humanos – inclusive o direito de gastar uma quantia ilimitada em propaganda política.‡

---

* Risos.

† A arenga sobre o "Climagate", como o próprio movimento Tea Party, chegou a nós pelos bilionários do petróleo Charles e David Koch. Outras partes desinteressadas que pediram maiores "investigações" do "Climagate" incluem o governo da Arábia Saudita.

‡ O processo é o *Citizens United vs. Comissão Federal Eleitoral*. Casos anteriores da Suprema Corte se voltaram para o conceito de "personalidade corporativa", mas este poço transbordou e tem as digitais mais nítidas – parti-

Esta decisão destrói qualquer equilíbrio que possa existir entre o povo e as corporações nos Estados Unidos e aleija a democracia americana em geral, mas é meio tarde demais para uma reflexão séria.

Abril de 2009. Fracasso da Conferência do Clima em Copenhague, um acontecimento digno de nota pela intransigência por parte dos Estados Unidos e da China e pela indiferença pública depois da revelação de que o golfista profissional Tiger Woods transava com mulheres com quem não era casado.*

Não chega perto, mas é bom ver o golfe e as pessoas que o adoram† contribuírem ainda mais para foder com o meio ambiente.

Dezembro de 2000. Depois que os Estados Unidos elegem Al Gore, a Suprema Corte proíbe uma contagem precisa dos votos da Flórida, tornando George W. Bush presidente.

---

culamente porque a decisão original que garantia direitos às empresas (além do simples direito de entrar em um contrato), Condado de Santa Clara vs. Southern Pacific Railroad Company (1886), pode ter descaracterizado a intenção da Suprema Corte. As decisões da Suprema Corte sempre são publicadas com um "sumário" de um relator que resume a ação. No caso Santa Clara, o relator, que por algum motivo era J. C. Bancroft Davis, ex-presidente da Newburgh and New York Railway, escreveu que os juízes concordaram por unanimidade em que as empresas deviam desfrutar de direitos sob a Décima Quarta Emenda, aprovada 18 anos antes para estabelecer os direitos de ex-escravos. O parecer real não diz isso, porém, e na verdade o presidente do Supremo, Morrison White especificamente, disse a Bancroft que "evitamos abordar a questão constitucional na decisão" ao decidir o Santa Clara. E é por isso que a decisão do Santa Clara – que conferiu às grandes empresas americanas proteções da Décima Quarta Emenda 34 anos antes de as mulheres americanas receberem as delas – foi, até o caso Bush vs. Gore, chamada com frequência de a pior decisão de todos os tempos da Suprema Corte.

* **Rodapé do convidado Pietro Brnwa:** Da mesma forma, ver o fracasso de julho de 2009 da "Revolução Verde" iraniana depois da morte de Michael Jackson, e de repente ninguém dava a mínima.

† Novamente com John Boehner.

Escória republicana e secretária de estado da Flórida, Katherine Harris,* que, apesar de ser codiretora da campanha de George W. Bush na Flórida, também é encarregada da certificação das eleições na Flórida, provoca o caso parando a contagem.

Este é tão clássico que as pessoas se esquecem de que antes dele ainda havia a ficção de que os juízes da Suprema Corte não são políticos. Por exemplo, em 1987, o senador republicano Orrin Hatch disse: "Se os próprios juízes [da Suprema Corte] começarem a basear suas decisões em critérios políticos, perderemos a lógica jurídica que nos serviu tão bem para fazer frente aos excessos e ao fervor políticos nos últimos 200 anos."†

Este também é um forte concorrente. A riqueza de Al Gore, como a de George W. Bush, vem da venda de favores políticos a petrolíferas,‡ e o companheiro de chapa de Gore depois se mostrou inteiramente alinhado com os interesses corporativos. Mas, na realidade, há muito pouca chance de que Gore tenha feito um trabalho pior que Bush pelo meio ambiente.§

---

* 1994: a seguradora Riscorp Inc. faz uma doação ilegal de 20 mil dólares à campanha de Katherine Harris para o Senado pelo estado. 1996: Harris cria um projeto de lei para tornar mais difícil que empresas, com exceção da Riscorp, subscrevam seguros de indenização por acidente de trabalho na Flórida. 2004: Harris, agora membro do Congresso americano, diz em uma audiência que um homem do Oriente Médio foi preso por atentado a bomba a uma rede elétrica de Indiana, embora isso não tenha acontecido. 2006: Harris perde uma reeleição depois de descobrirem que recebera contribuições ilegais do fornecedor da defesa MZM, para quem ela depois ajudou a conseguir contratos federais. Aliás, o avô de Harris, Ben Hill Griffin Jr., foi uma das 300 pessoas mais ricas da América. Não estou dizendo que isso faz dela uma má pessoa. Estou dizendo: *que tipo de bandida rica como Katherine Harris vende seus eleitores por 20 mil dólares?*

† Sabe-se que os juízes Scalia e Thomas compareceram à reunião anual de militantes políticos conservadores patrocinada pelos irmãos Koch, cujo comparecimento era limitado a duzentas pessoas.

‡ Também à indústria do tabaco. Mas principalmente a petrolíferas.

§ Por exemplo, para seu Conselho de Qualidade Ambiental, o principal instrumento ambiental do ramo executivo, George W. Bush nomeou (como presidente) James L. Connaughton, que antes fazia lobby para a Aluminum Com-

Ainda assim, escolher esta opção ignora coisas como o papel do candidato estraga-prazeres e narcisista do Partido "Verde" Ralph Nader, e ignora o fato de que muita gente se dispôs a votar em Bush e Nader para tornar as eleições mais equilibradas. Escrevam isso em suas lápides, seus merdas.

Julho de 1997. Aprovação unânime pelo Senado americano (incluindo Al Gore) da Resolução Byrd-Hagel, que dava voz à oposição de ratificação do Protocolo de Quioto com base no fato de a China não ter ratificado.

Este é um lindo "*Fodam-se – nós inclusive!*", e ratificar o Quioto criaria um precedente para a cooperação internacional sobre o ambiente. Mas em si o Protocolo de Quioto era fraco para reduzir significativamente a mudança climática.

Novembro de 1979 – janeiro de 1981. O Irã faz 66 reféns americanos durante o governo Carter e só os liberta depois de seis minutos no governo Reagan*, convencendo assim muitos americanos de que uma ferramenta corporativa esperta que vende o falso otimismo do "É manhã outra vez na América" de algum modo era

---

pany of America (Alcoa) e a Associação Americana de Fabricantes de Produtos Químicos, e (como chefe de gabinete) Philip Cooney, ex-lobista do Instituto Americano de Petróleo. Depois que Cooney foi tocado para fora por alterar os resultados dos estudos de aquecimento global do governo em favor das petrolíferas, ele foi contratado para o departamento de relações públicas da ExxonMobil.

* Não há provas de que republicanos e iranianos colaboraram na eleição de Ronald Reagan. Apenas 11 membros do governo Reagan foram depois condenados por trocar armas ilegalmente com o Irã (durante um embargo liderado pelos Estados Unidos!) por um grupo *diferente* de reféns. Os detalhes *deste* acordo de armas por reféns são difíceis de obter, mas George Bush Sr., como um de seus últimos atos oficiais, perdoou a todos os que foram ou podiam ser condenados com relação a isso. Na véspera de Natal. O ato de misericórdia foi um presente natalino, ou programado para que o menor número possível de pessoas lesse sobre isso no jornal no dia seguinte? Julgue você.

um aprimoramento de um maluco (garantido) que, apesar de arrancar dinheiro ele mesmo de petrolíferas, pelo menos *disse* que queria reduzir a dependência americana do petróleo estrangeiro. Como ambientalistas, os nomeados de Reagan – como a diretora da EPA Anne Gorsuch, que não acreditava que o governo federal devesse *ter* uma política ambiental e se tornou a primeira diretora da agência na história a ser acusada de desacato pelo Congresso – na verdade eram piores do que os de George W. Bush.

Há outra forte possibilidade. Até o 11 de setembro, as hostilidades iranianas eram a maior dica que tinham os americanos do que acontece quando o setor petrolífero dirige a política. O fato de que sua reação foi fugir para a negação míope continua a definir a política americana de hoje.

Além disso, como ano, 1979 tem outras particularidades. Por exemplo, foi o ano em que os bilionários sauditas Salem bin Laden (primo de Osama bin Laden) e Khalid bin Mahfouz (cunhado de Osama bin Laden) proporcionaram fundos iniciais para a Arbusto, o primeiro empreendimento comercial de George W. Bush. E que David Koch (ver acima) concorreu à vice-presidência, uma experiência que dizem tê-lo convencido, e ao irmão, a buscar a mudança política disfarçada e não abertamente.

Novembro de 1962. Relatório solicitado por JFK do Comitê de Recursos Naturais da Academia Nacional de Ciências/Conselho de Recursos Naturais prevê que a energia limpa e infinita da fusão será alcançada "possivelmente em uma década, porém mais provavelmente em uma geração", convencendo assim (segue o argumento) o governo Kennedy e administrações subsequentes a ignorar a conservação ou a proteção ambiental.*

---

* Creio que a expressão "recursos renováveis" vem deste relatório.

Os sérios nerds do clima em geral preferem este, mas principalmente podem identificar um ao outro nas conferências. Pessoalmente, não entro nessa. Se quiser acreditar que alguém leu este relatório, o levou a sério e baseou decisões políticas nele, então você tem de supor que as mesmas pessoas leram – mas ignoraram inteiramente – frases no relatório como estas:

> O homem está alterando o equilíbrio de um sistema relativamente estável com sua poluição da atmosfera com fumaça, emissões de gases, partículas de combustíveis fósseis, substâncias químicas industriais e material radioativo; por esta alteração do equilíbrio da energia e da água na superfície da terra por desflorestamento, aflorestamento [isto é, plantio de novas florestas – não se sabe se este tende a ser um grande problema], cultivo da terra, sombreamento, cobertura de solo, pastos em demasia, redução da evapotranspiração [isto é, a parte vital do ciclo da água em que as plantas evaporam água do alto de suas folhas para produzir sucção, que atrai nutrientes por seu sistema circulatório], irrigação, drenagem de grandes pântanos e construção de cidades e rodovias; por sua derrubada de matas e alterações da cobertura vegetal, alterando a reflexividade da superfície da terra e as estruturas do solo; por seus aterros, construção de prédios e contenção do mar, e poluição, trazendo mudanças radicais na ecologia de áreas de estuário; por mudanças que realiza no equilíbrio biológico e na realocação física de bacias aquáticas para construção de represas e canais; e pela quantidade crescente de dióxido de carbono que uma sociedade industrial libera na atmosfera.

E, além disso, a ideia de que as pessoas sabiam desta merda em 1962 e não fizeram nada até para mim é deprimente demais engolir.

1953. A empresa de relações públicas Hill & Knowlton, em nome da indústria do tabaco, elabora a estratégia de "construção de controvérsia", pela qual as empresas pagam prêmios para concorrer com conceitos cientificamente provados, e depois acusam a imprensa de parcialidade se seus sócios não recebem o mesmo tempo que as pessoas que sabem de que eles estão falando.

Na verdade, este é um concorrente muito forte, em minha opinião. A prática é de uso mais amplo que nunca (a expressão "falsa equivalência" tornou-se uma forma popular de descrevê-la) e foi modificada pela compreensão de que – até o ponto em que a mídia não a toleraria, o qual ainda não foi situado –, quanto mais radical sua dissidência fabricada, mais você pode afastar a posição "centrista" da verdade.

1895. Henry Ford, então executivo da Edison Illuminating Company, dedica-se a pesquisar motores a gasolina. Ou por outra: 1870 (primeiro motor a gasolina para carros), 1860 (primeiro motor de combustão interna produzido em massa), 1823 (primeiro motor de combustão interna de uso industrial) etc.

Não me agrada chamar invenções e descobertas de desastres. A tecnologia não é má; só evolui rapidamente e sem metas ou uma ética clara, exigindo que defendamos constantemente um lugar para a humanidade no mundo que a faz. O que leva a tecnologia a *se comportar* como má é a ganância corporativa. Como a General Motors estabelecendo uma unidade especial em 1922 para comprar e desmantelar sistemas de transporte público elétricos pela América. Ou o Congresso facilitando essas coisas para a GM e outras empresas, ao aprovar em 1935 a Lei de Prestadoras de Serviços de Utilidade Pública (PUHCA).

1879-83. Guerra do Pacífico. Isto não é uma causa, mas *é* uma bela lição flagrantemente desprezada. A guerra aconteceu por depósitos de cocô de morcego e gaivotas no Caribe, que descobriram ser uma fonte ideal de fertilizante, e permitiria um boom na produção agrícola – com booms resultantes na população e urbanização.* O cocô de morcego e de gaivota é renovável no sentido de que esses morcegos e gaivotas continuam, onde disponíveis, a cagar, mas os depósitos no Caribe levaram milhões de anos para se formar e foram destruídos em 60 anos depois de sua descoberta. Se o petróleo não tivesse sido descoberto em sua substituição, *então* teria havido uma explosão demográfica.†

É um ótimo exemplo da tendência humana a rapidamente exaurir recursos que levam o que os paleontólogos chamam de "tempo geológico" para se formar, mas há muitos destes.‡

---

* [Por exemplo: entre 1819 e 1891, a população de Nova York pulou de 100 mil para 3 milhões de habitantes.

† Outros cocôs, até de aves, não têm a mesma proporção nitrogênio-fósforo--potássio.

‡ O mais popular provavelmente é a Ilha de Páscoa, onde os trabalhadores derrubaram todas as árvores para fazer estátuas em homenagem aos ancestrais dos ricos – um processo que se acelerou com o passar do tempo, porque as pessoas ficavam cada vez mais desesperadas para que os espíritos dos ancestrais dos ricos as salvassem do desmatamento. Por fim, os militares assumiram, morreram 90% da população, e os sobreviventes começaram a derrubar as estátuas. E isso foi *antes* que os europeus começassem a vender os habitantes da Ilha de Páscoa para a escravidão.
Outro exemplo: tendemos a pensar que a caça às baleias é uma atividade antiga, por causa de *Moby Dick* e tal, mas 75% das baleias do mundo morreram depois da Segunda Guerra Mundial, por países que procuravam usar o óleo de baleia para suplementar seu petróleo durante a escassez do pós-guerra.
  E mais uma: antes da agricultura humana de massa, a maior parte do Oriente Médio tinha florestas. É verdade: houve um tempo em que as pessoas que usavam a expressão "Crescente Fértil" não estavam sendo sarcásticas.

Século V a.C. Consolidação do Livro do Gênesis, com sua alegação, sem dúvida útil para a demografia política da época*, de que "Deus os abençoou e disse: 'Frutificai e multiplicai-vos, enchei a Terra e submetei-a (...) Eis que vos dou toda erva que dá semente sobre a terra; e todas as árvores frutíferas que contêm em si mesmas a sua semente, para que vos sirvam de alimento.'"

Ora, há várias mensagens que você pode imaginar extrair dessa passagem. Uma das mais óbvias é que Deus quer que sejamos vegetarianos. Outra é que, depois que a Terra *foi* enchida e submetida, Deus podia querer que *parássemos com a porra da super-reprodução*. Quer dizer, a maioria das pessoas que leu "ensaboar, enxaguar, repetir" não continua a fazer isso até seu couro cabeludo virar uma papa ensanguentada. Parece que elas simplesmente não conseguem aplicar a mesma lógica à Bíblia.† A mensagem que insistem em ver é que Deus, por algum motivo, quer que persigamos a reprodução máxima até que ela nos mate e à maioria de Suas outras criaturas que não sejam insetos.

Mas as pessoas interpretarão *qualquer coisa* a seu favor, e assim é difícil culpar o que acabou sendo a Bíblia. Dê às pessoas um livro didático de genética e, quando elas lerem que só vão transmitir metade de seus genes únicos aos filhos, e só um quarto aos netos, e só um oitavo aos bisnetos, pelo menos algumas delas dirão: *"Mas que droga... Aqui diz que eu preciso ter oito filhos."*

Se eu tivesse de escolher, ficaria com Reagan/Carter/Irã 1979-80. Foi o grande desvio da realidade e aconteceu no mesmo ano da

---

* A população mundial em 500 a.C é desconhecida, mas devia ser de menos de 200 milhões – menos de 3% do que é hoje.

† Ou à Constituição: a Segunda Emenda diz: "Com uma milícia bem regulamentada, sendo necessária à segurança de um Estado livre, o direito do povo de manter e portar armas não deverá ser infringido", a partir do que as pessoas gostam de entender que o controle de armas é inconstitucional. Mas tenho certeza de que há um "bem regulamentado" em algum lugar por ali.

publicação de *Overshoot: The Ecological Basis of Revolutionary Change*, de William R. Catton.

Porque *este* foi um alerta eficaz.

Parte II: O que fazer agora

Fácil. Primeiro: plante 10 bilhões de árvores. Depois: a Vagina de Rubik. Mesmo índice de aprovação que o cubo, só que *com* o uso do guia.

Ideia minha, mas pode ficar com ela de graça.

FONTES

Este livro é uma obra de ficção. Embora as fontes mencionadas a seguir tenham sido úteis em sua concepção, o livro não reflete necessariamente as descobertas ou opiniões destas fontes com precisão. Nem era isso o que eu pretendia. Dito isso, e estritamente para as pessoas que se importam com este tipo de coisa:

Minha compreensão de como é ser um médico no setor de cruzeiros marítimos se deve a médicos e pacientes que dividiram suas experiências comigo pessoalmente (MW em particular) e àquelas que acharam útil partilhá-las publicamente, como Gary Podolsky, John Bradberry e Andrew Lucas, e nem todos viram o setor de uma óptica negativa. Como pano de fundo, estou em dívida para com *Devils on the Deep Blue Sea: The Dreams, Schemes and Showdowns That Built America's Cruise-Ship Empires*, de Kristoffer A. Garin, 2006 (inclusive para informações sobre a greve de 1981),* e para com as diretrizes para instalações médicas da Associação Internacional de Linhas de Cruzeiro.

O número de aproximadamente 7 mil dólares por ano para alguns funcionários de cruzeiro vem de "Policy Guidelines Go-

---

* O que ficou famoso na época: os trabalhadores grevistas ergueram um cartaz convidando a imprensa – que zombou deles em terra por serem ignorantes – a subir a bordo e conhecer uma truta.

verning the Approval of ITF [Federação Internacional dos Trabalhadores do Transporte] Acceptable CBA's [acordos coletivos] for Cruise Ships Flying Flags of Convenience", vulgo ITF Miami Guidelines, 2004*, que até onde sei não foram atualizadas e que *sugerem* um salário mensal mínimo para trabalhadores de cruzeiros de 302 dólares, aumentado para 608 quando combinados com horas extras e licenças. Em "Sovereign Islands: A Special Report; For Cruise Ships' Workers, Much Toil, Little Protection", de Douglas Frantz, *New York Times*, 24 de dezembro de 1999, Frantz escreve que "por trabalhar até 18 horas por dia, sete dias na semana, a maioria dos trabalhadores de cozinha de navios recebe de 400 a 450 dólares por mês". Os detalhes sobre algumas despesas dos trabalhadores de cruzeiros vêm de Garin, já mencionado. Observe-se também que o registro de pavilhão de conveniência para a Libéria é administrado por uma empresa privada da Virginia.†

O melhor trabalho escrito que conheço sobre o setor da perspectiva de um passageiro, mesmo que inclua *The Poseidon Adventure*, é o ensaio com o título de *A Supposedly Fun Thing I'll Never DO Again: Essays and Arguments*, de David Foster Wallace, 1997. O ensaio de Wallace é notável pelas informações de bastidores que ele conseguiu intuir mesmo quando eram escondidas dele.

Até onde sei, não existe navio de cruzeiro com um domo Nintendo, mas, se houver, espero que se chame *Mario D'Orio*.

O que Violet Hurst descreve como **paleontologia catastrófica** é principalmente um misto de sociologia, antropologia e ecologia cujo pioneiro foi William R. Catton Jr. na década de 1970

---

* http://www.itfglobal.org/files/seealsodocs/884/Miami%20Guidelines%202004.pdf.
† http://www.itfseafarers.org/files/publications/4076/globalisingsolidarity.pdf.

e que às vezes é chamada ou de sociologia ambiental, ou de ecologia humana. (O próprio Catton é sociólogo e se concentrou em questões ambientais na maior parte de sua carreira.) Obviamente a observação de que o crescimento da população humana tende a se controlar de maneiras desagradáveis remonta pelo menos a Malthus, e livros como *The Forest and the Sea*, do zoólogo Marston Bates*, 1960, e *Silent Spring*, da bióloga marinha Rachel Carson, de 1962, uma obra fundamental para Catton. Mas pelo que sei foi Catton que primeiro aplicou conceitos e termos técnicos da gestão da fauna silvestre, como "capacidade biótica máxima", a populações humanas. Seu livro *Overshoot: The Ecological Basis of Revolutionary Change*, 1980, ainda é definitivo. Um descendente particularmente refinado do *Overshoot* é *A Short History of Progress*, de Ronald Wright, 2004, que na realidade todos na Terra deveriam ler e que me foi particularmente útil aqui. Também consultei outros dois livros de Wright, *Stolen Continentes: The "New World" Through Indian Eyes*, 1993, e *What Is America?: A Short History of the New World Order*, para informações sobre as populações de nativos americanos. (Ver a seguir.)

Para informações sobre uma possível **extinção do petróleo**, estou em dívida para com Richard Heinberg, em particular seus livros *The Party's Over: Oil, War and the Fate of Industrial Societies*, 2003, e *Blackout: Coal, Climate and the Last Energy Crisis*, 2009. Ver também o telegrama de 2008 da embaixada americana na Arábia Saudita à CIA, ao Tesouro dos EUA e ao Departamento de Energia que diz: "Uma série de importantes atrasos

---

* Algo que considero particularmente atraente em Bates é sua observação de que os objetos projetados (e, por extensão, os espaços e "realidades" projetados e assim por diante) tendem a ser mais pavorosos que os naturais, em parte, simplesmente porque têm um nível de detalhes mais baixo – de que, assim como apagamos espécies de nossa realidade, também apagamos outros tipos de complexidade, em detrimento nosso. Ver *The Forest and the Sea*, p. 254.

e acidentes de projeto [...] nos últimos dois anos é prova de que a Saudi Aramco [a petrolífera nacional saudita] tem de correr muito para ficar no mesmo lugar – substituir o declínio na produção existente".* Para mais sobre **subsídios do governo às petrolíferas**, ver "As Oil Industry Fights a Tax, It Reaps Subsidies", de David Kocieniewski, *New York Times*, 3 de julho de 2010.

A ideia de que o **derretimento da plataforma de hidrato de metano**, com o que se pretende dizer a Plataforma do Leste Siberiano, pode causar um ciclo de mudança climática irreversível é, até onde sei, mais estreitamente associada com a obra de Natalia Shakhova, PhD, do Centro de Pesquisa Internacional do Ártico da Universidade de Alasca, em Fairbanks. Ver, por exemplo, "Methane Hydrate Feedbacks", de N. E. Shakhova e I. P. Semiletov, em *Artic Climate Feedbacks: Global Implications*, Sommerkorn e Hassol, orgs., 2009.

Para um **contra-argumento (certamente pré-Fukushima) de que a energia nuclear se *tornará* um substituto viável para o petróleo**, ver *Power to Save the World: The Truth About Nuclear Energy*, de Gwyneth Cravens, 2007. Para um **contra-contra-argumento**, recomendo o capítulo sobre Three Mile Island, em *Inviting Disaster: Lessons from the Edge of Technology*, de James R. Chiles, 2002, que é um ótimo livro, de qualquer forma, e me apresentou a Karl Weick e aos "episódios cosmológicos". Pelo apoio moral e atualizações contínuas, agradeço à edição semanal sobre energia nuclear do programa de rádio de Harry Shearer, *Le Show*.

Pelas partes da paleontologia catastrófica que são realmente **paleontologia**, devo minha gratidão a *T. Rex and the Crater of*

---

* Divulgado pelo WikiLeaks e publicado online em "US embassy cables: US queries Saudi Arabia's influence over oil prices", guardian.co.uk, 8 de fevereiro de 2011.

Doom: The story that waited 65 million years to be told – how a giant impact killed the dinosaurs, and how the crater was discovered, de Walter Alvarez, 2008, que é de leitura agradável e bem fundamentado, e também um exemplo infeliz da tendência moderna de colocar palavras-chave de busca na Internet nos títulos dos livros. Alvarez e o pai, Luis Alvarez, descobriram que as mudanças climáticas que exterminaram os dinossauros vieram de um asteroide de mais de 9 mil metros de largura que mergulhou no chão em Chicxulub, no México. Também útil foi *Bones Rock!: Everything You Need to Know to Be a Paleontologist*, de Peter Larson e Kristin Donnan, 2004.

O pictograma de uma criatura semelhante a uma serpente ameaçando um alce existe nas Boundary Waters exatamente onde descrevi, mas a localização dada no capítulo 12 é fictícia. Seu verdadeiro local é o Darky Lake.*

"**É um mundo frio e duro, meu bem, e estes são tempos frios e duros**" é evidentemente uma citação de "Cold Hard Times", de Lee Hazlewood.

As 100 mil bolas de golfe no fundo do lago Ness vêm de "The Burden and Boon of Lost Golf Balls", de Bill Pennington, *New York Times*, 2 de maio de 2010. As bolas de golfe foram localizadas em uma busca do monstro por sonar submergível em 2009.

Para uma visão sobre **cidadezinhas americanas infestadas de metanfetamina**, incluindo traficantes de metanfetamina que às vezes assumem empregos em fábricas como disfarce, tenho uma dívida específica para com *Methland: The Death and Life of an American Small Town*, de Nick Reding, 2009. *Methland* é excelente e argumenta convincentemente sobre como a metanfetamina atrai trabalhadores pobres e no início permite que trabalhem mais horas.

---

* Quer saber por que Darky Lake se chama Darky Lake? Nem eu.

Sensei Dragonfire é, evidentemente, Wendi Dragonfire de Nijmegen, na Holanda, 9º Dan shuri-Ryu Karate, 2º Dan Modern Arnis.

A substituição de sucesso de **dentes avulsos** (arrancados), com regeneração dos nervos, vascularidade e até ligamento periodontais, é possível.** A dificuldade de fazer experimentos controlados em substituição de dentes em humanos dificulta as estatísticas, mas algumas evidências sugerem que vale a pena, e vários experimentos em animais revoltantes demais para mencionar demonstraram a validade do princípio. Em "Milk as an interim storage medium for avulsed teeth", de Frank Curtis, William Mueller e Henry Tabeling, *Pediatric Dentistry* 5:3, 183, 1983, os autores mostram a superioridade do leite como meio de transporte em detrimento do ar, água e saliva do paciente.

Não lembro onde li ou ouvi que os **ginecologistas costumavam operar às cegas,** e não sei se isso é verdade.

As **estatísticas sobre hemorragia craniana** que o dr. McQuillen cita são de *Neurology Secrets*, de Loren A. Rolak, MD, 4ª edição, ou pelo menos de minha compreensão deste livro. Também consultei para a discussão "Factors Associated with Cervical Spine Injury in Children After Blunt Trauma", de Julie C. Leonard et al., versão online de *Annals of Emergency Medicine*, 1º de novembro de 2010, e "Low-risk criteria for cervical-spine radiography in blunt trauma: A prospective study", de Jerome R. Hoffman et al., *Annals of Emergency Medicine*, vol. 21, ed. 12, dezembro de 1992. Como sempre, se pegar qualquer parte deste ou de qualquer outro romance como conselho médico, você é um imbecil de merda.

---

* Ver capítulo 17 de *Textbook and Color Atlas of Traumatic Injuries to the Teeth*, de J. O. Andreasen, Frances M. Andreasen e Lara Andersson, 2007.

Segundo o *The Manga Guide to Calculus*, de H. Kojima e S. Togami, 2009, a **fórmula relacionando a temperatura com a frequência do canto do grilo** é Fc = 7(Tc) − 30, sendo Fc a frequência do cricrilar e Tc a temperatura em graus centígrados. Observe-se que a mesma equação em Fahrenheit (Tf) parece complicada a princípio (Tf = 9/5[(Fc + 30)/7] + 32)), mas se reduz a Fc/0,26 + 39,71, que é mais viável (particularmente se os grilos não têm essa precisão toda) para Tf = 4(Fc) + 40, ou Tf = 4 (Fc + 10). O sistema métrico ainda domina, porém. Como diz Judith Stone: "Se Deus quisesse que usássemos o sistema métrico, teria nos dado dez dedos nas mãos e dez nos pés."*

O autor de **"Engraçado este verso do Led Zeppelin, 'Eu vou te dar cada polegada do meu amor'"** deu-me permissão para usá-la aqui, mas solicitou anonimato. Ele (é o máximo que direi) agradece.

Os americanos claramente têm muito interesse na **medicina preventiva**, uma vez que gastam anualmente 34 bilhões de dólares em "suplementos" de saúde sem regulamentação e provas,[†] não só na medicina preventiva que realmente funciona. Os médicos americanos, enquanto isso, tecnicamente *podem* cobrar para discutir medicina preventiva com seus pacientes, mas não podem ganhar a vida assim. Para ser pago como médico nos EUA, é preciso fazer o maior número possível de "procedimentos" para reparar ou diagnosticar doenças preexistentes.[‡] Como o mé-

---

* *Light Elements: Essays in Science from Gravity to Levity*, 1991.

† Blog *Consumer Reports*, 3 de agosto de 2009. Se as corporações têm direitos, por que o *Consumer Reports* não pode concorrer à presidência do país?

‡ Quando me formei na faculdade de medicina, o campo mais competitivo era a dermatologia, porque era considerado um caminho seguro para a riqueza através de procedimentos de fácil realização (e agendamento). A prática da medicina familiar – onde estão os heróis da profissão e onde, de-

dico pago para fazer o procedimento em geral é o médico que decide se o procedimento é necessário, há um evidente possível conflito de interesses. Os setores de saúde (hospitais e assim por diante), farmacêutico e de equipamento médico também estimulam o excesso de procedimentos. Opondo-se a isso, em princípio, estão os programas de governo (que têm peculiaridades que pretendem reduzir os custos dos procedimentos, como pagar apenas o preço integral por um procedimento por visita),* e o setor de seguros privados, que lucra recusando pagamento por qualquer coisa que pode, independentemente da necessidade.† Porém, o governo federal é limitado a estimular a medicina preventiva devido aos setores mencionados (assim como o de ali-

---

mograficamente, os EUA mais precisam de médicos – estava entre as menos competitivas. Para uma visão sobre como é difícil ser pago como médico de família, ver "10 billing and coding tips to boost your reimbursement", de Joel J. Heidelbaugh e Margaret Riley, *The Journal of Family Practice*, novembro de 2008, vol. 57, nº 11: 724-730.

* Observa o *General Surgery News*: "Por uma lesão benigna de 1,5cm na face seriam cobrados [ao Medicare no Alabama] 140 dólares; se você subsequentemente removesse outras três lesões de tamanho semelhante, eles reembolsariam a 70 dólares para um total de 350". Mas: "Quando a requisição de ultrassom se soma a uma punção aspirativa por agulha fina (FNA; CPT code 10022), o médico pode cobrar pelo código 76.942, que reembolsa 120 dólares pela punção, enquanto o componente de ultrassom reembolsa 150" ("Minor Pay for Minor Procedures? Think Again: General Surgeons May Be Leaving Much on the Table By Passing on Minor Surgery", de Lucian Newman III, *GSN*, dezembro de 2009, 36:12).

† Em 2009, um relatório do Comitê de Energia do Congresso dos EUA (que na época era controlado pelos democratas) revelou que as seguradoras rescindiam rotineiramente (sem reembolso) os contratos de cobertura porque os pacientes não informavam às seguradoras doenças preexistentes que não sabiam ter, devido a erros na papelada não cometidos pelo paciente e "por discrepâncias não relacionadas com os problemas para os quais os pacientes buscavam cuidados médicos", bem como rescindiam a cobertura a dependentes de pacientes rescindidos e avaliavam os funcionários das seguradoras com base em quanto dinheiro conseguiam "poupar" para as empresas usando a política de rescisão. Para um PDF deste relatório, ir a http://democrats.energycommerce.house.gov/Press_111/20090616/rescission_supplemental.pdf.

mentos) e à oposição política a qualquer melhoria do sistema de saúde. Enquanto isso, as seguradoras privadas tendem a operar em ciclos de lucro (e, mais importante, nos ciclos de bonificação ao CEO) mais curtos do que coisas como dieta e exercícios são capazes de afetar.* O papel dos pacientes em tudo isso é complicado. Por um lado, espera-se que eles tomem decisões fundamentadas para rejeitar intervenções desnecessárias (ou piores que isso). Por outro lado, em geral eles são acusados de tentar coagir os médicos a prescrever e realizar tratamentos caros que não devem funcionar – algo que faria qualquer um com a vida de um ente querido em risco.

Para informações sobre a **Mina de Soudan** e o **Laboratório de Física de Alta Energia da Universidade de Minnesota** de 23 andares subterrâneos (que devido a seu isolamento dos raios cósmicos atualmente realiza a Pesquisa de Matéria Escura Criogênica e a Pesquisa de Neutrinos de Alta Energia com Injetor Principal), sou grato a meus guias voluntários a ambos.

Para informações sobre a **aplicação da lei em Lake County,** sou grato ao Departamento de Polícia da Prefeitura de Ely, em particular a Barbara A. Matthews e ao chefe de polícia John Manning, ambos excepcionalmente gentis e generosos. Este livro não pretende, de maneira nenhuma, ser uma descrição deste departamento ou de seu pessoal, ou de acontecimentos reais em Ely ou perto dali. Nem faz uma descrição exata do Departamento do Xerife de Lake County, sobre o qual nada sei, a não ser que existe.

---

* Além disso, os resultados "um fraco hábito de dieta e exercícios" tendem a ser "doenças preexistentes".

O capítulo sobre a **origem da canoa** da perspectiva do xerife Albin é, para citar Sam Purcell, "retirado sem referência material".* Porém, o nome Duas Pessoas é uma referência óbvia à obra do grande Wayne Johnson, cuja série de romances ambientada no norte do Minnesota começou com *Don't Think Twice*, 2000.

A preferência de (pelo menos) alguns mafiosos pela colônia e loção pós-barba **Canoe de Dana** é mencionada em *The Ice Man: Confessions of a Mafia Contract Killer*, de Philip Carlo, 2007. É uma das confissões.

Com relação a se **os registros médicos de mortos são informação confidencial**, observe que a decisão da Suprema Corte em *Office of Independent Counsel* v. *Favish*, 2003, foi vetar o acesso público a fotos do cadáver do assessor jurídico da Casa Branca Vincent Foster, cujo suicídio dez anos antes ainda é motivo de fascínio para os malucos conspiratórios de direita. (Para mais sobre a decisão, ver "In Vincent Foster case, court upholds privacy", de Warren Richey, *Christian Science Monitor*, 31 de março de 2004.) Um motivo para que a decisão não seja tão clara é que o Medicare paga algumas autópsias, mas só indiretamente, como parte dos honorários do hospital. Que tipo de autópsia é meio definida como procedimento de saúde?

O termo **"spandrel"** como entidade biológica (e não arquitetônica) foi cunhado em "The Spandrels of San Marco and the Panglossian Paradigm: A Critique of the Adaptationism Programme", de Stephen J. Gould e Richard C. Lewontin, *Proceedings of the Royal Society of London. Series B, Biological Sciences*, vol. 205, nº 1161, 21 de setembro de 1979. O argumento geral é que, como

---

* *Sam and Max: Freelance Police*, nº 1, 1987.

as características biológicas se desenvolvem dentro de organismos complexos e não de forma independente, sempre são sujeitas a condições que estão além do imperativo darwiniano estrito. Os *spandrels* literais de San Marco são detalhes de aparência decorativa que na realidade (dizem os autores) são "subprodutos arquitetônicos necessários da montagem de um domo de arcos redondos". (Há até um corpo literário que questiona se a *metáfora* é válida, isto é, se os *spandrels* arquitetônicos são realmente decorativos ou não.) A citação de Ronald Pies, MD, vem de uma citação em "The Evolutionary Calculus of Depression", de Jerry A. Coyne, PhD, *Psychiacric Times*, 26 de maio de 2010.* Pies e Coyne refutavam as alegações de que a depressão é, por si só, uma adaptação evolutiva.

Compareci a um seminário intitulado "**O Orgasmo Feminino é Adaptativo?**" na Universidade da Califórnia, em Berkeley, creio que em 1987. Segundo me recordo, foi presidido por uma mulher e houve alguma discussão. Posso estar enganado sobre a data ou o lugar, porém. Ou sobre qualquer outra parte da história.

A fisiologista Loren G. Martin declara em um breve artigo na *Scientific American* ("**What is the function of the human appendix? Did it once have a purpose that has since been lost?**", 21 de outubro de 1999) que "Agora sabemos (...) que o apêndice serve a um importante papel [endócrino] no feto e em jovens adultos [enquanto, entre humanos adultos, se pensa que agora o apêndice está envolvido principalmente nas funções imunológicas]". Porém, outros (por exemplo, de passagem, Ahmed Alzaraa e Sunil Chaudhry em "An unusually long appendix in a child: a case

---

* O trecho de Pies citado por Coyne está disponível (sem nenhuma data evidente, embora declare ter sido escrito em resposta a um ensaio na New York Times Magazine de 28 de fevereiro de 2010) em http://www.psychcentral.com.blog/archives/2010/03/01/the-myth-of-depressions-upside.

report", *Cases Journal* 2009, 2: 7398) sentem que o argumento da função imunológica ou endócrina do apêndice continua a ser circunstancial, embora forte.

The Smurfs (originalmente *Les Schtroumpfs*) é uma franquia de marketing e entretenimento multiformato criada por Pierre Culliford na Bélgica no final dos anos 1950 que, estranhamente, reimagina o filme de 1953 de Josef von Sternberg, *Anatahan* (sobre uma mulher presa numa ilha com doze homens),* como uma história infantil, sendo a principal diferença que, onde Sternberg trata a agressividade como inata, *The Smurfs* a externaliza nas figuras de um gigante (de nome Gargamelle, a giganta de Rabelais) e seu gato de estimação Azrael (batizado com o nome do anjo da morte sique e islâmico).

O princípio por trás da **datação por carbono** é que as plantas e animais absorvem, mas não produzem isótopos radioativos de carbono que, com o tempo, se degradam, e assim a quantidade desses isótopos ainda no corpo mostra quanto tempo se passou desde que determinada planta ou animal interagiu com seu ambiente. Pode ser usado em objetos de menos de 6 mil anos (a essa altura, a quantidade de carbono radioativo declina à presente no fundo) e em geral, tem uma precisão de mais ou menos 40 anos. A precisão pode aumentar, porém, para plantas e animais (inclusive humanos) que estiveram vivos desde os testes com bomba de hidrogênio da década de 1950, devido ao grande aumento na quantidade de carbono radioativo na atmosfera. Ver "The Mushroom Cloud's Silver Lining", de David Grimm, *Science*, 321, 12 de setembro de 2008.

---

* Era, segundo Ben Dattner, PhD, o filme preferido de Jim Morrison.

Os versículos de Mateus em que Jesus diz que o mundo acabará em uma geração são 16:28 e 24:34. Marcos 9:1 e Lucas 9:27 e 21:32 ("Em verdade vos digo que não passará esta geração até que tudo aconteça") são semelhantes.

Para informações sobre o **tiro que John Gotti tentou encomendar à Irmandade Ariana**, ver "Former Aryan Brother Testifies That Gang Kingpin Ordered Killings", Associated Press, 14 de abril de 2006 etc.

As informações sobre o **ciclo de queimadas da Área de Canoagem das Boundary Waters** vêm de *The Boundary Waters Wilderness Ecosystem*, de Miron Heinselman, 1996, que é de longe o melhor livro que li sobre a ecologia e a história da Área de Canoagem das Boundary Waters.

O uso de alfabloqueadores para tratar o estresse pós-traumático (EPT) é previsto na teoria de que os sintomas psicológicos do EPT, como pânico e pesadelos, são resultado e não causa dos sintomas físicos, como batimento cardíaco acelerado e sudorese. Sua eficácia ainda é debatida: ver, por exemplo, "Prazosin for the treatment of posttraumatic stress disorder sleep disturbances", de L. J. Miller, *Pharmacotherapy* 28(5), maio de 2008, comparado com "Flawed Studies Underscore Need for More Rigorous PTSD Research", de Aaron Levin, *Psychiatric News* (42(23), 7 de dezembro de 2007. De qualquer modo, não se deve confundir com o uso de betabloqueadores para prevenir o EPT pela interrupção da formação da memória imediatamente depois do trauma, que parece bom em estudos com ratos, mas agora é controverso. (Ver, por exemplo, "The efficacy of early propranolol administration at reducing PTSD symptoms in pediatric injury patients: a pilot study", de N. R. Nugent et al., *Journal of Traumatic Stress*, abril de 2010; 23(2): 282-7, e "Limited efficacy of propranolol on the reconsolidation of fear memories", de E. V. Muravieva e C. M. Alberini, *Learning Memory*, 1; 17(6), junho de 2010). "Alfa" e "beta" referem-se a dois tipos diferentes de receptores neuronais para a adrenalina e seus análogos. Embora muitos neurônios tenham receptores alfa e beta, os dois tipos enviam sinais com efeitos contrários: por exemplo, os alfarreceptores ativados pela adrenalina provocam a contração dos vasos sanguíneos, enquanto os betarreceptores ativados pela adrenalina provocam a dilatação desses vasos. Isso parece contraditório, mas fatores como o nível sanguíneo geral da adrenalina favorecem o predomínio de um tipo em determinado momento.

Minhas principais fontes sobre a **Guerra do Vietnã** sabem que o são e que têm minha admiração e minha gratidão. Dados os poucos americanos que serviram no chamado combate fluvial no Vietnã, há fontes secundárias surpreendentemente boas sobre o serviço, possivelmente devido ao interesse suscitado em 2004 pela candidatura presidencial de John Kerry (e sua sabotagem), e possivelmente porque o índice de baixas foi terrivelmente alto. Minha preferida e a mais útil para mim neste assunto foi *Brown Water, Black Berets: Coastal and Riverine Warfare in Vietnam*, de Thomas J. Cutler, 2000. (Cutler é instrutor da Academia Naval e veterano do Vietnã, embora o livro, aliás excelente, não fale de suas experiências pessoais.) Para uma visão mais geral da experiência de americanos servindo nas Forças Armadas sul-vietnamitas, gosto particularmente de *In Pharaoh's Army: Memories of the Lost War*, de Tobias Wolff, 1995.

Observe-se que, para Reggie, ser um rádio-operador chefe e um E-4 assim que chegou ao Vietnã não teria sido incomum, dada a hierarquia e o nível de incidente de seu posicionamento,* e que na época em que se alistou seria improvável que ele fosse recrutado porque, em 1967, o recrutamento ainda se baseava na antiguidade, com os de 25 anos indo primeiro e os de 17 por último. A loteria de nascimento, que enviou adolescentes, só foi instituída em 1969. No fim das contas, 61% das baixas americanas no Vietnã tinham menos de 21 anos.†

Robert Mason diz que foi designado para uma área do Vietnã onde **31 de 33 espécies de serpentes eram venenosas,** e o diz em suas memórias, *Chickenhawk*, 1984. Título infeliz/grande livro. Mason era piloto de helicóptero que rapidamente se desiludiu com a guerra.

O suboficial-chefe de Reggie usa a palavra francesa "**antivenin**" em vez de "antiofídico" porque até 1981 era de uso padrão (e política da Organização Mundial de Saúde) com base em que os *antivenins* de cobra foram inventados, em 1895, por Albert Calmette, cientista francês do Instituto Pasteur. Calmette tentava curar as picadas de cobra que ocorriam no que agora é o Vietnã.‡

Para informações sobre as **capacidades de vários animais sobreviverem a temperaturas muito baixas** (até de congelamento), estou em dívida para com *Winter World: The Ingenuity of Animal Survi-*

---

* O tenente do grupamento fluvial de Reggie seria diretamente subordinado ao contra-almirante Ward, que se subordinaria diretamente ao general Westmoreland, que se subordinaria diretamente ao secretário de Defesa McNamara. Em outras palavras, Reggie estaria a cinco telefonemas do presidente Lyndon Johnson.

† http://njscvva.org/vietnam_war_statistics.htm.

‡ Ver *Molecular, Clinical, and Environmental Toxicology: Volume 2; Clinical Toxicology*, de Andreas Luch, 2010, p. 250.

val, de Bernd Heinrich, 2003, um belo livro, na linha da melhor obra de Konrad Lorenz, e que recomendaria a qualquer pessoa interessada na natureza.

A história da **criogenia humana nos EUA** vai do escândalo de Chatsworth de 1979 ao escândalo da Alcor de 2003 e além, sendo descongelamento e apodrecimento a menor de suas preocupações.*

O **reflexo de mergulho mamífero** ocorre quando o mamífero participante cai de cara na água a 21 graus C (70 graus F) ou mais frio. Mesmo em uma foca-leopardo, tem de ser de cara. (Ver: "Cardiovascular effects of face immersion and factors affecting diving reflex", de Y. Kawakami, B. Natelson e A. DuBois, *Journal of Applied Physiology*, vol. 23, nº 6, dezembro de 1967.)

A propósito, segundo a versão para o cinema de *Goldfinger*, 1964, o ser humano não só *pode* respirar pela pele como répteis e anfíbios, como precisa, e morre se não o fizer. Também segundo *Goldfinger*, "Beber Dom Perignon '53 acima de 3 graus Celsius é como ouvir os Beatles sem tampões de ouvido".

Observe-se que as **tartarugas *podem*** tamponar seu ácido lático, mas apenas por mais ou menos seis meses de inatividade.

Sherlock Holmes diz: "**Elimine todos os outros fatores e o que restar deve ser a verdade**" em *The Sign of the Four*, 1890. Ele usa outra versão da mesma frase depois, em *The Sign of the Four*, bem como em "The Adventure of the Beryl Coronet", 1892, "Silver Blaze" (meu conto preferido de Holmes), 1893, "The Adventure of the Priory School", 1905, "The Adventure of the Bruce-Partington

---

* Amplamente divulgado. No caso do escândalo da Alcor, quase invariavelmente com a palavra "resfriamento" no título. Ver nota a seguir sobre os moluscos.

Plans", 1917, e "The Adventure of the Blanched Soldier", 1927. Assim, aparentemente ele falou sério. O outro concorrente para a coisa mais idiota dita por Holmes é seu relato de ter conhecido o "lhama-chefe" do Tibete em "The Adventure of the Empty House", 1903, que as pessoas que têm dificuldade de distinguir Holmes da realidade lhe dirão que era um erro de grafia de Watson. Como se não existissem lhamas no Tibete!*

Embora **Sarah Palin** seja uma pessoa real, os acontecimentos deste livro, como disse anteriormente, são inteiramente fictícios. Jamais conheci Palin, nem nenhum de meus personagens, que são fictícios. Não sei de nenhum acontecimento envolvendo Palin semelhante aos que transpiram na Minnesota do livro e, até onde sei, fabriquei inteiramente o sistema de crenças que Palin defende para Pietro no livro, bem como sua relação com alguém como o (também fictício) reverendo John 3:16 Hawke. O personagem da jovem parente de Palin também é fictício e não pretende se assemelhar a nenhum parente de Palin, jovem ou não. Além de tudo, embora eu dê citações a seguir para algumas referências no livro que se podem aplicar a acontecimentos passados da vida da verdadeira Palin, por favor, observe que a verdadeira Palin não se coloca em lugar nenhum, nem perto da linha de frente do movimento antirracionalista dos EUA, nem entre políticos atuais e antigos. Por exemplo, como eu escrevi, na vanguarda republicana para as eleições presidenciais de 2012, está Rick Perry, que, como governador do Texas, uma vez proclamou um período de três "Dias de Oração pela Chuva no Estado do Texas"† e que

---

* Não existem.

† A estiagem continua. Ver "Rick Perry's Unanswered Prayers", de Timothy Egan, *New York Times*, 11 de abril de 2011, segundo o qual ele também respondeu a uma pergunta sobre como governaria como presidente com "Acho

publicamente repudiou a evolução e o envolvimento humano na mudança climática.*

Segue a citação de Palin de **Westbrook Pegler** em seu discurso de aceitação da candidatura republicana para concorrer à vice-presidência, na íntegra: "E observou um escritor, 'tornamo-nos boas pessoas em nossas cidadezinhas, com honestidade e sinceridade e dignidade', e sei que tipo de pessoas o escritor tinha em mente quando elogiou Harry Truman." A segunda parte é particularmente estranha, dado que Pegler uma vez chamou Truman de "um inimigo de lábios finos",† mas pode simplesmente ter a ver com o fato de que as duas frases do discurso e a expressão "inimigo de lábios finos' aparecem na mesma página da autobiografia de Pat Buchanan,‡ e talvez o discurso tenha sido preparado às pressas por alguém familiarizado, mas só parcialmente, com este livro. Palin descreve a redação do discurso como um "esforço de equipe" liderado por Matthew Scully em suas memórias, *Going Rogue*, 2009.§ Para maiores detalhes, ver "The Man Behind Palin's Speech", de Massimo Lacabresi, *Time*, 4 de se-

---

que está na hora de entregarmos na mão de Deus e dizer: 'Deus: Terá de consertar isso.'"

* Para a opinião de Perry sobre a evolução, ver, por exemplo, "Rick Perry: evolution is 'theory' with 'gaps'", de Catalina Camia, *USA Today*, 18 de agosto de 2011. Para a posição de Perry com relação à mudança climática, ver, por exemplo, "Perry Tells N. H. Audience He's a Global-Warming Skeptic – with VIDEO", de Jim O'Sullivan, no site do *National Journal*, 17 de agosto de 2011; observe que é o artigo que usa o vídeo, e não Perry.

† Embora ele possa ter pretendido fazer um elogio.

‡ *Right from the Beginning*, 1990, p. 31. Buchanan, um bosta cuja designação frequente como "paleoconservador" faria Violet Hurst vomitar, fala de Pegler com admiração, embora mesmo ele observe que "Pegler exagerou – e não foram poucas vezes".

§ Página 187. Ela descreve Scully, ex-porta-voz de George W. Bush e Dick Cheney, como, "para usar uma expressão do escritor Rod Dreher, um 'conservador crocante'. Conservador político, ele é um vegetariano radical, abraçador de coelhos, uma alma verde e gentil que creio que se atiraria na frente de um caminhão para salvar um esquilo". Não se sentem ao lado desse cara.

tembro de 2008. Detalhes sobre a estreiteza de tempo que levou ao discurso vêm de "Palin Disclosures Raise Questions on Vetting", de Elizabeth Bumiller, *New York Times*, 1º de setembro de 2008. Para mais informações sobre Pegler, ver "Dangerous Minds: William F. Buckley soft-pedals the legacy of journalist Westbrook Pegler in *the New Yorker*", de Diane McWhorter, *Slate*, 4 de março de 2004, que é minha fonte para a citação "claramente é o dever sagrado (...)". Minha fonte para a citação sobre RFK é "Palin and Pegler", de Marty Peretz, *New Republic*, 13 de setembro de 2008.

O vídeo de Palin sendo abençoada pelo **pastor Thomas Muthee**, famoso por alegar que combateu com sucesso uma bruxa de nome Mama Jane no Quênia, em que Muthee pede a Jesus que a ajude nas finanças da campanha e proteja Palin de "bruxaria", está disponível no YouTube e em outros lugares com o título "Sarah Palin Gets Protection from Witches".*

A mãe de Palin é citada contando o **gosto do pai de Palin por pegar focas de tocaia quando sobem à superfície** em *Trailblazer: An Intimate Biography of Sarah Palin*, de Lorenzo Benet, 2009, p. 9.†

---

* Se assistir à versão completa de 9:47min (endereço a seguir), verá Muthee chamar o budismo e o islã de "feitiçaria e bruxaria" e dizer: "Na área econômica, está na hora de termos os maiores homens de negócios cristãos, banqueiras, sabe como é, os quais são homens e mulheres de integridade administrando a economia de nossas nações. É o que estamos esperando. Faz parte da transformação. Se olhar os israelitas, é assim que eles vencem, é assim que são hoje." Endereço: http://migre.me/c6VTe.

† A relação da própria Palin com a fauna silvestre é menos clara. Em *Going Rogue* (p. 250), ela diz que um homem que a enganou dizendo ser Nicolas Sarkozy (tenha paciência) "começou a falar de caça, e sugeriu que fôssemos juntos de helicóptero para caçar, o que os caçadores do Alasca não fazem (apesar das imagens photoshopadas divulgadas sobre mim, fazendo mira do ar num lobo). (...) *Ele deve estar bêbado*, pensei". Por outro lado, independentemente de se os moradores do Alasca atiram em lobos de helicópteros ou não, durante a gestão Palin, o governo do Alasca ofereceu 150 dólares a qualquer pessoa que pudesse atirar em um lobo de um avião, e Palin aprovou um programa "educativo" de 400 mil dólares para anunciar a prática. (Para

A ignorância de Palin com relação aos três países do **Acordo de Livre Comércio da América do Norte** foi contada no ar pelo repórter Carl Cameron do canal Fox News em 5 de novembro de 2008. Cameron também contou que, até começarem as preparações para o debate, Palin não sabia que a África era um continente e não um país.* Da mesma forma, Michael Joseph Gross, em "Sarah Palin: The Sound and the Fury", *Vanity Fair*, outubro de 2010, conta que, na época de sua indicação, Palin não sabia quem era Margaret Thatcher, embora isso pareça ter mudado:

---

mais sobre isso, incluída a falsa alegação de Palin de que matar lobos fazia parte de um programa de gestão da fauna silvestre cientificamente sólido, ver "Her deadly wolf program: With a disdain for science that alarms wildlife experts, Sarah Palin continues to promote Alaska's policy to gun down wolves from planes", de Mark Benjamin, *Salon*, 8 de setembro de 2008; também "Aerial Wolf Gunning 101: What is it, and why does vice presidential nominee Sarah Palin support the practice?", de Samantha Henig, *Slate*, 2 de setembro de 2008.) Também digna de nota pode ser a promoção de sucesso de Palin da construção considerada destrutiva do Wasilla Lake em 1998, enquanto ela era prefeita, incluindo suas palavras: "Moro naquele lago. Eu não apoiaria um projeto de construção que não fosse ecologicamente correto" (Benet, cap. 7) – e ela depois se mudou para Lake Lucille, a cidade do outro lado do Wasilla, para uma casa que parece ter sido paga, pelo menos em parte, pelas empreiteiras. Para questões sobre financiamento da casa em Lake Lucille, ver, por exemplo, "The Book of Sarah (Palin): Strafing the Palin Record", de Wayne Barrett, *Village Voice*, 8 de outubro de 2008. Para mais sobre Lake Lucille, ver "Sarah Palin's dead lake: By promoting runaway development in the hometown, say locals, Palin has 'fouled her own nest' – and that goes for the lake where she lives", de David Talbot, *Salon*, 19 de setembro de 2008.

* Observe, porém, que Cameron já fora apanhado atribuindo falsas citações a John Kerry, inclusive, em referência a Bush: "Sou metrossexual – ele é um caubói." (O artigo da Associated Press sobre isso, de Siobahn McDonough, 2 de outubro de 2004, apareceu em várias publicações.) Em novembro de 2008, Palin disse a repórteres: "Acho que, se existem alegações baseadas em perguntas ou comentários que fiz na preparação do debate sobre o Nafta ou o continente versus o país quando falamos da África lá, então foram retiradas de contexto, e isto é cruel." (Muito divulgado, por exemplo, "Palin hits back at 'jerk' critics", *BBC News*, 8 de novembro de 2008.) Em uma entrevista em março de 2011, Palin disse: "Os boatos de que eu não sabia que a África era um continente, que continuam por aí, são mentirosos." ("Will Sarah Palin run for president and can she win?", de Jackie Long, *BBC Newsnight*, 7 de março de 2011. A entrevista foi dada a Long.) Carl Cameron ainda trabalha para Fox News.

a página do Facebook de Palin de 14 de junho de 2010 chamava Thatcher de "uma de minhas heroínas".

A discussão atual sobre Israel, em particular na Europa, assemelha-se em tom e realidade à conversa que varreu a Europa em 1348 acerca de se queimariam judeus por causarem a Peste Negra. Por algum motivo,* e em detrimento dos palestinos bem como dos israelenses,† um grande número de pessoas que nunca, digamos, leram um livro sobre o tema de alguém cujas credenciais são confiáveis, e que podiam surpreender-se com o que souberem se lessem, agora sustenta como sua mais forte crença política que Israel – não só o governo de direita que ele, como a maioria dos países ocidentais (incluindo os EUA e o Reino Unido), atualmente tem, mas todo o país – deve ser desmantelado e sua população civil, da qual 2% são árabes, sujeita a violência aleatória, algo não desejado para nenhum outro povo do mundo. Para

---

* Antissemitismo.

† Se você não acha que a militância ocidental baseada no ódio aos judeus e não na verdadeira solidariedade aos árabes pode prejudicar os palestinos e realmente prejudica, observe que em 2006 os palestinos foram tão severamente explorados e traídos por Yasser Arafat, pela OLP e pela Autoridade Palestina que, apesar de favorecer a paz com Israel por uma margem de dois para um na época (segundo o demógrafo palestino Khalil Shikaki; ver *Dreams and Shadows: The Future of the Middle East*, de Robin Wright, 2008; observe também que as pesquisas mostram que os judeus israelenses, eles mesmos coagidos por babacas em seu país e no exterior, tendem a preferir uma solução de dois Estados na mesma proporção), eles votaram pela merda do *Hamas* – uma organização sediada na Síria que, embora forneça serviços sociais melhores do que a OLP jamais fez, se opõe formalmente à paz ou mesmo a negociações com Israel, cooperação com Estados não islâmicos em geral e, evidentemente, até a dar aos palestinos outra chance de votar. Esses mesmos imbecis que veneravam Arafat (em 2004, a correspondente da BBC no Oriente Médio, Barbara Plett, disse no ar que chorara nos funerais de Arafat, incitando a uma investigação interna da tendenciosidade anti-Israel na BBC que resultou na recusa de divulgação da rede pública) e estão agora venerando o Hamas não constituem humanitarismo.

mais sobre este fenômeno, ver *A State Beyond the Pale: Europe's Problem with Israel*, de Robin Shepherd, diretor de assuntos internacionais da Henry Jackson Society, 2009, ou, se se conseguir, o magistral *Trials of the Diaspora: A History of Anti-Semitism in England*, de Anthony Julius, 2010.* Como alternativa, faça o seguinte experimento de raciocínio: imagine-se o maior acionista da News Corporation de Rupert Murdoch depois que a família de Murdoch se mostrou ser o governo de Israel – em lugar de quem realmente é, a família era saudita. Agora, imaginem-se alguns britânicos.†

Para informações baseadas em provas sobre a moderna Israel e sua história, dois livros particularmente pequenos e de leitura fácil, mas ao mesmo tempo recheados de notas e (para mim) convincentes, são *The Case for Israel*, de Alan Dershowitz de Harvard, 2003, organizado em capítulos como "Did European Jews Displace Palestinians?" e "Is Israel a Racist State?", e *The Israel-Palestine Conflict: One Hundred Years of War*, de James L. Gelvin, da UCLA, 2005. Livros maiores de que gosto sobre a história do conflito incluem *Palestine Betrayed*, de Efraim Karsh, professor e diretor do Programa do Oriente Médio e Mediterrâneo do King's College, Londres, 2010, *One Palestine, Complete: Jews and Arabs Under the British Mandate*, de Tom Segev da *Haaretz*, 2000, e *A History of Israel: From the Rise of Zionism to Our Time*, de Howard M. Sachar, da Universidade George Washing-

---

* Minha própria história muito curta do conflito britânico-iídiche por fim estará disponível de uma forma ou de outra. E, tenho certeza, acabará com o antissemitismo para sempre.

† Fonte sobre a propriedade saudita: "How Fox Betrayed Petraus", de Frank Rich, *New York Times*, 21 de agosto de 2010; também amplamente divulgado em outras publicações durante os escândalos da News Corp que começaram no verão de 2011.

ton, 1985. *Dreams and Shadows*, de Robin Wright, de algumas notas de rodapé atrás, é um ótimo relato baseado em entrevistas da história mais recente. Para um compromisso ainda menor, recomendo a tentativa de descrever separadamente a história de Israel da perspectiva dos israelenses, palestinos e árabes no primeiro capítulo de *The Missing Peace: The Inside Story of the Fight for Middle East Peace*, de Dennis Ross, chefe de negociações de paz do Oriente Médio para o governo Clinton, 2005, embora o livro todo seja bom.* Se não tiver tempo nem interesse de ler tanto, mas se se sentir compelido a ter opiniões fortes sobre Israel, o problema é seu. Por isso quero dizer: fecha a porra da boca, pelo menos perto de mim.

Existem menos livros em inglês sobre a **Praça Tiananmen** do que se possa pensar.† Para as sanções e a origem e legado do que passou a ser chamado na China de Movimento de 4 de Julho, as fontes mais importantes para mim são *Tell the World: What Happened in China and Why*, de Liu Binyan com Ruan Ming e Xu Gang, traduzido por Henry L. Epstein, 1989; e *Out of Mao's*

---

* Os aspectos históricos que Ross omite ou encobre por pressa neste capítulo, mas que eu pessoalmente recomendaria para qualquer estudo mais longo do tema, incluem a demografia da região antes do século XX (que é o contrário do que se imagina comumente) e a decisão em 1921 da Grã-Bretanha, que tinha sido "ordenada" pela Liga das Nações a criar uma terra natal para os judeus nos 20% ocidentais dos palestinos e uma terra para os árabes palestinos nos 80% orientais, para em vez disso dar os 80% orientais ao filho do xerife Hussein de Meca para formar primeiro a Transjordânia e depois a Jordânia. A Jordânia de hoje tem uma maioria palestina sem poder. Para a demografia, ver particularmente Karsh, Segev e Dershowitz, já citados. Para uma discussão aprofundada da história da Jordânia, ver *Britain, The Hashemites, and Arab Rule, 1920-1925: The Sherifian Solution*, de Timothy J. Paris, 2005.

† Para uma interessante perspectiva sobre isso, ver "Censors Without Borders", por Emily Parker, *New York Times Book Review*, 6 de maio de 2010, embora as coisas tenham melhorado ligeiramente desde então.

Shadow: The Struggle for the Soul of a New China, de Philip P. Pan, 2008. Liou foi um importante intelectual chinês investigado pelo Comitê Disciplinar Central (o que *não* parece divertido) depois de uma primeira rodada de protestos estudantis em 1987. Ruan foi um dos manifestantes. Não sei realmente o que Xu fazia, mas seu capítulo do livro é bom. O livro, de modo geral, embora mostre alguns esforços de ter sido produzido com muita rapidez depois dos acontecimentos, é inestimável, e sua narrativa do massacre acontecendo a caminho da praça em vez de dentro dela (um elemento semanticamente explorado pelo governo chinês para argumentar que não houve massacre na Praça Tiananmen) foi corroborado por telegramas vazados da embaixada americana e publicados pelo *Telegraph* do Reino Unido em junho de 2011.* Philip Pan é ex-chefe de redação em Pequim do *Washington Post*. Seu livro é brilhante e o fará apreciar sua própria liberdade, e depois o fará se perguntar se você lutaria tanto por ela como lutaram alguns heróis de Pan. Li Gang é o pai *daquele* garoto, claro. Particularmente útil foi seu perfil de Wang Junxiu.

O número de mortos ainda é desconhecido. Houve pelo menos um milhão de pessoas envolvidas nas manifestações em Pequim. Outros milhões participaram em mais de duzentas outras cidades chinesas. Foram 120 mil prisões depois disso. Dizem que a Cruz Vermelha chinesa inicialmente reportou 2.600 mortos

---

* Infelizmente, o modo como os telegramas do WikiLeaks foram revelados tenderam a promover o acobertamento do governo chinês dos acontecimentos. Por exemplo, um artigo de 13 de junho de 2011 no *Telegraph*, de Malcolm Moore, embora observe que "os telegramas mostram que os soldados chineses abriram fogo contra os manifestantes fora do centro de Pequim, enquanto eles abriam caminho para a praça, vindos do oeste da cidade", teve a manchete "WikiLeaks: No bloodshed inside Tiananmen Square, cables show".

durante a primeira noite de tiroteio só em Pequim, porém depois se retratou deste número, sob pressão do governo.*

A ideia de que o fechamento de uma usina de carvão na China pode rapidamente causar mudanças perceptíveis no desenvolvimento infantil, provavelmente devido a uma redução na exposição a hidrocarbonetos aromáticos policíclicos que podem cegar e enrolar o DNA, vem da pesquisa da dra. Frederica P. Perera, do Centro de Saúde Ambiental Infantil da Universidade de Columbia. Porém, sua apresentação aqui é exagerada e não pretende refletir com precisão os estudos ou descobertas da dra. Perera. Para mais sobre os riscos das cinzas de usinas de carvão, ver "Coal Ash Is More Radioactive than Nuclear Waste", de Mara Hvistendhal, *Scientific American*, 13 de dezembro de 2007.†

Para mais sobre a **disparidade de renda na China**, ver "China's unequal wealth-distribution map causing social problems", de Sherry Lee, ChinaPost.com, 28 de junho de 2010, e "Hidden trillions widen China's wealth gap: study", de Liu Zhen, Emma Graham-Harrison e Nick Macfie, Reuters, 12 de agosto de 2010.

Para informações sobre **como funcionam as emissoras de rádio**, tenho uma dívida para com Douglas Thompson, da Minnesota Public Radio/American Public Media Engineering, e para com a seção RCA do Broadcast Archive (oldradio.com), mantida por Barry Mishkind.

---

* Nicholas Kristoff chama o número de "boato" em "A Reassessment of How Many Died in the Military Crackdown in Beijing", *New York Times*, 21 de junho de 1989, que estima um total de mortos em Pequim entre 400 e 800 pessoas. Outras fontes, por exemplo, "How Many Really Died? Tiananmen Square Fatalities", *Time*, 4 de junho de 1990, afirma que a Cruz Vermelha chinesa, de fato, reportou 2.600 mortos diretamente aos jornalistas, e só depois negou ter feito isso.

† Este artigo, graças a seu título, foi controverso. Porém, o argumento de Hvistendahl é que, em todo o mundo, as cinzas de carvão carregam mais radiação para os humanos que o lixo nuclear, e não que, digamos, um quilo de cinzas de carvão seja mais radioativo que um quilo de plutônio gasto.

Deparei primeiro com a ideia de que o "H" de Jesus H. Cristo, enquanto provavelmente era um *eta*, também podia significar (como "uma antiga piada da biologia") "haploide", em "Why do folks say 'Jesus H. Christ'?", de Cecil Adams, *The Straight Dope*, 1986. Outras fontes deram definições diferentes do monograma "IHS", como "Iesus Hominem Salvator", "In hoc signo" etc. Mas a entrada para "IHS" de René Maere na *The Catholic Encyclopedia*, org. Herbemann et al., 1910, concorda com Adams.

A **citação bíblica sobre maçãs** é dos Cânticos de Salomão, 2:12. Na versão do rei Jaime: "Sustentai-me com passas, confortai-me com maçãs, pois estou enferma de amor." O que para mim parece mais Shakespeare do que o Salmo 46 já pareceu.

Observe que, embora a **névoa *recente*** seja transparente a infravermelho, a chamada névoa antiga, que teve tempo de equilibrar temperatura com o ar, é opaca.

O **barco anfíbio** que aparece no livro se baseia em modelos produzidos pela empresa Sealegs. Ver sealegs.com para imagens e outras informações.

Material promocional da United Poultry Concerns cita o Serviço de Estatística Nacional Agrícola do Departamento de Agricultura dos EUA contando 8.259.200.000 frangos "broiler" **abatidos nos EUA** em 2000; o número de 22 milhões por dia é este número dividido por 365. Dos frangos não broiler, não sei. Aliás, a Humanefacts.org diz que os frangos, em geral, são abatidos com cinco semanas de vida, mas têm uma expectativa de vida natural de sete anos.

Ronald Wright argumenta em *A Short History of Progress* (ver seção sobre a paleontologia catastrófica, antes) que **a tecnologia**

progride logaritmicamente porque cada novo exemplar dela tem pelo menos uma chance teórica de interagir com todos os exemplares precedentes. A lei de patentes, é claro, limitaria isso.

A controvérsia de se os **medicamentos antipsicóticos** modernos, ou "atípicos", são mais eficazes do que os mais antigos e muito mais baratos* provavelmente foi inevitável num sistema em que a única coisa que as indústrias farmacêuticas têm de fazer para conseguir a aprovação de um novo remédio para venda nos EUA é mostrar que não mata pessoas (pelo menos no tempo do estudo) e que funciona melhor que um placebo. (Em outras palavras, não precisam ser testados em comparação com outros medicamentos, o que além de baratear o custo pode ser duas vezes mais eficaz com metade do número de efeitos colaterais.) Para não falar de um sistema em que se podem gastar 11,5 bilhões de dólares em publicidade por ano† na promoção de novas drogas que, se fossem realmente melhores, os médicos presumivelmente receitariam de qualquer forma.

A citação de Karl E. Weick é de *Making Sense of the Organization*, de Weick, 2001, vol. 1, p. 105, mas cita trabalho dele que remonta a 1985. O grifo é meu. Minha gratidão ao dr. Weick pela gentil permissão de uso.

---

* Eles provavelmente não o são, mas têm efeitos secundários algo diferentes e podem ser mais eficazes para alguns níveis de esquizofrenia e menos eficazes para outros. Ver "Effectiveness and cost of atypical versus typical antipsychotic treatment for schizophrenia in routine care", por T. Sargardt, S. Weinbrenner, R. Busse, G. Juckel e CA Gerick, *Journal of Mental Health Policy Economics*, junho de 2008; 11(2):89-97.

† Este número vem do relatório de 2009 da organização sem fins lucrativos US PIRG Education Fund intitulado "Health Care in Crisis? How Special Interests Could Double Costs and How We Can Stop It", de Larry McNeely e Michael Russo. Observe que os únicos países ocidentais em que a propaganda de remédios direta ao consumidor é legal são os EUA e a Austrália.

A estatística sobre as populações do "Novo Mundo" e o ouro espanhol são de *What Is America?*, de Ronald Wright, pp. 20-30, mas a visão de mundo de **Virgil Burton** é influenciada pelos três livros de Wright. (Novamente, ver seção sobre paleontologia catastrófica, mencionada anteriormente.) Observe que a expressão "Primeiras Nações" é incomum nos EUA, onde "nativos americanos" é usada com frequência muito maior, mas, como as terras dos ojíbuas ficam dos dois lados da fronteira, tomei essa liberdade.

Há motivos para pelo menos perguntar se **Hitler tinha sífilis** além do capítulo com este título em *Mein Kampf*. No fim de sua vida, Hitler teve numerosos sintomas condizentes com a neurossífilis de último estágio, como tremores, alucinações, problemas digestivos, lesões cutâneas e assim por diante. As memórias de seu ex-confidente e assessor de imprensa Ernst "Putzi" Hanfstaengl (que também alegava ter inventado a saudação "*Sig Heil*", com base na canção de batalha de sua *alma mater*, a Harvard), disse que soube que Hitler contraíra sífilis quando jovem, em Viena. A maioria das fontes sobre o tema (por exemplo, *Pox: Genius, Madness, and the Mysteries of Syphilis*, de Deborah Hayden, 2003, que é agnóstica) faz questão de não tentar usar a sífilis como desculpa e nem sequer como explicação para os atos específicos de Hitler, mas de vez em quando você dá sorte com artigos como "Did Hitler unleash the Holocaust because a Jewish prostitute gave him syphilis?", de Jenny Hope, *Daily Mail*, (Londres), 20 de junho de 2007. De qualquer modo, os sintomas também podem ter outras causas. Por exemplo, D. Doyle, na edição de fevereiro de 2005 do *Journal of the Royal College of Edinburgh*, observa que "os medicamentos bizarros e heterodoxos dados a Hitler [durante os últimos nove anos de sua vida], em geral por motivos não revelados, incluem cocaína tópica, anfetaminas injetadas, glicose, testosterona, estradiol

(...) corticosteroides [e] um preparado feito de um limpador de arma, um composto de estricnina e atropina, um extrato de vesícula seminal e várias vitaminas e 'tônicos'".* Doyle chama Hitler de "hipocondríaco de longa data" e conclui que "parece possível que parte do comportamento de Hitler, suas doenças e sofrimento podem ser atribuídos a estes cuidados médicos". Ver também "Did Adolf Hitler have syphilis?", de F. P. Retief e A. Wessels, na edição de outubro de 2005 da *South African Medical Journal*, que examina evidências que, concluem Retief e Wessels, "afastam o balanço das probabilidades da sífilis terciária".

Para uma discussão relativamente recente da **origem da sífilis**, ver "Genetic Study Bolsters Columbus Link to Syphilis", de John Noble Wilford, no *New York Times* de 15 de janeiro de 2008.

Apesar de muita informação subsequente vir à luz, o melhor livro sobre Hitler em seu bunker, até onde sei, ainda é *The Last Days of Hitler*, de Hugh Trevor-Roper, publicado originalmente em 1947 mas só revisado, Deus nos livre, em 1995.

O **índice de diabetes de um para quatro entre os ojíbuas**/chippewas é para pessoas de mais de 25 anos e vem de "Diabetes in a northern Minnesota Chippewa Tribe. Prevalence and incidence of diabetes and incidence of major complications, 1986-1988", de S. J. Rith-Najarian, S. E. Valway e D. M. Gohdes, em *Diabetes Care*, 16:1.266-70, janeiro de 1993.

A história de Houdini chocando Arthur Conan Doyle ao **fingir retirar a ponta de seu polegar** está em *Houdini!!!: The Career of*

---

* A vesícula seminal é uma glândula no homem que produz, entre outras coisas, um ingrediente do sêmen que não tem função conhecida e, na verdade, é espermicida. Como segue a saída do esperma, às vezes se teorizou que foi desenvolvida para evitar que outros homens engravidassem as mesmas mulheres. Mas ver rodapé da pp. 121-22.

Erich Weiss, de Kenneth Silverman, 1997, que é definitivo e uma ótima leitura.*

Quando falo nos **antigos ligando a invisibilidade ao mau comportamento**, estou pensando mais diretamente na parábola do anel de Giges no Livro II da *República* de Platão (influência clara sobre Tolkien, embora seja interessante que em Platão o uso do anel de Giges, por mais que traga corrupção moral, leva ao sucesso material duradouro para seus descendentes, um dos quais é Creso), mas também na associação da visão com a vergonha (e invisibilidade e cegueira com alívio da vergonha) em *Édipo Rei* e assim por diante.

As **atuais câmeras digitais portáteis** em geral têm um simples filtro infravermelho no sensor de luz, porque poucas delas ainda usam o infravermelho para o foco. Por exemplo, se sua câmera emite uma série de flashes interrompidos antes de tirar uma foto no escuro, está focalizando com a luz visível do flash. Neste caso, você pode, teoricamente, remover o filtro infravermelho e (para evitar que o sinal seja suprimido) substituí-lo por algo que filtre a luz visível, mas não o infravermelho†, terminando com um dispositivo funcional de visão noturna.

O artigo falso sobre os **tubarões cabeças-chatas** não pretende ser inteira e cientificamente sólido, mas em sua maior parte é, por-

---

* Observe que em sua autobiografia, *Magician Among the Spirits* (agradeço a Jason White ter-me dado este livro de presente), Houdini diz, p. xiii: "Acredito piamente num Ser Supremo e que há um Além."
† O grande e falecido hacker Mark Hoekstra, por exemplo, usava duas camadas (desenvolvidas) de negativo de filme em cores (Geektechnique.org, 24 de outubro de 2005). Hoekstra credita a um site anterior alguns elementos deste método. Observe o alerta de Hoekstra para não levar um choque do capacitor. Melhor ainda, não tente isso.

que se vale muito de dois artigos de pesquisa reais, "Osmoregulation in elasmobranchs: A review for fish biologists, behaviourists, and ecologists", de N. Hammerschlag, *Marine and Freshwater Behaviour and Physiology*, setembro de 2006; 39(3): 209-228, e "Osmoregulation in Elasmobranchs", de P. Pang, R. Grifith e J. Atz, *American Zoology*, 17: 365-377 (1977).

John Boehner como porta-voz de Michael Steel* é citado de "House G.O.P. Eliminating Global Warming Committee", de Jennifer Steinhauer, no blog The Caucus do *New York Times*, 1º de dezembro de 2010. **Darrell Issa** é citado de "12 Politicians and Execs Blocking Progress on Global Warming", de Jeff Goodell, *Rolling Stone*, 3 de fevereiro de 2011. O número de investigações que ridicularizam o golpe do "Climagate" (cinco) vem de "British Panel Clears Scientists", de Justin Gillis, *New York Times*, 7 de julho de 2010. Observe-se que Darrell Issa nunca, até onde sei, foi condenado criminalmente por nada, nem acusado de incêndio criminoso. Para mais sobre seu *indiciamento* por roubar um carro (1972) e por roubo (1980), ambos arquivados, e para detalhes sobre as suspeitas de que Issa pode ter sido responsável pelo incêndio em 1982 de um depósito três semanas depois de quadruplicar o seguro de incêndio do imóvel (bem como para detalhes sobre sua prisão por porte de arma, e biografia em geral), ver "Don't Look Back: Darrell Issa, the congressman about to make life more difficult for President Obama, has had some troubles of his own", de Ryan Lizza, *New Yorker*, 24 de janeiro de 2011.

A menção do **impacto da mudança climática sobre os moluscos** foi inspirada por "Dissolute Behavior Up North", de *Biogeos-*

---

* Não confundir com o ex-presidente do Comitê Nacional Republicano, Michael Steele.

ciences, 6, 1877 (2009), que aparece na seção Editor's Choice da revista *Science*, 9 de outubro de 2009 – um artigo que, entre outras coisas, prova que não há relato tão sombrio que alguém não possa colocar uma chamada vagabunda em seu título.

Para mais sobre os **irmãos Koch** e como eles foderam com você e ainda vão foder, ver "Covert Operations: The billionaire brothers who are waging a war on Obama", de Jane Mayer, *The New Yorker*, 30 de agosto de 2010. A reunião de 2011 dos Koch foi descrita como um "conclave de quatro dias só para convidados de cerca de 200 conservadores ricos politicamente militantes", pela Associated Press, 3 de janeiro de 2011.

Dois documentos que são particularmente úteis para compreender os danos causados pelos juízes de direita da Suprema Corte em *Citizens United* v. *Federal Election Comission* são a dissidência original de Stevens (apoiado por Breyer, Ginsburg e Sotomayor) e o ensaio de Laurence H. Tribe sobre a decisão que apareceu no site da Harvard Law School em 25 de janeiro de 2010. A reação de reprovação à decisão do candidato presidencial republicano John McCain em 2008 também é interessante.*

A citação de **Orrin Hatch** vem da audiência de confirmação (fracassada) de Robert Bork, que Hatch tentava retratar como apolítico, e que depois escreveu o livro de aparência suficientemente apolítica *Slouching Towards Gomorrah: Modern Liberalism and American Decline*.† Observe que três (Scalia, Thomas e

---

* Por exemplo, relatado em "McCain skeptical Supreme Court decision can be countered", de John Amick, 44 blog, washingtonpost.com, 24 de janeiro de 2010.

† Bork também, depois de anos defendendo a reforma da lei para a redução das indenizações por danos, entrou com uma ação pessoal de 5 milhões de dólares por lesão corporal contra o Yale Club depois de cair e machucar a perna ali. Se você é o tipo de pessoa que está louco para que saia o e-book de *The Haldeman Diaries*, o resumo está online em http://online.wsj.com/public/resources/documents/borksuit-060607.pdf.

Kennedy) dos cinco juízes da Suprema Corte que deram a presidência a George W. Bush ainda servem ao tribunal. Em *Citizens United*, eles tiveram o apoio de Roberts e Alito.

Segundo o ex-secretário pessoal de Armand Hammer, este, o CEO da Occidental Petroleum*, costumava se gabar de que tinha o pai de Al Gore, o senador Al Gore Sr., "no bolso", e depois "tocaria sua carteira e daria uma gargalhada".† Para mais sobre os **vínculos financeiros de Al Gore com as petrolíferas**, ver "The 2000 Campaign: The Vice President; Gore Family's Ties to Oil Company Magnate Reap Big Rewards, and a Few Problems", de Douglas Frantz, *New York Times*, 19 de março de 2000. Você também pode querer ver *The Dark Side of Power: The Real Armand Hammer*, de Carl Blumay e Henry Edwards, 1992, embora seja meio confuso.

Mesmo deixando de lado as questões ambientais, o nível de **corrupção do governo George W. Bush**, e até que ponto passou despercebido, é impressionante. Por exemplo, quando o vice-presidente Dick Cheney deu um tiro na cara do amigo Harry Whittington em 11 de fevereiro de 2006, a história foi muito divulgada, mas em geral de maneira que repetia a linha da Casa Branca de que Katherine Armstrong, que era dona do rancho onde ocorreu o incidente, era uma velha amiga de Cheney e (nas palavras de Cheney) "chefe recém-saída do Departamento de Parques e Vida Selvagem do Texas". As duas coisas podem ter sido verdade (embora Armstrong tenha renunciado ao cargo do

---

* E personagem interessante por vários outros motivos.
† "Mr. Clean gets his hands dirty", de Neil Lyndon, *Sunday Telegraph* (Londres), 1º de novembro de 1998, p. 1 da seção "Sunday Review Features". Lyndon foi o secretário pessoal. Ele também diz em seu artigo que foi *ghostwriter* da autobiografia de Hammer.

Departamento de Parques e Vida Selvagem do Texas, para o qual fora nomeada por G. W. Bush, anos antes), mas Armstrong também era uma lobista registrada, inclusive para a Parsons – uma empresa com contratos de construção e engenharia no Iraque – e a fornecedora da defesa Lockheed Martin.*

Com relação a Katherine Harris, ver, por exemplo, "Harris backed bill aiding Riscorp", de Diane Rado, *St. Petersburg Times*, 25 de agosto de 1998; "Harris now regrets her tale of terror plot: Leaders in Carmel, Ind., contest U.S. Rep. Katherine Harris's comments about an alleged plan to blow up the city's power grid", Associated Press, publicado em *St. Petersburg Times*, 5 de agosto de 2004; "Harris Shuns Spending Requests", de Keith Epstein, *Tampa Tribune*, 3 de março de 2006 etc. Com relação aos vínculos com o setor de James L. Connaughton e outras autoridades políticas do governo Bush, incluídas as empresas em que terminaram, ver "Bush Environment Chief Joins Power Company", de Ned Potter, abcnews.com, 5 de março de 2009. Para mais sobre Phil Cooney especificamente, ver, por

---

* Para mais sobre a baixaria do acidente de caça de Cheney, ver "No End to Questions in Cheney Hunting Accident", de Anne Kornblut e Ralph Blumenthal, *New York Times*, 14 de fevereiro de 2006. Observe que os animais que o grupo devia ter baleado, em vez de Harry Whittington, foram criados em cativeiro e colocados nos arbustos de cabeça para baixo para confundi-los e limitar sua mobilidade. (Com relação a uma viagem de caça anterior em que Cheney pessoalmente matara 70 faisões criados em cativeiro, o editor-chefe da *Field & Stream* disse à jornalista Elisabeth Bumiller ["After Cheney's Private Hunt, Others Take Their Shots", *New York Times*, 15 de dezembro de 2003] que "não vejo nada de terrivelmente errado nisso, mas não acho que deva ser confundido com caçada".) Isso suscita a questão de se Cheney – que conseguiu cinco adiamentos de recrutamento para não servir na Guerra do Vietnã, teve uma filha nove meses e dois dias depois de o serviço de recrutamento dizer que voltaria a convocar homens casados sem filhos (Timothy Noah, Slate.com, 18 de março de 2004) e se envolveu nos lucros da guerra na maior parte de sua vida – teria ido feliz ao Vietnã se lhe garantissem que só teria de combater pessoas criadas em gaiolas e colocadas de cabeça para baixo em arbustos por lobistas.

exemplo, "Ex-oil lobbyist watered down US climate research", *The Guardian* (Reino Unido), 9 de julho de 2005; "Ex-Bush Aide Who Edited Climate Change Reports to Join ExxonMobil", de Andrew C. Revkin, *New York Times*, 15 de junho de 2005 (bela ambiguidade no título) etc.

Os fatos do **escândalo Irã-Contras** durante o governo Ronald Reagan não estão em questão. Em 13 de novembro de 1986, Reagan deu uma coletiva negando que a troca tenha ocorrido. Em 4 de março de 1987, ele deu outra admitindo que ocorreu, mas negando que soubesse disso. Em 19 de janeiro de 1994, o conselho independente nomeado a pedido do procurador-geral dos EUA liberou seu relatório, que revelava que "as vendas de armas ao Irã infringem a política do governo dos Estados Unidos e podem ter violado a Lei de Controle de Exportação de Armas", "as operações no Irã foram realizadas com o conhecimento, entre outros, do presidente Ronald Reagan, do vice-presidente George Bush", et al., "um grande volume de documentos altamente relevantes e criados contemporaneamente foram sistemática e deliberadamente retirados dos investigadores por várias autoridades do governo Reagan", e "autoridades do governo Reagan ludibriaram intencionalmente o Congresso e o público quanto ao nível e à extensão do conhecimento oficial e apoio a estas operações". Fonte: "Excerpts from the Iran-Contra Report: A Secret Foreign Policy", *New York Times*, 19 de janeiro de 1994. Para um artigo do Natal de 1988 sobre o perdão dos suspeitos do Irã-Contras por George H. W. Bush, ver "Bush Pardons 6 in Iran Affair, Aborting a Weinberger Trial: Prosecutor Assails 'Cover-Up'", de David Johnson, *New York Times*, 25 de dezembro de 1988.

Sabe-se que os **vínculos financeiros de Jimmy Carter com os sauditas e outros Estados do Golfo**, que passaram a incluir dezenas de milhões de dólares (no mínimo)* em doações ao Carter Center, remontam a 1978, quando o Bank of Credit and Commerce International (BCCI; financiado principalmente pelo xeque Zayed bin Sultan Al Nahyan, governante de Abu Dhabi), em parceria secreta com o filho de um consultor do rei Khalid da Arábia Saudita, levaram ilegalmente ao controle acionário do National Bank of Georgia. Na época, Carter devia 830 mil dólares ao NBG, mas o banco rapidamente modificou seus empréstimos, inclusive reduzindo o principal.† Antes de ser fechado em 1991

---

* Embora a seção de "FAQ" do site do Carter Center diga "Todas as doações de 1 mil dólares ou mais são publicadas em nosso relatório anual, disponível para download", o mais recente relatório anual disponível quando da redação deste livro (2009-2010) relaciona os primeiros 11 doadores na categoria "100 mil dólares ou mais" como "Anônimos", e não dá as quantias específicas de doações nem de pessoas identificadas. Esse relatório, que declara que os ativos do Carter Center passam um pouco de 475 milhões, está disponível para download em http://cartercenter.org/resurces/pdfs/news/annual_reports/annual-report-10.pdf.

† Um artigo no *Washington Post* de 1980, época em que o envolvimento saudita na compra do NBG foi conhecido mas não o do BCC, observa que o controle acionário do banco mudou de mãos em 5 de janeiro de 1978. Carter anunciou que seu governo estava vendendo sessenta jatos de combate F15 à Arábia Saudita em 14 de fevereiro de 1978, e o NBG alterou os termos dos empréstimos a Carter em 1º de maio de 1978 – um período de quatro meses em que, como afirma o artigo, "A tradicional política americana pró-Israel foi drasticamente alterada para o lado árabe numa época em que os negócios de família do presidente Carter [a qual devia até mais do que o próprio Carter] tinham uma dívida pesada com um banco controlado pelos árabes". O artigo também observa que o empréstimo pessoal de Carter, "renovável a cada ano, ainda é vultoso". ("Of Arabs, Weapons, and Peanuts", de Jack Anderson, *Washington Post*, 10 de julho de 1980). Em minha opinião, a descrição mais clara da compra do NBG pelo consórcio BCCI/Ghait Pharaon, e do escândalo do BCCI de modo geral, é, acredite se quiser, *The BCCI Affair: A Report to the Committee on Foreign Relations United States Senate by Senator John Kerry and Senator Hank Brown*, dezembro de 1992, também interessante como exemplo de como a política americana reservada, e do mundo em geral, parece ter sido em 1992. (Disponível como PDF único em http://info.publicintelligence.net/The-BCCI-Affair.pdf. Ver particularmente pp. 134-138.) Observe que os empréstimos à família Carter que o BCCI assumiu já eram tais, que "Autoridades de regulamentação bancária disseram que se caracterizariam (...) como impróprios, mas não ilegais" ("Lance Bank Lent Carter

por fraude e lavagem de dinheiro, o BCCI doou 8 milhões de dólares ao Carter Center. Depois disso, seu fundador doou mais 1,5 milhão.* O que os patrocinadores de Carter, incluindo a Opep e o Saudi Binladin Group, obtiveram em troca de seu dinheiro não está claro, mas pode ser indiretamente relacionado com a política do petróleo. Por exemplo, em março de 2001, Carter aceitou o Prêmio Internacional pelo Meio Ambiente de 500 mil dólares de Zayed, dos Emirados Árabes Unidos [isto é, o mesmo Zayed que financiava o BCCI], e na cerimônia chamou Dubai, Estado-membro dos Emirados Árabes Unidos, de "sociedade quase inteiramente aberta e livre".† Em setembro de 2006,

---

Business $1 Million Without Full Collateral", de Jeff Garth, *New York Times*, 19 de novembro de 1978). Se você não consegue se conter, note também que o irmão de Carter, Billy, novamente *durante* o governo Carter, aceitou 220 mil dólares do governo líbio e (possivelmente para ter cobertura legal) tornou-se um agente estrangeiro registrado para a Líbia. A resposta do governo Carter quando isso foi divulgado foi descrever como uma patifaria de autoenriquecimento, o que pode ter sido, mas Carter depois tentou usar Billy como ligação com a Líbia durante a crise dos reféns iraniana. Para detalhes, ver o relatório do subcomitê bipartidário do Senado, "Inquiry into the Matter of Billy Carter and Lybia", 2 de outubro de 1980, disponível em http://intelligence.senate.gov/pdfs_miscellaneous/961015.pdf.

* Ver, por exemplo, "Seized Bank Helped Andrew Young Firm and Carter Charities", de Ronald Smothers, *New York Times*, 15 de julho de 1991; "Carter's Arab Financiers", de Rachel Ehrenfeld, *Washington Times*, 20 de dezembro de 2006; *The Case Against Israel's Enemies: Exposing Jimmy Carter and Others Who Stand in the Way of Peace*, de Alan Dershowitz, 2008, 33-34.

† Em 27 de novembro de 2009, Johann Hari, escrevendo para o *Independent* de Londres, chamou Dubai de "uma ditadura moralmente falida baseada no trabalho escravo". O *U.S. State Dept Trafficking in Persons Report, June, 2009* observa que "trabalhadores migrantes, que compreendem mais de 90% da força de trabalho do setor privado dos Emirados Árabes Unidos [...], são submetidos a condições indicativas de trabalhos forçados, incluindo retenção ilegal de passaportes, restrições de ir e vir, não pagamento de salários, ameaças, ou maus-tratos físicos ou abusos sexuais". Em janeiro de 2010, uma britânica foi presa por sexo ilícito em Dubai depois de contar que fora estuprada. ("Woman raped in Dubai charged for having illegal sex", de Hugh Tomlinson, *The Times* [Londres], 11 de janeiro de 2010.) Etc. O discurso de aceitação de Carter ainda está disponível no site do Carter Center.

Carter legitimou a palavra "apartheid" em referência a Israel em *Palestine: Peace Not Apartheid*, e dois meses depois chamou o tratamento que Israel dispensava aos palestinos "ainda pior (...) do que em um lugar como Ruanda".* De longe, a alegação mais grave contra Carter, porém, é que em julho de 2000, enquanto trabalhava como conselheiro de Yasser Arafat, ele pode ter aconselhado Arafat a rejeitar o acordo de paz que incluía essencialmente tudo o que Arafat vinha pedindo nos sete anos anteriores. Indagou-se a Carter que conselho dera a Arafat, mas ele nunca respondeu. De qualquer modo, oito meses depois Carter aceitou o prêmio Zayed.†

---

* Pode não ser digno de nota que, depois do lançamento de *Palestine: Peace Not Apartheid*, 14 membros do conselho consultor do Carter Center tenham renunciado em protesto, inclusive um professor de história do Oriente Médio em Emory que antes era diretor-executivo do Carter Center. Carter disse a Wolf Blitzer, em 21 de janeiro de 2007, que "nunca afirmei que houvesse apartheid dentro de Israel". Em 23 de janeiro, ele disse a uma plateia na Universidade de Brandeis que ele também não pretendia equiparar Israel a Ruanda. Disse à mesma plateia que "esta é a primeira vez que sou chamado de mentiroso, intolerante, antissemita, covarde e plagiário", ventilando assim uma das premissas centrais do antissemitismo ativo, ou seja, a de que criticar judeus e Israel é de algum modo perigoso e corajoso em vez de moderno e lucrativo. *Peace Not Apartheid* vendeu 365 mil exemplares de capa dura só nos EUA. Para informações sobre a palestra na Brandeis, ver "At Brandeis, Carter Responds to Critics", de Pam Belluck, *New York Times*, 24 de janeiro de 2007. Para a transcrição da entrevista a Blitzer, ver http://transcripts.cnn.com/TRANSCRIPTS/0701/21/le.01.html. O número das vendas é uma extrapolação de um número relatado por Nielsen BookScan (que acompanha cerca de 75 por cento da vendagem de livros) de pouco mais de 275 mil.

† A oferta a Arafat foi pelo retorno limitado de refugiados, custódia contínua do Monte do Templo em Jerusalém, 100% de Gaza imediatamente e 73%, elevando-se a 94% em 25 anos, da Margem Ocidental. A rejeição de Arafat a isso levou à atual era de niilismo nas relações árabe-israelenses. Ver, inclusive para um relato de testemunha ocular da rejeição de Arafat do acordo, *The Missing Peace* (recomendado anteriormente) de Dennis Ross, o negociador do governo Clinton. (Em 2007, Jimmy Carter foi apanhado usando mapas do livro de Ross em *Peace Not Apartheid*, mas com as bordas alteradas para tornar a rejeição do acordo por parte de Arafat mais defensável. Ver "Don't Play with Maps", de Ross, *New York Times*, 9 de janeiro de 2007.) *Peace Not Apartheid*, o possível papel de Carter no colapso dos diálogos de Camp David e

A ideia de que o **relatório de novembro de 1962 para o governo Kennedy** teve um impacto significativo sobre a política ambiental é de *Overshoot*, de William R. Catton Jr., 1980 (ver notas para paleontologia catastrófica, anteriormente). O relatório em si, "Natural Resources: A Summary Report to the President of the United States by the Committee on National Resources of the National Academy of Sciences – National Research Council", NAS-NRC Publication 1000, está disponível no Google Books* e vale a pena ler. Pelo menos, é um documento do governo que só tem 53 páginas.

O conceito de **"construção de controvérsia"** e sua invenção por Hill & Knowlton são discutidos por Alan M. Brandt em *The Cigarette Century: The Rise, Fall, and Deadly Persistence of the Product That Defined America*, 2007, um dos melhores livros que li nos últimos dez anos.

A estatística sobre o **crescimento populacional da cidade de Nova York** vem de *Melville: His Life and Work*, de Andrew Delbanco, 2005. O período de 1819-91 corresponde à vida de Melville. Não finja que sabia disso.

A história da **Ilha de Páscoa** aparece como um aviso em *A Brief History of Progress* de Ronald Wright (ver antes) e em várias obras de Jared Diamond, a primeira de que tenho conhe-

---

sua recusa a responder a perguntas sobre isto, bem como outras informações, são discutidos em *The Case Against Israel's Enemies* (ver antes), 17-48. Para ser justo, as várias partes com interesse em manter os palestinos como reféns eternos podem ter pagado diretamente a Arafat. Uma auditoria de doadores internacionais a causas palestinas depois da morte de Arafat revelou 800 milhões de dólares em suas contas bancárias pessoais. Ver "Where Is Arafat's Money?", de Rees, Hamad e Klein, *Time,* 22 de novembro de 2004.

* http://books.google.com/books?id=oS0rAAAAYAAJ&lpg. Por que os endereços da web são tão feios?

cimento é "Easter Island's End", em *Discover Magazine*, agosto de 1995, e a mais completa o best-seller *Collapse: How Societies Choose to Fail or Succeed*, 2005.

Com relação ao declínio da **população de baleias na segunda metade do século XX**, a mudança climática pode ser um fator. Por exemplo, do início ao final dos anos 1990, tempo durante o qual se estima que aproximadamente mil baleias minkes por ano foram mortas por baleeiros, acredita-se que o número de minkes no oceano Antártico (que circunda a Antártida) tenha caído de 760 mil para 380 mil animais. As baleias-azuis, que eram protegidas desde 1966, atualmente talvez existam em números baixos como 5 mil, caindo de seu patamar pré-caça de 275 mil animais. (Fonte: "Whale population devastated by warming: Retreating of Antarctic sea ice reduces numbers of minkes by 50 per cent and fuels demands to keep whaling ban", de Geoffrey Lean e Robert Mendick, *The Independent* [Londres], 29 de julho de 2001.)

A citação do Gênesis é da Nova Versão Internacional.

Observe que, embora as pessoas passem uma média de 50% de seus genes aos filhos, só cerca de 1% de seus genes é único, isto é, diferente daqueles de seu coprogenitor. Apenas 4 por cento diferem dos genes de um chimpanzé. (Ver, por exemplo, "Genetic breakthrough that reveals the diferences between humans", de Steve Connor, *The Independent* [Reino Unido], 23 de novembro de 2006.)

Para informações que não aparecem, mas que usarei no futuro, agradeço a James Dorsey.

A trama deste livro foi inspirada em parte, claramente, pela fraude perpetrada no lago Ness em 1933 para resgatar a cidade de Inverness como destino turístico depois que a ferrovia foi fechada durante a Grande Depressão. Dois aspectos foram particularmente importantes para mim: o papel desempenhado pelo ginecologista londrino [Brit sic] Robert Wilson, que concordou em afirmar que tinha o que ainda é a foto mais famosa do monstro*, e a audácia (e facilidade) com que os conspiradores inventaram uma "história" de avistamentos do monstro já na Idade Média. De longe, o melhor livro que conheço sobre o Monstro do Lago Ness e seu mito é *The Loch Ness Mystery: Solved*, de Ronald Binns, 1985. Todas as falsas crenças devem ter um investigador tão simpático e completo como Binns. Dos muitos livros que se apresentaram em defesa da existência do monstro, o mais famoso é de Tim Dinsdale, que alegou ter visto pessoalmente o monstro em várias ocasiões.†

Outro caso importante para o livro foi a fraude de 1855 em Silver Lake, condado de Wyoming, Nova York.‡ O fato de a fraude em si, apesar de comemorada em Silver Lake em todo mês de julho, quase certamente ser uma fraude – de que o Walker House Hotel *ruiu* em chamas, mas quase certamente nenhum monstro mecânico foi encontrado nos destroços§ – só a torna melhor.

---

* E ainda é chamado "A Fotografia do Médico", embora Christian Spurling tenha confessado em 1993 ter tirado a foto e montado o monstro falso que aparece nela.

† Meu livro "crente" preferido sobre Nessie, porém, é *In Search of Lake Monsters*, de Peter Costello, 1974, devido à seguinte frase, p. 14: "Depois de ter mais que seus nove dias regulamentares, o monstro do lago Ness teve de dar lugar a sensações mais recentes: o Fantasma de Saragoça, a Fuinha Falante de Cashen's Gap, a Ocupação Alemã da Renânia." Eu poderia ler essa frase o dia todo.

‡ 1855: sete pessoas em Silver Lake viram uma serpente gigante nadando pelas águas. Outros avistamentos se seguiram. 1857: o Walker House Hotel em Silver Lake foi destruído num incêndio. Nos destroços, descobriram um monstro gigante mecânico, feito de fio enrolado e lona à prova d'água e capaz de ser impelido sob a água por foles.

§ Ver: "The Silver Lake Serpent: Inflated Monster, or Inflated Tale?", de Joe Nickell, *Skeptical Inquirer*, vol. 23.2, março/abril de 1999.

Por fim, uma inspiração constante têm sido as conversas que tenho com Joseph Rhinewine, PhD, nas últimas décadas, sobre se é melhor ser crédulo demais ou cético demais. Embora eu não tenha motivos para pensar que os Smurfs e *Anatahan* tenham de fato alguma relação, também não tenho provas de que esta relação não exista.

Agradecimentos

Profissional: Terry Adams, Reagan Arthur, Rebecca Bazell, Marlena Bittner, Sabrina Callahan, todos os que usaram seu tempo para ler meu livro, Heather Fain, Fischer Verlage, Hachette NY, a equipe de vendas da Hachette, Ellen Haller, Michael Heuer, Markus Hoffmann, Barbara Marshall, MB Agencia Literaria, Michele McGonigle, Amanda McPherson, Sarah Murphy, vários trabalhadores de livrarias independentes, Robert Petkoff, Michael Pietsch, Joe Regal, Michael Strong, Txell, Betsy Uhrig, Tracy Williams, Craig Young, David Young, Jesse Zanger, Sam Zanger.

Pessoas que emprestaram espaços para viver ou trabalhar: Ben Dattner, Ilene e Michael Gordon, Cassis e Claude Henry, Monica Martin, Joe Regal, Alison Rice.

Com respeito à pesquisa: Christa Assad, família Bazell, Michael Bennett, Marlena Bittner, Joseph Caston, Ben Dattner, Rae Dunn, família Gordon, Cassis Henry, Dan Hurwitz, Tamar Hurwitz, Helena Krobath, Elizabeth O'Neill, Joe Rhinewine, Lawrence Stern, David Sugar, Kiko e Maria Torrent, Txell, Jason White, Johnny Wow, Hugh Zanger, Jesse e Corrie Zanger, Sam e Kara Zanger, quem quer que porte o nome Zanger.

Canino: Lottie, Bela e Greta.

Este livro foi impresso na Editora JPA Ltda.,
Av. Brasil, 10.600 – Rio de Janeiro – RJ,
para a Editora Rocco Ltda.